【夜色】

鍾偉民

「我雖然是心理御醫，但你要我怎樣告訴大帝，他的品味，實在差到極呢？」
Liswood 註：請留意，圖中豬婆有六隻奶子，所以有三個奶罩。

目錄

第一卷：賣火柴的女巫

第二卷：當魚愛上鳥

第三卷：月亮回到了天上

「你這傢伙真不知足，環肥燕瘦我都給了你，你卻想要的是我。」Liswood

老鷹：「做就做啦，一個叫到拆天，一隻就呷呷咁嘈。」
Liswood 註：未畫框，稍後補上。打算畫宙斯扮天鵝博大霧。

「說你無知沒有錯，男人多毛，是性感象徵啊。」

Liswood註：留意殘花的投影。上面那隻狼裝假狗照哈哈鏡，小圖有互相呼應意味。

第一卷：賣火柴的女巫

黑轎車

某天傍晚，阿槐掉出了搖籃，指着大屋前起伏的草浪，含糊地呼喊：「車！黑車車！」他爸走到窗邊，沒看到什麼。用望遠鏡搜視，墨綠盡頭一片幽藍，除了白樺的孤影，四野，空無一物。

阿槐六歲，頭一天上學，就看到一輛黑色大轎車停在門外。天，下着冷雨，轎車上好像坐着兩個人，男人在駕駛盤後面抽煙，後座是個女人。車廂裡煙霧濃重，仔細再看，裡頭卻只有煙霧，沒有人。

「我不要坐那輛車去上學。」阿槐對男僕說。「哪有車在外頭？」男僕循他目光望去，門前花壇都是枯枝敗葉，他們李家的銀灰雪佛蘭根本沒從車庫開出來。「雨不消停，今兒別出去了。」男僕送他上樓。阿槐憑窗再看，黑轎車，在雨中消失了。

往後十年，大概相隔數月，不分場合，那輛車，總響着沉濁的馬達聲，泊在離他不近不遠的地方。

他不再去辯說這輛車是否存在，他想，世上有些東西，也許不是誰都看得見的。

十六歲，他的船王爸爸為他在郵輪上辦生日會，甲板張燈結綵，管弦齊奏。入夜，大船駛離地中海一座島嶼，滿月下滿海浮光。那天，阿槐遇上一個女孩，水紅晚禮服，玫瑰色香檳。她向他祝酒，他覺得呷着的，是她唇上露珠。

「時局不寧，我們家要搬到日內瓦，到時候，可以經常見面。」女孩說。「那太好了。」阿槐望着她，第一次，他感到冷清的睡房，該有這樣一個女孩伏在窗旁沙發上看雲。他撩起瀉落她背上的紗簾，就看到那細嫩的腿。他會順着大腿上溯，不避礦穴和沼澤，盡情去探索和發掘。

「在想什麼？」女孩察覺他目光呆滯。「想你。」他說：「我已經開始想你了。」「告訴我，那跟其他男孩想的，有什麼不同？」女孩親他臉頰。他一時語塞，為了掩飾窘態，回頭望海。

赫然，一艘汽車渡輪無聲地靠近；要避開，來不及了。

渡輪上，沒有人影，沒有燈光，月色下，船頭甲板，就停着一輛黑車。阿槐瞠目結舌，瞪着竟隨他到海上來的這輛車。汽車渡輪適時轉向，貼着船舷滑過，這會兒，他才察覺車牌的編號「1922」。他，正是這一年出生。驚魂未定，阿槐身旁欄杆的鐵門，打開了。「有人墮海！」賓客起哄，呼喊，召援聲不絕。阿槐還沒透露自己的癡想，女孩就掉到海裡。搜尋終夜，始終沒撈到屍體，生日會，就這樣成了女孩的追悼會。

過了三年，二戰爆發。

「與其守財苟活，不如衛道而亡。」阿槐確信，邪惡可以打倒；他選擇去打倒它。他灑金錢，找門路，輾轉覓得一個去當炮灰的機會：他投身蘇聯陣營，當通信兵。一九四二年，十一月一日，他抱着電報機，混入紅軍隊伍，渡過伏爾加河到了卡拉茨，準備攻陷斯大林格勒。雖然，他不曉得斯大林格勒是什麼樣的地方，但他知道：那是邪惡納粹黨佔據的地方。

阿槐沒開過一槍，就讓人抓進戰俘營。「如果你不踢我，等貴國投降，我送你一艘船，一艘郵船。」他對看守他的德國兵說。那士兵覺得郵船太大，管理不善，會招咎，越想越煩，加倍踢他。在給踢死之前，他逃出虎口。營外，大雪紛飛，天地白茫茫。白茫茫天地間，阿槐再一次看到那輛黑轎車。背後炮聲隆隆，但他，聽得見引擎微弱的嘆息。

「不開走，我要開槍了！」他舉槍瞄準轎車。對這團無處不在，銜尾窮追的黑暗，他堅拒支援和邀請。

戰後，阿槐回到家鄉。

三十歲那年，他跟戰地醫院認識的護士長結婚。那個火紅年代，護士長，是唯一相信他真會送她一條郵輪當手信的。破曉，婚禮就在日內瓦一座教堂舉行。披黑禮服的人牆崩潰，阿槐看到他的新娘。他的幸福，一步步靠近，飛揚的長鬈髮，還罩着光暈。「朝陽，不可能在她背後升起！」阿槐寒毛直豎。衝前數丈，才發現草坪上，停着那輛熟悉的黑轎車，車頭圓燈明晃晃地，把護士長一頭青絲點亮。

「你沒事吧？」護士長瞪着他。他的臉，叫她心驚。「沒事。你太美，美得……讓我目眩。」他說。晚上，他們第一次交合。他好容易才擠入護士長身體，她面容扭曲，兩眼翻白，喉頭格格響。他以為她受用，然而，她兩腿間的抽搐讓他痛苦，就像漩渦要吞沒巨鰻，她的洞，正鯨吸他的精血骨髓。阿槐受不了，按住她小腹，拚命把陽物抽出來；抽出來的，卻是湧流的血水。天沒亮，護士長就血崩，死了。

阿槐洗脫謀殺罪，卻脫不了十五年徒刑。「在牢裡，起碼不會遇上那輛黑車。」那是他能想到的，坐牢唯一的好處。刑滿，出獄，他父親已經辭世，貴冑巨賈早把他遺忘，就那輛黑車在圍牆外等着。他撿起石頭扔過去，車緩緩後退，退入黑暗的叢林，化為群鴉。

阿槐意志消沉，往後十五年，他不斷遷徙，隱姓埋名，藏身深山和荒漠，只為了擺脫那不可能擺脫的追逐。

他老了，最後能保有的財產，就剩下離威尼斯幾百公里的一座孤島。島很小，像風浪裡一個綠色浮台，走一圈，不用十分鐘。矮山上蓋了簡陋石屋，但沒有碼頭。阿槐僱人每月用小艇送來糧水，他決定在這片遠離人煙的絕境終老。

島上陰晴無定，但他思慮清澈。第十個圓滿的月夜，窗外，細草油綠，遍地流光。他走到屋外，隔着幾十步，那輛黑轎車敞開一扇門，已靜靜泊在皎月下。「也許，是時候上車了。」阿槐苦笑。他不再抗拒那輛車，他走過去，窗玻璃後的暗影，越來越清晰。「見了面，該說什麼好呢？」阿槐有點窘，有點忐忑，竟然，也有點甜蜜。

愛上昆德拉的升降機

昆德拉遷進這幢新廈三個月，深夜下班回來，大堂裡等升降機，三部機運作如常，燈號從「33」到「G」，上下跳躍。漸漸，昆德拉發現：三號升降機的燈號到了「1」字，就突然回升。三個月來，他從沒搭過這部升降機，直升到頂樓自己寓所。

「這時候，什麼人會不斷從『1』字到樓上去？」某夜，好奇心驅使他走上1樓察視。壓根兒沒有人。他在過道一直等，三號機降到「2」，停了，然後又再上升。「這機，看來刻意迴避我。」昆德拉大惑不解。到頂樓，他從另一部升降機出來，三號機的燈號，卻停在「33」他住的這一層，就門沒打開。

昆德拉認為機器故障，拍打鋼門：「有人出不來嗎？」沒聽到回應。瞥眼間，見鋼門上紅漆有點剝落，不知道什麼時候開始，有缺德鬼刮門，留下一行字：「海崙娜，我永遠愛你。」

頂樓除了獨居的他，還有十三戶人，哪家哪戶的哪一個情種拿「永遠的愛」損壞公物？實在難以追究。「說不定，海崙娜，就是這部升降機！」昆德拉這種想法，嚇着了自己。誰會永遠愛一部升降機？

過道盡頭，殷紅欄杆外，泊一輪銀月。十二月的寒夜，他瘦長的影子凍結在升降機門上。

回家鎖上門，浴畢，昆德拉躺到床上，還是聽到海崙娜不斷開門和關門的聲音。憑那節奏，他聽得出當中有煎灼，有怨怒。「究竟想我怎樣？」一夜輾轉，黎明前，他披了睡袍衝出去，撲到升降機前。「海崙娜，你開門！」見燈號顯示「32」，他奔下樓梯，燈號，卻亮着「31」。「你總不開門，我可以怎樣？」他呼天搶地。

翌日，昆德拉深宵回家，大堂空落落，冷風從閘外透進來。這夜，海崙娜的燈號，閃得比其餘兩部升降機都快，快得反常。第一次，停在「G」點！鮮紅自動門，潤滑地，在他面前分開。

「你終於願意……」他目瞪口呆，升降機四壁發白，豔光流瀉，倏地飛出來成千上萬朵蝴蝶！大琉璃鳳蝶、小秋葉蛺蝶、岩崎枯葉蝶、姬胡麻斑蝶、黃粉蝶、紅眼蝶……千色紛呈，大堂裡滿眼繽紛。

「美極了！」昆德拉環顧四周，讓乍來的春景震撼。回頭，升降機已悄悄關上門，升到「33」層頂樓。「海崙娜在樓上等我。」他搭二號機上樓，燈號迭變；他的心，好亂。

到了頂層，相鄰三號升降機紅門半開，裡頭，飽浸着玫瑰色柔光。「海崙娜……」他不敢擠進去，對這台機器，他抱有戒心。「我……我到家了，還搭升降機幹嗎？」他覺得，沒理由接受海崙娜的邀請。

往後半月，一切回復正常。每夜回來，昆德拉按了牆上圓鈕，三部升降機，都相應開門；然而，疑慮未消，他從不投身海崙娜的腔內。沒多久，升降機裝了監察鏡頭，還來了個老看更守門。這時候，昆德拉搭上報社一個叫媚萊的編輯，熱戀兩星期，他邀媚萊回家。

凌晨三點鐘，老看更早在櫃台後死睡。「開心。」媚萊說。「你知道，我打算讓你欲生欲死。」戀愛，讓人輕佻，昆德拉也不例外。「你壞！」她推開他，佯嗔帶笑：「我開心，是老總加了我薪水，送我的攬枕，還繡了出入平安。」說着，三號升降機門開了。

昆德拉一邊估摸那老總意圖，一邊走近垃圾箱，要扔掉煙蒂，回頭，卻見媚萊入了升降機，揿住「Open」鈕，就等他進來。

「這升降機搭不得！」昆德拉覺得氣氛不對，要衝進去拉她出來。但鋼門，轟然合上！他不斷按鈕，海崙娜不斷上升。然後，從閉路電視屏幕，他看到媚萊跪在銀白地板上，摀着耳朵，嘴巴擘成碗口大，看來痛苦不堪。「阿媚……」昆德拉看着她全身膨脹，冒煙，一對眼球凸起，忽然激射而出，撞糊在鋼牆上……

「海崙娜變……變微波爐了！」昆德拉發現升降機的附屬功能。媚萊身上漿血沸騰，蒸汽脹破熟透的脂肉，爆炸了。屏幕沒傳出聲音，昆德拉還是禁不住掩耳，彷彿這段情，充滿噪音。

回到「G」這個出發點，三號機的紅門徐徐打開。「這是怎麼回事？」裡頭，彷彿下過一場暴雨。粉碎了的骨肉，竟給沖刷個乾淨。「升降機殺人了！」昆德拉推醒老看更，要索取拍下凶案的錄影帶。「我忘了錄影。有事，報警去。」看更怪他擾了好夢。

昆德拉悲憤交集，提來一罐汽油，闖進三號升降機，「有種把我也烤熟了。」說完，海崙娜就載着他徐徐上升。

昆德拉用汽油澆遍內壁，到了頂層出來，望着這個空洞的大鐵箱，儼如望着一個空洞的世界。他擦亮一根火柴，對海崙娜說：「愛你的不是我，我也不會愛你；你接受這事實，就關上門。」紅門沒關上，但燈光變得幽暗。

「這是你逼我的，我不能再讓你害人。」昆德拉把火柴扔過去，火熊熊燃燒。海崙娜似乎明白：門一關，烈燄，就會缺氧熄滅；於是，敞開了自己，任那團不滅的紅熱，一直燒下去。

醬油瓶這刑具

「什麼玩意？」漁夫瞜一眼魚網，沒有魚，就一個黃銅古瓶，瓶口用錫封住，上面有個古怪的封印。他挑開錫塊，搖了搖，瓶中冒出一縷青煙，半空裡，凝成一團霧，霧結成一個長髮蔽體的妞兒。

「所羅門王啊，我不敢再抗命了！」那妞兒喃喃自語。「所羅門王死了幾千年。」漁夫上過小學，聽老師講過《一千零一夜》故事，不禁生出疑問：「瓶裡不是……該鑽出個大惡魔來的嗎？」「騙小孩的。不過，」她笑謎謎說：「萍兒我要殺了你。」

「我放你出來，你還要殺我？」漁夫詫異。「我有苦衷。所羅門王那負心鬼，他塞我入這瓶子。我悶慌了就許願，誰在頭一百年解救我，我讓他享用我身上三個洞眼；兩百年內救出我，可以享用倆洞眼；到第三個一百年，我還會讓恩人揀一個洞眼，怎麼搗擂無妨。」萍兒語帶憂鬱：「就可惜……」

「可惜什麼？」漁夫眼饞饞急問。「可惜，過了三百年又三百年，我只是在冰冷的海底苦等，於是，我倒過來立誓：誰救了我，都得死。但怎麼個死法，你倒可以選擇。」「我想要女人，要女人奴隸一樣服侍我。」「要多少？」「七……七個夠了。」他算知足，不妄取。

「事不宜遲。」萍兒光屁股一輪扭擺，果然變出七個女奴。「真慷慨！」生怕眼前光景是一場夢，衫褲脫慢了，人就會醒，連忙昂頭撲上，跟這一團白裡透紅的，大幹起來。

船顛簸，人翻滾。漁夫轉眼力盡，癱臥甲板上。「我歇歇，再戰三……三十回合。」他臉如死灰。眾女奴卻不消停，埋了臉尋隙舔啜，逮到東西，就一個勁兒套弄。「不成了？」萍兒不聞回應，見他嘴巴讓陰戶封住，就變出一瓶天竺國神油，辣乎乎的盡塗他那軟棍上。他掙出來瞎叫，那話兒就是沒見起色。

「我就送佛送到西。」萍兒餵入一顆古方春藥，見他只是眼凸。歎了口氣，再變出兩枚貼題的斷魂椒，時人稱魔鬼椒的，掐破了，直塞他屁股眼兒。塞完，卻後悔了：「你這人不好，害我手指頭燒壞了。」痛得只伸進嘴裡啜着。

漁夫簡直變了另一個人，他擒住女奴，無孔不入，餓狗一樣狂抽亂舔。慢慢地，在十四條粉腿夾纏下，在起伏淫聲裡，他明白到一件事：自己快要死了。「沒想到，會……這樣死掉。」他吐出滿嘴淫水，肉縫後，覷着暗下來的天海。

「怎麼說沒想到？『刑具』是你挑的啊。」萍兒嘴唇腫脹，燙熟了，越發的撩人。「這樣受刑，我樂意。」

他枕住女奴肚子，喘着說：「不過，這樣死了，可不能瞑目。」「又怎麼了？」她伸出辣椒味手指，戳了戳他人中。「我就是不相信，你住得進比劏房小的，那一個黃銅瓶子裡。」

維港填壞了，水流湍急，黃銅古瓶早滾出船外漂遠。萍兒要逞能，也惱他小看了她本事，覷準一個小半滿的醬油瓶，又化成一股煙，倏地鑽了進去。他連爬帶滾，咽氣前，總算趕得及用草紙堵住瓶口。

「真是個又鹹又濕的小單位！」萍兒心知中計，只得漚在醬油裡，仍舊在苦海浮沉。然而，一條腐壞的海岸線，線上燈火搖紅，她總覺得，不消多久，她就會撞上另一個「漁夫」。

賈道德王朝衰亡史

一條硬漢，在地攤發現四條魚。「冤情好深！」他朝紅、黑、黃、藍四條魚看了看，就亂棒打那攤販，打得他招認：「都是離城十里，那透明湖抓的。爺你……你問，我都說，何苦一來就打？」硬漢踹開他，直奔透明湖。

湖中，果然游着四色魚。在湖邊石窟，硬漢再發現白溜溜一個屁股。屁股，就是屎窟；石窟裡，藏了屎窟，沒長眼的都知道：「冤情好深！」

當然，又是棍如雨下。打得虎口發痲，才察覺這屁股和腿，臍上接連的，是一塊痲石。石頭上半身墩下來動不了，就落得這臀眼觀天的新局面。

再進去，窟窿裡陰濕，好在壁上有燭火照明。硬漢瞥見石床上躺了女人，還沒穿衣服，更覺冤情深不見底，不由分說，綑得她結實，除了例行的虐打，更使出捅、挑、鑽、刮、掃、撩、摳、塞、撬、旋等各路棍術。

「不，不要……停！」女人棍頭下翻來覆去，就是求生不得，求死不能。

氣喘定了，女人告訴硬漢：「洞口那『屁股』，是我丈夫賈道德，算個王子。娶了我五年，他除了寫屁文，就老嚷着：『我要下麵，不是下面！』我下面，都荒涼了。難得來了個七呎黑奴，當然，我指的是他塊頭；他那話兒，可只得十吋。」

「人黑，鳩就短。」硬漢捋着木棍，語帶輕蔑。「這黑炭頭，讓我吃他吃剩的老鼠肉，喝土罐裡的蟾蜍湯。他尿到我嘴巴，當我唇舌是抹布，連腳趾縫，都要我舔乾淨。但我就是愛他，為了他，我不介意殺盡天下人。」

「犯賤！」硬漢作勢要湊她：「說！你那下麵王子，他怎麼上面硬化，變寒磣了？」「他看到那炭頭作踐我，妒火攻心，就暗算他，用劍割傷了他咽喉。我氣頭上施個法，把他上半身變成石頭；他的子民，好的壞的，一概變成了魚。」

「犯賤，還狠毒！你不死，還有人活得了？」硬漢瞪着她說。「我『改良』而已。」王妃告訴他：「我老姐住另一座城，男人撞破她好事，她懲罰他，把他下半身變成石頭。我才不那麼笨，我讓王子保留了下半身，他屁話是說不了，屁股還是有用途。那炭頭領情，有餘力就去搗騰，我一旁聽那霹啪響，肚子都痛。」

為防那王妃騰出手施展妖術，硬漢不敢怠慢，掄起木棍，也是見穴就捅，一門深入，直教她漿血淋漓。「你……粗魯。」她奄奄一息。「你那黑姘頭，他人在哪？」硬漢瞧她不能作惡，要去收拾黑奴。「他去……去進補。你捅死我，我認了，就求你……放過他。」

硬漢退出來，打算守在洞口，一有動靜，即刻撲殺。走出數十步，「嘿嘿嘿！」獰笑聲傳來，他貼住洞壁，躡着腳探聽，暗想：「冤情，快可以昭雪！」再往外走，見黑不溜秋一個壯漢，褲帶解下，正要向王子的下半截施襲。

「簡直就一件凶器！」硬漢瞟一眼那陽物，竟有幾分虛怯。乘那廝埋頭找門道，蓄了勢猛地衝前。黑白兩棍相擊，肉造那一根，先應聲折斷。黑奴鮮血噴湧，倒地說了一輪廢話，講論完黑人性命一樣矜貴，反白眼死去。「冤情大白！」硬漢自覺又破了案，得瑟地大笑。

賈道德王妃和黑奴死後，透明湖裡的四色魚，變回拜金，拜權，拜名，拜色這四種信徒，繼續在老城內走來走去。

至於王子，他上半身彎曲貼地，回復不了原狀。後來，有不嫌粗重的，搬入殿堂供奉，推為「臀部思考」一脈的鼻祖。賈道德王朝衰亡之前，這屎窟，一直備受榮寵。

查理曼和情欲指環

你不認識查理曼大帝，沒關係，就當他是隨便一頭大帝好了。總之，查理曼暮年，愛上一個日耳曼女孩。他從心所欲，也逾矩。在議政廳，在花園噴水池，在護城河畔，以至在神殿外，亂石堆裡，照樣盲肏瞎幹，弄得女孩股溝有沙石，自己耳窩裡封了泥。

一年後，女孩皮開肉爛，虛脫而死。大臣們鬆了口氣，以為朝綱不再廢弛。不想大帝的「愛」，沒隨人死而消逝。他命人把遺體搬入寢宮，半步不離陪伴，時而撫屍痛哭，時而笑嘻嘻的，回味她生前嫵媚。

大主教杜賓，簡稱大賓，他聽聞查理曼的怪行，懷疑妖邪作祟，堅持要查驗屍體。結果，在女孩僵硬的舌頭底下，找到一枚鑲了藍寶石的戒指。

「十誡疊起來，還抵不過這一戒！」大賓信手奪了寶，哪想到戒指套上小指頭，查理曼戀屍的癡狂，馬上轉移到他身上。

撂開日耳曼女屍，每天，查理曼就銜尾追着大賓。大賓吃飯，他吃飯；大賓如廁，他如廁；有一回，大賓在講道，宣稱神愛世人，包括登了大寶的廢人。道未講完，查理曼竟從講壇下鑽出來，高呼：「我要肏你！我最想肏死的，就是賓賓你！」

「你放過我吧！」大賓難堪得掩面退走。自忖是偷了戒指，受詛咒了。為了逃出查理曼魔掌，大賓忍痛把戒指送了一個性工作者，簡稱作者。「主教啊，比起排頭位那教書先生，你闊綽多了！」作者開心得只亂扯他神聖的卵蛋。

大賓才從娼館後門溜走，追來的查理曼，就遇上戴了藍寶石戒指的「作者」。欲火，燒得他兩眼通紅：「我錯了！我原來不愛大賓，我愛你！」他跪下來，狂吻先賢啜瘀了的腳。

「愛，光說不成。」作者推開房門，查理曼已猴急地扯她衣裙，撲上身抓捏。「我要撕你……」沒遇上掙扎，他用力過猛，一頭撞到胯下，吮一回，求一趟：「請嫁給要吃你、舔你的查理曼大帝吧！」

「怎麼走了主教，又來個大帝？」作者，讓查理曼提了一千幾百提，漿液直如泉湧：「爽死了，什……什麼都依你……」翻滾半日，終於同聲長嗥，汗涔涔癱軟在地。

「我會頒令全國，今後你每一吋膚肉，每一個洞眼，每一滴體液，只供我查理曼享用。」大帝把她帶回皇宮，晝夜行房，不在話下。

可惜，作者始終沒勘破查理曼的癡迷。某天，兩人露天行樂，大帝推波助瀾，從後深入。作者抓住池邊嫩草借力，迎送之間，戒指褪出來。一頭誤闖禁區的大野豬見着，不知輕重，竟倏地銜了去。

「奇怪！我怎麼會愛上你的？」查理曼但覺池水冰冷，他踢開身邊女人，款款含情，遙望站在涼亭裡的野豬：「難以拒絕的愛，正朝我搖着尾巴！」

野豬，也是豬，見大帝呼號着奔近，一驚竄出皇宮，直衝到康士坦斯湖畔。驀地，豬頭一甩，咯牙的戒指，噗一聲掉入湖裡。

湖上天光雲影，變幻不定。寒來暑往，往後三年，查理曼每天湖畔徘徊，後來，還在荻花叢裡，蓋了茅屋棲身。這時，他王位旁落，除了這屋，別無所有。然而，對一座湖的愛，讓他感到難得的寧靜。

這天，一條鱘魚餓壞了，吞掉沉在湖底的戒指。黃昏來時，湖面泛着玫瑰色。查理曼看到躍出水面的鱘魚，大徹大悟：「這才是我的最愛，我等的，就這一天！」說完，他跳入湖中，追着鱒魚，沉向陰毛一樣蔓生的水草世界。

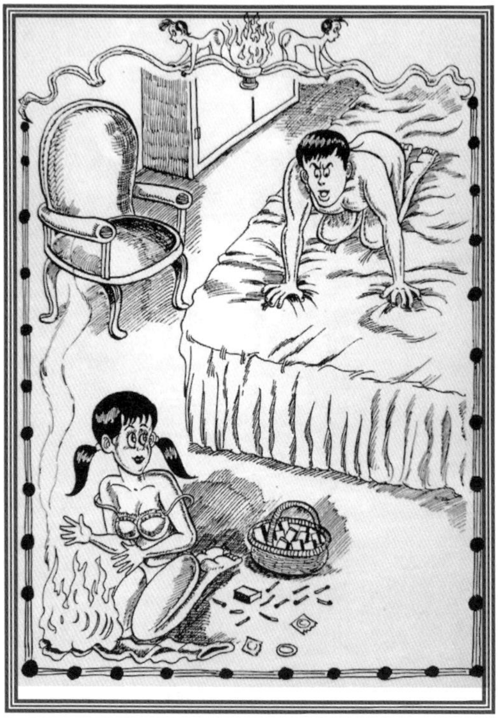

「小姐，你燒了我衣服取暖不打緊，可是你燒避孕套的氣味，真令我受不了。」Liswood

賣火柴的女巫

「我寧願用打火機。」嫖客說。「你不覺得火柴燒完，好在還有些牽掛？」女孩反問。她賣洋火棍，除了窮，還因為忘不了拋棄她的車伕。兩年前，同樣的雪夜，車伕褲襠裡那大號紅頭火柴，點着了她的心。

「短敘多少錢？掛不掛，我不講究。」嫖客，就想到嫖。「我賣火柴。」她抬起頭，雪，彷彿要埋掉她，埋掉刷白了的紅燈區。冷得要躲，她卻不想回家，那只能擱一張雙層床的房間，母親死後，越發像屎殼郎的蛹室。

那夥成身黑盔甲的，貌似忠勇，實在卑賤到了極點。大塊頭那一隻，能爬到上層的，就是她爸。他不像一眾部下，滿屋推糞球，但力氣大，連一座城，都能推入濁海。「你知不知道，屎殼郎，推得動多重的糞球？」她爸尖聲恫嚇：「是體重一千倍！」這話震懾人，她更不敢鬆手，免得讓他撞出床欄，墮下去讓亂滾的糞球埋沒。

相對白皚皚的紅燈區，甲蟲為患那一隅，是她的黑殼城。她不敢在城裡熟睡，一躺下，就有手指在被窩裡爬行，甲縫滿是糞迹泥垢。他再不隱瞞自己是一隻硬殼蟲，他犁她，撕她屁股眼兒，要摳出營養，好摶成他暖胃的黑丸。

入黑的紅燈區，一街要吃生肉的嫖客，連買根火柴也嫌費事。不想雙手凍僵，她抽出一根擦亮了取暖。驀地，那火柴成了火把，她置身壁爐前，屎殼郎一個個爬入火堆，烤栗子般必剝響。那領頭螂，挖糞用的兜帽頂痛她，鋸齒腳一路抓撓，撓着恥毛，勾纏着到這境地。熱氣一蒸，也掉下來，踏着醉步撞到柴火上。黑盔甲綻開來，黃糯糯的，竟是一個甜薯。

要把甜薯捧上手，但火柴燒成燼，壁爐也不見了。眼前垛的是雪，她兀自瑟縮在一家法國餐館門外。「好香的釀燒鵝。」女孩記得。於是，她擦着第二根火柴。暖風撲面，再一次，她和車伕坐在背後餐館裡，火柴，成了白桌布上的燭焰。那時，未把她哄上床，車伕還肯花大半月工錢，邀她吃了頓這輩子最浮華的飯。

為了挽留那盤釀燒鵝，女孩點燃第三根火柴。這一根，光影熒然，忽成了母親孤墳前的蠟燭。「媽？你還在就好。」她偎過去，覺得母親身子好暖。「不管紅黑，這人世，就是陰冷。媽遷到一個去處，滿野地的篝火，隨時可以暖洋洋圍爐。等火柴燒光了，就隨我去吧。」

「媽，你別走……」女孩掏出滿袋的火柴，嘎哧嘎哧擦亮了，全堆在一起。火光熊熊，一輛黑轎車，緩緩停在她腳邊。「火柴燒完，還掛一條芯。實在好。」轎車上，下來一個俊男人。「我等你好久了。」乍看，竟是自己在等的人。「除夕夜，不該有漂亮的妞兒在路邊捱凍。」他扶女孩上車。

男人大學裡教書，住在一幢高廈的頂樓。「我叫羌郎，人家添個虫旁，寫成蜣螂，我要生氣的。」他報了姓名，自得地一笑。女孩聽着耳熟，雖回過神，一時卻沒想起，蜣螂，別號就是屎殼郎，跟她色鬼老爸同屬鞘翅目，金龜子科。

雪，無聲飄落，落地窗外，是紅燈區的千盞燈。「在黑殼城，就這街區還有些餘光。」羌郎說。他不吃屎，怎會知道她的黑殼城？知道吃屎一脈的疆界，正在蔓延？疑惑之際，男人已褪下她破舊及膝裙，按她在窗前几上。「燙不？」男人胯下黑頭火柴，刮得她幾乎冒煙。「好燙！要燒壞了。」她覺得這廝磨，磨出一室硫磺氣。

黎明降臨前，她甦醒了，下體餘燼未熄。書房腳凳上，除了一張小鈔，還壓了字條，寫着：「夢醒了，別忘記屬於你的街頭。」女孩光着下身，鳥瞰仍在下雪的世界，看夠了，在破衣口袋，她找到最後一根火柴。鈔票點着了，借火去點窗簾，點書桌上的獎狀……

最後，她站在倒下來的一架典籍上。同樣地，都徒具黑殼，書皮裡空洞，燒起來火旺。新的一年，街上，滿眼蜣螂推出來的積糞。賣火柴女孩，卻像極了一個受刑的女巫，在摩天樓頂，她化成一團磷燄，那紅燈區過早的日出。

「喂！大傻，高處不勝寒，快下來添衣！」
Liswood

閣樓上茄子花開

「一個女人，五條茄子。」就這樣，一個勵志故事開了頭。初夏清晨，瓜棚下一脈五條茄子，摘下綑好給送到了市場。

瞧着蹲在面前的女人，茄老么暗呼：「好滑溜兩個大瓜！」怕也給剝了皮塞入懷裡，他一顆心，跳得連核幾乎擠出來。對眾兄弟，女人逐一掂量，溫柔摩挲。就茄老大覺得給這樣握住，舒心。

「改天醃一條還你。」女人向菜販拋個媚眼，一網兜載了茄子就走。路邊，有大黑箱架着，箱子前，平排了十幾人，都是穿格子裙的女生。「看照相機這邊，準備……」男人手一落，女生呲牙齊呼：「茄子！」笑得膠住了一般。

沒想到做茄子那麼討喜，受人景仰，正不知怎生回敬，黑箱男，卻轉過頭來招呼：「老師，美術課的學生，等着你回去擺姿勢呢。」乍一聽，茄老四以為是喊他，「茄子，原來也叫老師。」他發了願，要做一條有深度的老師。

轉眼，女人把茄子兄弟抱了回家。「雖然，我該去書房，但恐怕……這是廚房。」茄老四推測：「有條老茄說過，茄子唯一出路，是廚房。」「我看，這可不像傳說中的砧板。」茄老么一個茄頭，對着枕頭。

眾茄正感迷惘，女人已按長幼，把他們排在床頭，「三綱壞了，好在還有這五常。仁，義，禮，智……」輕戳眾茄頭，算點了名，就開始脫衣服。

「嚄！」茄老大瞪着這蓮藕般的女人，還琢磨不出怎麼回事，眼前一黑，已密罩在一處陰濕之地。老大，塊頭也大，那穴緊窄，硬塞進了小半，裹得他幾乎窒息。「大而無當！」女人怨罵：「仁而不仁。老娘怎麼生受？撐爆了你賠？」忍痛扯出，漿液淋漓的摜向廚房。

「你四條笨瓜，給我仔細點！」張了腿，臨風吹一會，挑了茄老三阿禮去堵漏，堵半日反堵出半床水。

高矮肥瘦，雖然各不相同，幹這粗活，卻是一般辛苦。操勞三日，茄子們都瘀痕斑斑，頭頸磨脫了皮。好在幹活後，女人會用香皂為他們洗澡，這算悲慘生涯裡，唯一的美好時光。

然而，老么每回浴後歸隊，身上異味，總不消散。「你鑽哪兒去了？」老二緊綳茄皮。打從得名阿義，跟義陽，義肢同姓，他更自覺高茄一等。「我有一趟幹活，不住碰壁，擠出一身汗，肯定是你這小子在隔壁撞牆。」老四附和，兄弟之中，就他是智者，是上大枱的料。

臭味不相投，義智兩茄，漸漸疏遠阿信，就老三阿禮，肯為他的遭遇歎息：「你個子小，女人才特別欺負你。下回你滾一旁去，她抓錯了塞我進去，要她好受。」「你是疼惜我。」阿信有點感動：「不過，咱倆就不怕髒，幹個皮開肉綻，還不是死路一條？我……不甘心！」

日前廚房外窺望，老么就見茄老大給切得細碎，連紅椒絲、鹹魚粒投熱鍋裡，「那女人歹毒，鍋蓋掀起，我還聽得見老大在嚎，是每一粒都在嚎。我不想那樣死掉，我希望成為一條有人愛，有人重視的茄子。」

「逃吧。等她擱我們在窗台風乾，咱倆就往外翻出去。這裡是二樓，要沒摔爛……唉，就賭個運氣吧。」翌日，那個專拍女生的黑箱男來訪，說是課外交流，躲進睡房半日，只聽得女人殺豬般厲叫，叫完，卻笑嘻嘻光着屁股出來，挑了茄頭發黑的老二老四，說用蒜茸烤了給男人下酒。

「好在沒入選！」茄子阿禮，他撞一下阿信，兄弟倆就從窗口掉下去。可惜，阿禮沒遇上好運氣。一條流浪白狗才銜起他，就讓一群黑狗發現窮追。為了逃命，白狗把茄老三扔入路旁陰溝。「都是陰溝，這溝可寬敞多了！」未沖到入海渠口，禮崩了，傷重死去。

漫天星光的晚上，來偷雞的一匹胡狼，把阿信叼到農場。「吃我的時候，種子，請吐到泥土地上。」他央求胡狼。吃茄吐核，雖覺得麻煩，胡狼還是答應了。

五常喪盡的一座老鎮，日子，過得特別滑溜。春來了，種子發芽，沿着一楹舊農舍的石牆攀爬。茄老么柔韌的意志，就附在這翠綠的瓜藤上。他不斷往上蔓生，沒多久，就探進農舍閣樓的窗台，還在窗格子上，纏了數不清的蝴蝶結。

屋裡，一個得了肺炎，臥病在床的少女，看到窗格子綻出淡紫色的茄子花，她的心暖洋洋，逐漸回復生趣。那時候，她還不知道果實的好處，每天只望着那些花葉，懷抱着虛渺，但美麗的情意。風吹走蔫了的茄子花瓣，她還會為茄子阿信，為他受傷的靈魂落淚。

格列佛的感悟

格列佛遊完小人國，遊大人國。大人國，什麼都大，男人那話兒，細碼的，都像大炮。「好臊臭一場暴雨！」某天，格列佛在曠野，撞上一個農夫的腳趾頭。農夫小解完，撿起他狎玩了幾日，賣了給王后，換來的金幣，每一枚，都大得像格列佛家鄉的坑渠蓋。

「這是什麼玩意？」國王發現了格列佛。那會兒，王后拿着放大鏡，正在睡房觀賞他的小雞巴。「陛下，這是新發明的機械人，上了發條，就會不斷鞠躬。」她一擰那小雞巴，格列佛也乖巧，忍痛鞠了幾個躬。「有這小肉蟲陪你，我去幹那批民女，可以幹得安心了！」國王笑完，直奔黑牢肆虐。

「你的寂寞，看來比你的塊頭還大。」格列佛對王后說。「不是我大，是你小。」王后有了結論。六呎高的格列佛，在大人國，就像個六吋的娃兒。「大和小，是相對的。譬如，貴國大王的權杖，是長過敝國任何一條橋，但它搆得着月亮嗎？搆得着太陽嗎？」還要借題說理，王后想不出小材，怎麼大用，氣頭上拿話損他：「貴國男人都這麼小，進去了，女人會知道？」

「男人小，女人也小啊。」格列佛說：「像王后這樣的大洞，我們是用來進火車的。」話不投機，王后把格列佛撂在窗台：「你去陪我『藍眼』吧。」這夜北風緊，格列佛扯起絨簾一角當被，才沒凍死。破曉醒來，一對藍瞳，果然橫在面前。「貓！」他魂魄嚇飛，抓着藤蔓下滑，刮出渾身血痕落到地面，草叢裡跑了半天，才讓一塊階石擋住去路。

御花園後的一楹石屋，屋小，但雅致，住着王后孤僻的么女香黛兒。香黛兒開門出來，看見階上趴着的格列佛，以為是敷了粉一條蜥蜴，先是一驚，細看，卻讓一張小白臉迷住了。香黛兒上教堂，遇牧師非禮；上學讓老師污辱。「男人嘴裡，都藏着一條鈎人腸的甜舌頭。」她體會好深。但格列佛的小，解除了她的疑懼。她為他造了一張小床，還用玻璃罩罩住他，「這樣，貓就傷害不了你。」她說。

晴朗的初夏晚上，格列佛和香黛兒會在園裡看星。隔着玻璃罩仰望，星子大而明亮，藍森森的天空，彷彿浮着一千個月亮。「我決定了，身子要奉獻給最愛的男人。不過，你這一丁點，咱倆怎麼可以……」「可以的，令壽堂沒想到而已。」格列佛出了玻璃罩，請香黛兒脫光衣服，躺草地上。

橫陳的女體，宛如雪丘。格列佛繞過她大腿，走近股溝。他撥開柔毛，七手八腳，盤弄了半天。突然，伸展兩臂，把香黛兒的唇瓣拉開。「夠濕潤了。」窺探一會，他弓腰蓄勢，插水般整個人送了進去。

「你…… 你弄死我了。」香黛兒瞇着眼，下頜後仰，頭皮繃得就要撕裂。她連根拔着身旁野草，腳趾拳曲，雙腿撐天。隨着格列佛蛙泳的扒撥，她痙攣過後，是呻吟，是驚呼。然後，繞着那月白胴體的鳳凰木，在夾雜哀號的歡呼聲中，紅花，簌簌掉落。

格列佛倒爬出來，臉憋得紫脹；然而，為了讓這個「大女孩」開心，他深深吸一口氣，再一頭栽進去，游蝶泳。這一來，香黛兒更喊得撕心裂肺，淫水差一點把他溺斃。

「我算回家了！」另一個溫柔的夜晚，格列佛越鑽越深，窒息之前，迷糊裡他送出的千億精蟲，爭先恐後去闖宮。翌年春末，香黛兒誕下一個男嬰，男嬰長成了，勘破情愛如夢幻；雞巴大，燒起來只是灰多，也如夢幻。他離開母親和那個大國，到四方弘法，人稱格物大佛。

紅襪

春天，墓園裡的碑石發綠。早苗瞟一眼胯間，感慨自語：「麻生，你生前最愛掏摸的地方，也一樣長青苔了。」她很美，美得叫男人血熱，但丈夫去後，她的陰戶，竟也像那陰宅一樣幽冷，麻木。

「你要我守節，小節大節我都守了。怎麼那下面，還是又乾又燥？連挨近灶頭，我都怕着火呢。」說完，墳頭似乎多了一雙襪子。綠草茸茸，越顯那襪的紅，生機煥發。「一準是麻生送我的禮物。」早苗拜了幾拜，把紅襪帶走。

這夜風冷，厚襪子正好穿了睡覺。被窩裡，更覺陰氣瀰漫。矇矓中，早苗只感到丈夫鑽到胯下，兩股給猛力擘開。「你撕壞我了！」她還要抗議，但水蛇般一條潺滑舌頭，已竄進那久旱之地犁弄。她從沒想過麻生會這樣取悅她，事實上，他活着，舌頭也沒這麼長，這麼會探穴。「不要，不要那地方……噢！」她兩眼翻白，更沒想到，這舌頭，連那麼不堪的境地，也照樣直闖。

「豁瑯」一響，破窗一塊石頭，驚醒了早苗。原來她的呻吟，擾了九條街的閭里。「麻生舔過的肉，怎麼又燙又癢？」她就像坐在烤爐上，門戶塗了蜜，還有一窩螞蟻在野宴，那滋味，哪個女人受得了？

「茄子……」衝進廚房，她才想起茄子早破開用蒜茸蒸了，「好在還有黃瓜，有胡蘿蔔。」也不捧入睡房，就地抬起屁股，湊到灶上，借力把涼菜分兩路釀了進去。推送了幾百回，灼痛蓋過奇癢，人也累得癱軟，這才想到：「莫非是這雙襪子作怪？」扯下紅襪，欲潮，果然急退，剩兩個磨破了的洞眼，彷彿還在冒煙。

回想一年前，早苗上街買菜，背後忽衝過來一輛馬車。麻生推開她，自己卻讓車輪碾過，兩條小腿，自腿肚以下陷進沙礫。他一邊噴血，一邊按舊習囑咐妻子：「記得要……要守婦道。」早苗一時感動，答應他：「無論如何，我為你守……守個三年。」「有這話陪葬，我瞑目了。」麻生抱着她的承諾歸西。為了死有全屍，仵工把他一對血腳挖出來，嵌回原位。就像穿了血淋淋一雙紅襪，他去見閻王，去得很體面。

墳頭撿回家的這寶貝，原來是地獄來的催情用品，早苗捧着又吻又嗅，暗想：「穿一雙，全身奇癢火燙；穿一隻，又會如何？」她的心突突亂跳，一隻腳伸進了襪筒，下半身未見異樣，但肚臍以上，竟似爬了千蟲萬蚓，兩乳搓得暈紅，還是難過心頭之癢。

撲地翻滾了半晌，才想起隔壁那賣饅頭的：「周來！」她高呼求援。這周來早垂涎她，見機立時癲狗一般，伸着舌頭，提着褲帶衝了過去。「真是天下第一大饅頭！」擒住了一個勁兒揉揑，手法夠嫻熟的。「咬我，吃我！就下面……別去搞！」她要消癢，來人再猥瑣無妨；但胯下麻木，再扒挲也是枉然，自不允他插手：「我要為麻生守節。」「哪有守一節，不守一節的？」周來無奈，把陽物塞她嘴裡，草草了事。

鬼混了幾回，越得不到，他越發難耐：「我周來，一生嘴比鳩硬，從不求人。但我求你，讓我捅捅你那窟窿吧。」早苗讓他纏磨不過，想來要守住那關隘兩年也難，歎了口氣：「捅了，可不要後悔。」「我死都不悔。」他急煎煎的，看着早苗慢慢穿上另一隻紅襪。窗外，雷聲大作。暴雨裡苦戰一夜，周來兩眼深陷，面如死灰。早苗哪肯放過他，擘開他一張歪嘴，去扯那舌頭，「那話兒廢了，舌頭攪進去充數！」

「饒命！饒……」周來僵躺着，瞥眼間，陰風捲起竹簾，簾後浮着一個雙腳染血的男人。他要呼喊，但嘴巴讓陰戶罩住，一個「鬼」字沒喊出來，就破了膽。早苗騎着那死剩的一張硬嘴，又碾磨了半天，待要褪下襪子，才驚覺襪上每一根絨線，已跟她血脈相連。

紅襪不摘除，欲火，就不消退。她披了薄裳，天未亮，就四出勾搭男人。接連十幾日，她飽受舊雨的澆灌，新知的衝撞，累得幾站不起來，但渾身上下，兀自火燒火燎。驀地，她記起《紅鞋》那故事裡，一個貪戀浮華的女孩，才穿上紅鞋，就脫不掉，也停不了跳舞。為終止這場暈頭轉向，她竟狠了心，對一雙腳……「發人深省。」早苗沒深究女孩如果穿鞋，也穿襪，怎生跳着舞捱肏？她癢得不成，只想到鎮上唯一的鐵匠和他的鍘刀。

「我讓你受用，這雙好腿，就不必蹧塌了。」鐵匠說完，陽物已破褲而出。「你最好先綁着我。」早苗提醒他。為求穩妥，鐵匠鎖她在鐵砧上，除了餵食，日夜突襲，抽送得精盡力竭，就把鍛燒爐旁一條推風箱的槓杆，塞到她下體裡去。槓杆有輪軸履帶牽引，轟隆隆！轟隆隆……往復搗騰，差一點把她的腸臟轟碎。

「童話，是誆小女生的，哪有我的生財傢什結實好用！」鐵匠回氣再來，人和機器配合，強攻了幾日，早苗皮開肉綻，形神俱散。自忖時辰到了，她央求鐵匠：「等我死了，你把腿鍘下來，埋到我丈夫墓裡。這節，實在不是人守的。那一雙折磨我的紅襪子，就連骨帶肉，還了他吧。」

樂園

夏天的樂園

破曉，王子甜夢中醒來，覺得食指和中指，還殘留辰月的氣味。「分開五年，怎麼還不斷夢見她？」他沒把味道滌除，淚眼看着的銅鏡，更迷糊了。「一定要帶我的良辰回來。」王子取下床頭畫像，要侍衛長統率五百個眼力好的，搜遍全國。

十載過去，全無線索。某年冬天，王子還得了肺病。御醫說：「殿下鬱結太多，不出三年，就會釘蓋。」「話，就不能宛轉一點？」「夠宛轉了，其實，殿下頂多能活一年。」「就算死，我也要再見到良辰。」他帶着隨從出宮。

黑篷車，四匹黑馬拉曳。載着病菌和思念，轉眼，竄進了城外黑森林。車聲轔轔，輾碎官道上的月影。「嚄！停……」車伕勒緊轡繩，瞪着馬蹄前一團黑影，只是搖頭：「又撞死女巫，半年撞死七個。」

「沒……沒死透呢。」女巫爬起來，挨近車廂。「咱們得趕路。」王子聽說，常有撲向車頭，沒撞死，起身就敲詐的，正要掏些金銀打發她，卻聽她問：「找女人？」「你怎麼會知道？」「男人半夜趕路，兩個原因：一、後面有山火；二、前頭有女人。你後面黑魆魆，不像燒着了東西。」

王子心服，說了意圖和病況。「你和心上人最好的時光，是哪個季節？」女巫問。「夏季。」他答。「曬毛毛的好日子。」女巫吐完血，踉蹌地走到一株相思樹下。那樹掛了四個羊皮袋，她解開其中一個，等絳煙散了，袋口跳出皮毛火紅，狼頭人身一隻小獸。

「這就是『夏』。」女巫奄奄一息：「有牠隨行，所經之地，沙石灼人。『夏』不利病人，不過，你女人如果也偏愛那種濕熱天氣，你在世最後一年，四個炎夏相續，無疑就多了跟她相逢，甚至相敘的機緣。」

王子讓「夏」同行，所到之處，果然一路豔陽，兩面蟬噪。過了十日，黑篷車馳近紅土地盡頭，懸崖上，千株影樹，怒放有如火海，一幢雪白房子，紅影裡烤着。

十五年前的夏夜，他和良辰，就在白屋裡滿是野薑花的陽台歡好。「這是我們的樂園，希望這樣的夜晚，永遠不會終結。」完事，他開玩笑似地，把赤裸的她抱上石欄。

欄面寬闊，支柱雕十二門徒像。欄外，紅浪洶湧，挾帶着羽葉，捲向幽藍的亞德里亞海。怕掉到樓下，良辰不敢稍動，只手腳勾纏着欄杆，趴在聖人們頭上。

他撩開她長髮，舌尖刺探她耳窩，急轉直下舔完背臀，甚至學究般，埋首股溝去鈎沉。「你……你就會欺負人。」她緊綳了筋肉，只死命摟纏着腹下麻石欄杆。忽然，他連着長莖，折下一株野薑花，去掉綠葉，溫柔地，種入她的臀眼。

「這花，送給我未來的王后。」他小聲說。「你未來王后，沒想到……」她鼻息濃重：「是……是個屁眼。」

白月臨照，那株在圓臀上怒放的野薑花，海風吹拂下，不斷搖頭。

漸漸地，那花和她融為一體。王子低下頭，細嚼花瓣的甜香，嚼完，去咬花莖。如果良辰可以再生，他一準沿那花莖，噬她熱騰騰的肉。那飢渴的時刻，連髒話，都那樣燃起他的激情。

「她會回到這裡來，我知道。」時日過去，他最後的歲月，就跟「夏」這隻小獸，住在白屋頂樓。入黑稍涼，他才勉強爬下床，到陽台尋找良辰早散去的體溫。他總會摘一朵野薑花，擱在她曾經俯臥之地，像供奉一段燒焦的愛情。

盼候了十二個月，終於，王子死在野薑花叢裡；那時，「夏」，紅鬣生暈，正蹲在石欄上嗥月。

冬天的樂園

良辰和王子分開後，傷心地，蝸居鄰國。十五年來，她沒忘記他，對他的行藏，瞭如指掌。王子身邊那談吐得體的御醫，就是她的耳目。她愛他，想見他，卻也不敢會他。相處太難，她受不了另一趟離別苦。

知道王子得了肺病，她決定陪他度過餘生。「嚄！停……」車伕在暗影前勒馬。通向城堡的路上，良辰遇上還躺在黑森林吐血的女巫。循例打探過，說了王子離去方向，女巫照樣問她：「你和心上人最好的時光，是哪個季節？」

「冬季。」良辰答。「鑽被窩的好日子。」女巫吐光了血，笑得更狡獪。她再走到掛了四個羊皮袋那株相思樹下，解開其中一個袋子。白煙散後，袋口跳出皮毛如雪，兔頭人身一隻小獸。

「這就是『冬』，有牠同行，所經之地，荒涼肅殺。『冬』不利旅人，然而，你男人如果也眷念那種清冷天氣，他在世最後一年，四個冬季相連，無疑就多了跟你相逢，相敘的機會。」

良辰讓「冬」隨行，所到之處，黑草白雪。過了十日，藍色篷車馳近大地盡頭，懸崖上，千株影樹，銀妝素裹，一幢白屋，迎着崩雲的雪浪。

十五年前的冬夜，白屋裡大廳壁爐前，她歪在毛茸茸地毯上，王子摟着她耳語，故事，都撩動心弦。那淡淡的悲喜，那陣陣入耳的熱氣，讓她濡濕，腿夾緊了，仍阻截不住一場決潰。

那時，窗外細雪，無聲飄降。園中一樹冬青，悄悄變白。「這是我們的樂園，希望這樣的夜晚，永遠不會終結。」她心中祝禱。

這次重訪，她讓長了兔臉的「冬」，陪她住在樓下看得見園子的房間。王子最後的歲月，她相信，要和她一塊兒度過。

日復一日，她在壁爐前等待。她沒到頂樓，或者陽台上去，光是想起那些地方，就臊得耳根發燙，無地自容。

過去，她不想拂逆他，掃他的興，但陽台上那些狂暴，只讓她委屈和痛楚。最難堪，是有一回，王子竟把一株野薑花，插到她……花莖的擠刮，讓她覺得，自己簡直成了一個肉花瓶。

潮濕，可怕的夜晚，她騎在十二門徒頭上。那些道德支柱，在過去和未來的月夜，都會嘲笑她的失態，嘲笑她的袒露和猥褻。死後，為了逃避聖人的笑聲，她準會蒙着黑面紗，跨過天堂的門檻；如果屁股給捅了，還可以上天堂的話。

幽藍的亞德里亞海，仍舊在白雪的盡頭閃耀。良辰有四個冬季，去等待她的王子。每天黃昏，她到冬青樹下眺望，但茫茫天地，一無所見。

十二個月過去，盼候，換來更大的悲傷。拾掇行裝，決定離開白屋的那個夜晚，圓月生暈，她還聽到樓上陽台，隱隱的，傳來狼嗥。

小紅帽遇狼

「小紅帽，你姐自摸過多，病了。你帶一瓶葡萄酒過去，着她當茶喝，補補血氣。」她媽不忘提醒：「敲門，記得先說暗號。」她姐大紅帽，住郊外密林，離童話村，才半天的路。小紅帽進了林子，就遇到色狼。色狼，是淫獸，但長了副學者的樣兒，她就沒想到去戒懼。

「阿妹，裙子裡藏什麼東西了？」「一瓶葡萄酒，還有……小荷包。」「欸？我最愛小荷包了。」色狼喜她稚氣，該有毛有液了，還叫自己那陰濕之地做小荷包。探知她要去找姐姐，暗忖：「小的嫩滑，大的一準味美，等我綑起她倆……嘿嘿！」想着，已覺肉香撲鼻。

計上心頭，色狼就對小紅帽說：「探病，捎一簇花去才好。那棵老榕後面，有叢雛菊，你不如……」「周到。」小紅帽走到樹下，哪有雛菊？不死心繼續找，越去越遠，轉眼迷了路。原來，卻也無意間，躲過虛構雛菊叢裡，色狼的尾隨暗算。「今天，看來宜開大。」小的溜了，牠尖嘴掛了饞涎，改奔大紅帽家。

敲門聲響，大紅帽問：「誰？」「小紅帽。」色狼裝出她妹妹腔調：「媽叫我送葡萄酒過來。」「你沒說暗號。」「暗號？啊！對……暗號。那是……」「媽傳的這一篇，是不好記。頭六個字：我不搞你下面……」她一提點，色狼已接下去：「我不搞你下面，是你正為我下麵；你下麵不好吃，我吃你下面！」嘎一響，大門打開。

大紅帽見撲進來一頭人面獸，驚呆了，瞪着眼給按倒床上，三扒兩撥，衣裙已在利爪下破碎。「暗號蛇卵……長，你怎麼會知道？」大紅帽費解。「你老母，看來是我讀者。」色狼原來寫書，還在學院兼課。病文易學，紅帽她媽盲目傳習，貽禍下一代；這禍，也真來得現成和具體。

「我是白淨，又……」色狼的涎沫滴入大紅帽肚臍眼，她顫抖着說：「又沒有毛，不過，我妹可香嫩多了。她今兒要來，你不吃我，一會我引她進屋，好讓你大飽……」「不等了！」色狼一口咬掉她乳頭。慘嚎，山鳴谷應。

「妞兒越惡毒，味道越好。」學院色狼吃完兩個奶子，掰開她雙腿，舔了幾舔，還要撕下面那肉，好留着下麵，卻聽得敲門聲響。「沒想到餐後甜點，來得這麼快。」牠模倣大紅帽的聲音：「我在大便。你稍等，我擦了嘴……就來。」「你為什麼黃昏才大便？」小紅帽問。問題深奧，色狼課堂上自說自笑，自覺辯才無礙，這骨節眼上，竟然語塞。

「還有，大便為什麼擦嘴，不擦屁股？」簡直是咄咄迫人了。色狼後悔沒追入樹林，先㑳死她。不見回應，小紅帽以為老姐疑心來了假貨。「對，暗號……」連忙拔尖了嗓子，怪腔背出：「我不搞你下面，是你正……」「夠了！」色狼止住她：「可以了，又不是朗誦比賽。」說完，再咬下大紅帽屁股一塊白肉，床單一裹，成卷踢到床下。

「你再等等，屎氣快散了。」這時天色漸暗，色狼放下簾子，穿了大紅帽睡袍，戴上軟邊帽兜，悄悄拉開門閂。等退出十幾步，再喊話：「門，原來沒上鎖，一推就開。」小紅帽推開門，見「大紅帽」坐在床帳陰影裡，帽子扯得好低。「姐，你嘴……怎麼大了？」「開水燙的。嘴唇脹起來，男人喜歡，沒法子。」色狼說得無奈。

「你手，怎麼也脹了？」她追問。「肥皂不對，不是人奶造的，用了紅腫。」說完，察覺小紅帽瞪着牠臍下。「這隆起的，又是什麼？」小紅帽見薄被下有東西。「我……我苦悶。塞了條玉蜀黍在……在……」色狼越說，越不在理，乘她湊過來揪玉米，倏地站起，扭身一肘子壓她背心，按了她在床上，就去掀她裙子。

「你想怎樣？」發現是一匹老師扮的，已經遲了。色狼瞜一眼鼓起兩團股肉，瞜一眼她還握着的那瓶葡萄酒，有了主意：「吃肉飽了八分，喝點酒正好。」奪過葡萄酒，咬開瓶塞就喝。獨酌無趣，就讓小紅帽屁股朝天，一瓶子塞她小荷包裡。「這叫『酒糟白肉』。」牠對飲食，也講究。小紅帽呼天搶地，他卻拿她當一隻暖酒壺，灌滿了，就埋頭牛飲。

三分酒意，色狼就絮聒。「我們做色狼的，也苦。不穿雙高鞋，講話搬一堆理論墊着，那一幫……食物，肯親近？我逐個去解褲帶，去肏，不累？這趟折騰完，也不知再過多久，才遇上屁股單純是肉；屁股眼裡，不會摳出腦漿的。」聽牠醉話連篇，小紅帽趁機四顧，見牆邊排了幾罈浸了蝙蝠，泡着四腳蛇的藥酒，急中生智，就對色狼說：「喝悶酒沒意思，不如咱倆猜拳，輸了喝。」

「好！我用嘴喝，你用小荷包喝。」小紅帽維持那個難堪的姿勢猜拳，幾十回合下來，各有勝負。「布！」色狼巨爪箕張，獰笑：「你又輸了。」小紅帽強忍下體灼痛，讓色狼用漏斗往裡頭注酒。酒噴出來，牠就湊頭去接。她倒楣，連輸幾局，後來，連腸子都讓牠猛灌，灌得肚皮脹起，看來連四腳蛇一家，都住進去了。腸臟照樣吸收酒精，小紅帽頭暈眼花，就知道要撐下去，色狼醉死之前，她得保持清醒。「就當我輸了。剩這半罈，我喝！」色狼從她臀眼拔出大漏斗叼着，源源倒進酒，汩汩喝個清光。大概有酒釀小蝙蝠卡在喉嚨，嗓子尖尖，還倆字一斷句，彷彿吞的，是一盤逗號。「小，紅帽，你……屁股，怎麼，有四，團肉……」話未完，就翻下床，四腳朝天。

小紅帽這會才發現，床底下，有一個給撕爛了的姐姐。她真生氣了，剩下的酒水，全澆到色狼身上，就擦亮火柴。「你想，燒……死我？」火光驚醒那畜生。「以後，你就到下面去下麵好了。」她說。火柴落入狼毛，轉瞬間，熊熊焚燒。色狼長聲慘叫，直奔到田野上，就像一個大火球。

「茄子要下鍋煮魚香茄子煲，你醃好了沒有？」
Liswood

紅寶石公主遇上黑心菜

燕子，飛落藍巴勒城外一條巨柱，晚霞，像天使撒的花。「天色好，怎麼下起雨來？」仰望，罩頭一傘金裙子，裙子深處，黑茸茸一個鳥窩，窩裡，正灑下局部地區的性驟雨。「窩好。就太黏膩，顏色也黑。」選燕窩，牠向來挑剔。

「這不是你這種小鳥住的。」裙底撲出來，燕子察覺小覷他的，是個女孩。「你杵在這兒幹嗎？」燕子問。她想告訴燕子，正眺望一幢高樓的陋室，陋室裡，有個裸趴着的男人，她幻想男人那大鳥，在她臍下落戶，小鑊接大鑊的，搞得湯熱汁流。

話說出來，卻婉約：「我是格林城公主，中魔咒了，要硬生生杵着扮石膏像，扮一百年。也是福從天降，能遇上你這……」「這揀燕窩的。」燕子仰望她憂鬱的臉，心軟了：「要我怎樣，直說吧。」

「我髮帶上有顆紅寶石，請銜到城裡……」她詳說了裸男的陋室所在。「男人生癖才裸睡。」燕子不情不願的，叼起紅寶石飛到那高樓的頂樓，破窗裡溜進去，在桌面原稿紙旁，把寶石塞入蔫了的包心菜。

男人醒來，吃軟菜吃出硬物，以為是仰慕者在爛葉裡藏的厚禮。他是劇作家，會編東西騙自己。這會兒，燕子卻在杜頭上回報：「那白吃黑菜的，就叫『黑心菜』。」「真個好名字。」公主含笑望向遠天。

天，一天冷似一天。黑心菜窗前寫劇，一邊寫，一邊劇顫。原來紅寶石，他典賣了還閻王賬，就剩幾塊錢添蠟燭，買麵包。公主遠遠看着難過，又央求燕子：「他得買些柴薪，綴成這裙子的金葉，你啄一片下來。」

「我……」燕群早飛到埃及避寒，他再不走，就要變雪燕。

「雪燕好，飽含波尿酸，滋潤女人的。」公主的話，燕子不明白，卻願意效勞，頂着風寒振翅去了。黑心菜，他像接了姘頭頒的文學獎，急拿金葉去換錢，吃大餐，上妓院，不在話下。轉眼，錢花光了，兀自一邊抖，一邊寫。

「在《菜寶石》的空間裡，世界充滿感謝，懷念，理解，鼓勵和樂觀的精神，但我不敢想，當中有多少是虛應故事，又有多少是一廂情願……」譫語一字字吐出，金箔卻不幸一葉葉送過去。

「那棵菜，他劇本寫完，公主你不要再給他送東西了。」黑心菜的作為，燕子全看在眼裡，卻始終沒說破。「那他更需要錢了。」公主囑咐：「我身上還剩三塊金葉，你都啄下來送去。他買些好看衣服穿了，人家見他不愁衣食，才會多付他錢。」

「連這幾片都銜去，你就沒東西蔽體了。」天色陰冷，燕子憂心忡忡。「有一天，他一準會黑裡透紅。」公主語調堅決。半月後，大雪天，話劇《菜寶石》公演。北風鞭撻，公主不以為苦，反而慨歎：「可惜，我沒東西送他當賀禮了。」

「你胸口……還有兩顆紅寶石。」燕子氣息微弱：「不過，就再飛得動，我也……絕不讓你再糟蹋自己。」「我那兩個乳頭能送他，我早送了。」公主歎了口氣：「對不起，我辜負了你的關心。」

公演之後，黑心菜果然成了名，還得到一個富家女垂青。雪霽的早晨，兩人穿了皮裘，到城外看風景。「沒想到這大柱上，竟豎了這麼淫穢一尊石像。」富家女望着沒紅寶石的公主，一臉鄙夷：「我去市議會投訴，着人拆了。」

「這東西，光脫脫，看了眼壞，不拆真不成。」黑心菜附和，為演示過人的正義，他指着僵死在石像足旁的燕子：「天底下，數這鳥最懶，最下流了。寧死，也不飛到南方過冬。你瞧，還在石像那個……那個屄上築巢！拆石像之前，我先把這賤鳥燒了。」

「我正想吃鳥燒。」富家女嘴角流涎。黑心菜搬塊石頭墊腳，伸手柱頂取下燕子。浪笑聲裡，他把乾瘦一橛燕子，扔入柴火烤炙。北風，早削掉無衣公主的眼瞼，但她鼻子尚在，還嗅得着鳥肉濃烈的香氣。這個冬天，

「在《菜寶石》的空間裡」，一對璧人圍爐烤鳥，是那樣的快樂。

「是的。我就是嫉妒你，你死到臨頭，那話兒還是那麼硬！」Liswood

嘓嘓王子的初吻

黛絲玩草地滾球，球，純金造的。她心煩，用力過猛，金球直滾到湖裡。追過去，卻見一個男人，在湖邊蹲着看風景。「我是王子。嘓嘓！」男人說。黛絲對王子沒反應，那時代，王子太多了；然而，王子那雙大眼睛，會撩人。

「我……我的球，掉湖裡去了。」「我給你找回來。」王子除去上衣，脫掉褲子，然後……「怎麼連內褲也……」「當然！」王子回眸一笑：「內褲濕了，穿着不舒服。嘓嘓！」說完，擺動着陽物，做了連串熱身動作，才噗通一聲插進水裡。

轉瞬間，王子持球浮出湖面，黛絲卻脫光衣服，泡在水裡。「我想學蛙泳。」她說。「正是我看家本領。嘓嘓！」王子兜着她，讓她平臥水面：「腿要張開，對，再張開一點，再開……」開合了半天，黛絲突然尖叫。

「怎麼啦？嘓嘓！」王子問。「有東西鑽我下面。」「我瞅瞅。」王子掰開她唇瓣察看：「就一條泥鰍，似乎要落戶，長住。嘓嘓！「快……快想辦法！」王子嘓了幾聲，闊嘴對準那陰戶，一條長舌頭倏地竄了進去。挑撥，摳挖了不知多久，黛絲只是呼天搶地，兩腿僵直分開，雙手拍得水花亂濺。

「你怎麼做的？這不是魔鬼，就是上帝的舌頭。」愛液和湖水稍退，兩人就成婚。「婚禮上，你怎麼光是親我額頭？」黛絲問王子。「我國……國習俗，吻女人腹下，會帶來好運；但親了嘴唇，就會……就會百病纏身。」

黛絲半信半疑，再問：「你為什麼說一句話，總要『嘓』兩聲？」「我的國，就叫嘓嘓。『嘓嘓』的意思，大概是『我幹死你』。」「我愛你的『嘓嘓』！」黛絲兩頰潮紅，抬起屁股，床上趴了：「我的『嘓嘓王子』，那泥鰍，還住在我那窩，你好不好再……」

「這回，我隔壁也鑽進去，泥鰍受不了，就吐着白泡出來。」一夜纏磨翻滾，摳摸舔啜，破曉前，兩人倦極睡去。黃昏，黛絲先醒過來。「簡直是天賜的神器。」她輕撫王子俏臉，心想：「就算他真的百病纏身，這舌頭，未必就會報廢，我偏就要吻他。」

嘴唇受這突來一吻，王子睡夢中驚醒。他瞪着黛絲，百感交集，想說話，但不斷變大變闊的嘴巴，只能發出：「嘓嘓，嘓嘓……」也就是：我幹死你，我幹死你！在黛絲慘厲的哀號裡，王子，不幸地，變回一隻蟾蜍；童書裡，一般把這醜物，誤為青蛙。

睡公主和藍蝴蝶

「你閨女長到十六歲，會遇上成對的藍蝴蝶。到時候，她就會睡個一百年。」女巫說。王后剮了長烏鴉嘴的女巫，舉國上下，就全力捕殺藍色的蝴蝶。轉眼間，城牆內外不見一隻會飛的昆蟲。王后不放心，再頒令：「逮到一隻藍蝴蝶，賞黃金百兩；私藏者，闔家連寵物，免費就地火葬。」

時日過去，公主快到破瓜之年。為求穩妥，十五歲生日那天，王后還是對她說：「往後這一年，你要住到沒蝴蝶能飛近的地方。」公主給關在高塔上，有奴婢侍候，衛兵把守。吃用是不缺，但她一顆心，悶得長出了蘑菇。「怎麼豺狼野兔，一隻沒見着？」她俯瞰塔下草原，望穿了秋水，望出了春水，終於望見了一個男人；不僅是個男人，還是個粗壯的男人。

男人每夜站在月光下，他的臉，那樣憂傷。他黎明前去了，公主就躺到床上，幻想和他廝纏。她覺得男人每次來了，都把一顆星子，埋她腹下，燙得她在床上翻來覆去。「女人原來真是水造的。」她拋出去的濕手絹，就摺成星子模樣。這時，已是塔中幽居的第十一個月。男人把「星星」帶走，以為上面沾的，是公主的淚。

月亮再次升起，男人石頭上縛一株紅玫瑰，投到塔上。濕的星子，硬的玫瑰，傳遞着一天天深厚的愛情。瓶子裡，轉眼插了三十株紅玫瑰。「後天，我就十七歲了。」公主心想：「就怕離開這座塔，不能再見到他。」對眼前牢獄，竟生出無限眷戀。

思前想後，她找來一條長繩，一頭繫床腳，一頭縋到塔下。「繩子八成承受不了他那身肉，不幸掉回地上死了，就算給我留個美好回憶。」天氣熱，星月無光，沒人會窺探她，公主乾脆脫光衣服躺上床，聽微風吹動紗簾的窸窣。

「再聽不到慘叫，天要亮了。」公主覺睏，閉上眼，迷糊中有人握着她的腳，吻了腳掌。「這一天，我等太久了。親吻你玉手，是我八輩子的福氣。」「那是我的玉腳。」公主噗哧一笑，想到他冒死攀進來，有點感動：「你喜歡，還可以吻我……我……」

「人生苦短，天又黑，這禮就不拘了。」「對。」公主溫柔地說：「天亮了，人人戴上面具，去摳去舔別的東西。我對自己的放浪，照例要羞愧。你就趁夜色，盡情……盡情攻佔我吧。」男人揚長，避開夜短，攻入公主所有的洞眼。讓她體會到作為女人，肉體可以那樣濡濕，心靈可以那麼充實。

當他用舌頭鑽探她耳窩，她的呻吟，有如夢囈，抖顫的地平線上，一輪紅日，正緩緩爬升。公主狂歡後醒來，西斜的暖黃日照，落在窗邊三十朵玫瑰花上；第三十一朵，紅豔豔的，正在她兩腿之間，開得狂肆。她望着虛耗過度，還在昏睡的男人，望着那刮得她臀肉泛紅，唇瓣火燙的髫鬚碴兒，她心潮激動，忍不住支起身子，凝視那硬挺的陽具；夕照裡，真像野地上站崗的楞頭大兵。

「做綺夢了？」她覺得這大兵，長相是惡俗，行事有時讓人痛不欲生；但戴着那紅頭盔，出生入死，滿頭大汗的，不怕翳熱、不避骯髒，鑽深坑裡幹活，不幹得口吐白沫不罷休，也是可憐。由憐生愛，竟埋頭舔弄了半天。男人睡夢中號叫着，終於精盡。「死魚味，草青味……」她想吐，暗自抱怨：「男人那話兒能噴出薄荷酒，愛情，會更叫人回味。」

男人脖子胳膊都是汗，貼身上衣卻不除下。公主湊近他耳語：「我赤條條讓你看個夠，你這樣裹住自己，公平？」說着，去解他鈕扣。第三顆鈕扣解開，一雙翅膀展現，她慘然喊道：「藍……蝴蝶！」暮色，胸口的蝴蝶刺青一樣，藍得好憂鬱。

男人甦醒過來，公主卻趴在身邊睡了。他沒喚醒她，只審視她柔美的裸體，渴了，就吃股溝裡的汗。「不好！」他察覺自己衣襟敞開，公主可能已看過胸前蝴蝶。他心裡迷惘，只知道呼喊着，要把人搖醒。「我知道，你會聽明白我說的。」男人告訴他的睡公主：「我一家，讓人誣陷私藏藍蝴蝶，十年前，給王后處決，連帶三頭大肥豬，也判了繯首死刑。」

男人哭了半晌，接着說：「我躲進森林，算逃過劫難。胸口刺的這藍蝴蝶，一來為紀念父母，二來是為了復仇。我一直找機會，要你看到這雙蝴蝶，應了咒語，好等你那狠毒母親，也承受失去親人的傷痛。但我在塔下看見你，卻只想着避開守衛耳目，冒死來看你。其實，過了今天，魔咒解除，以後看到藍蝴蝶，紅蝴蝶，什麼蝴蝶都沒關係，你為什麼偏要……」

男人死命拍打她屁股，打得既紅且腫，才罷手接受現實：公主，是不會再醒過來了。天亮，王后派人來接。男人早抱走公主，回到黑森林裡小石屋。石屋四周，玫瑰密密層層，隨他的仇恨急長，他出發到塔裡去的那天，甚至把屋頂掩沒。「復仇」回來，他得披荊斬棘，撥開盛放紅花，才可以把公主抱進屋內。

「仇恨能結出果實，我的公主，你就是那最酸，也最甜的果實。」對於男人的舔吻，酣睡的她臉泛潮紅，四季，嘴角同樣含春，不時細弱地低吟。心意暗通，男人知道她迷糊中，也能享受他的愛撫，於是，點到絕不即止，除了打獵餬口，就在她身上施為。

他每天細緻地吻她，為她洗澡；有一回，還在她油亮的陰毛上，放了些香草種子。澆上泉水沒幾天，黑毛和綠芽交纏，是那樣的生機煥發。「你睡着的日子，玫瑰，從房子蔓生到森林每個角落，再沒人會找到我們，妨礙我們了。」月光下，男人再一次告訴她的睡公主。

「你既然吻他不醒，再這樣下去，就違反咱們的遊戲規則了。」Liswood

白雪幫主

「魔鏡魔鏡，世上誰人最『省鏡』？」白雪公主問鏡子。「論樣貌，你靚；但身材，是你後母好。」「呸！枉我連洗屁股，都讓你看。」一隻金臉盆砸碎鏡子，公主餘怒未消，赤條條，踢門出了浴室，見三個黑奴過道上肅立，褲襠裡毫無動靜。「小眼瞎了？屁眼堵了？龜頭不抬一抬，也嫌我身材不好了？」她一肚子氣，要發洩。「奴才不敢造次。」三個黑奴，連上面一顆頭，都嚇得垂下。

「人來啊！」公主吩咐撲上來的侍衛：「這幾頭蠢物，看奶子沒……沒具體反應。快綁了去我父王後宮，命幾十個妃子死命啜，給我搞大這三條雞巴！」「謝公主。」黑奴趴地，一個勁兒磕響頭。「黑命，我暫時留着，不過……」她轉頭對侍衛說：「等雞巴弄大了，就押去插燒熱的鐵沙。」公主聽聞世上有鐵沙掌，厲害無匹。三個黑炭頭一旦練成「鐵沙鳥」，攻無不克，肯定可以搗擂死母后。

佈置了秘密武器，公主出門散心。湖濱稻田上，有一幢蘑菇似的大屋。「有趣！」她敲破窗玻璃，爬了進去。屋裡陳設簡陋，一個大房間，擺了七張小床。她打個哈欠，幾張床併起來就睡。矇矓中，覺稻草叢裡，七個小燈籠晃動。片晌，七個小矮人，就推門進了屋。「欸，公主來了？」矮老大有點詫異。

「你怎麼知道我會來？」公主奇問。「我……我怎麼知道？我壓根兒沒說話。」「沒說話。」一眾矮人附和：「剛才大家都沒說話。」「不招認，我剝你這幾個矮瓜的皮！」白雪公主抓住矮老大頭髮，按倒在地，一肘子撞他背心。「哎唷！我說了。」見她伸手要挖眼，他不敢隱瞞：「王后算準你會經過這兒，要我們對付你。」

「就憑你幾個？」她不怒反笑。「公主，咱們其實……很強勁。專門讓女人求生不得，求死不能。」「有這種事？」瞟一眼各人褲襠，她有點懷疑。「可以示範。不過……」「又怎樣？」「公主得先讓咱們畫些界線。七個人，各負責貴體一個區域，亂不得。」「原來是辦選舉，搞分區的。」公主唸叨着，得由他們用紅蔻丹，在身上規劃。

七個「區」，分別是：一、頭頸；二、胳肢窩連雙手；三、乳房至肚臍；四、背和臀；五、陰戶；六、大腿；七、膝蓋以下。「咱七人雞巴是偏軟，但針對自己負責的區域，鑽研出最密集，最有效的刺激方法。七個人同時施為，女人要興奮得全身抽搐，呼吸困難，鮮有不在狂歡中歸西的。」負責「第四區」的矮老四說。

矮老四鼻子幼長，像手指，只比專攻陰戶那老五的陽具形鼻子，略小一號。「你們兩個鼻子，分捅我前後，就不怕窒息？」公主關心起倆矮人安危。「公主放心。」矮老五說：「我和老四，平日鼻子挖泥，其他兄弟泥坑裡插秧。日子有功，屋外稻田一望無際，就這樣犁出來的。」

「一準爽死了！」想到大小兩個硬鼻子，在腹下股間鑽研，公主就臉紅耳熱：「只要不讓七個齊上，『三搭四』，『五搭六』，或者『一搭四五六七』，按心情混搭，光想想那花樣，我就過……過癮得不想活了。」「那麼，公主打算怎樣開始？」手指粗壯的矮老七問。「就由你開始。」公主走得腿疲，一條腿伸到老七面前：「我不受力，按腳底手輕點。」

矮老七用開水浸她雙腳，用玫瑰花瓣擦拭乾淨。「兄弟，把公主按牢了。」說完，忽疾忽徐揉捏半晌，忽然把她一隻腳，舉到嘴邊啜住……「嚄！不得了，我……我要死啦，受不了……」公主殺豬般嚎着，看來痛苦，又似乎快活。待老七手停口停。白雪公主，汗水潺潺的癱軟在床，真和死魚一個樣。「果然強……強勁。」她奄奄一息，嗓子早就喊啞：「我歇好了，再……再試那倆大鼻的。」

公主和小矮人的淫行，罄竹難書。一個月過去，她形容憔悴，心神耗盡。「你們服務，是周到，卻到底是後母設的陷阱，為的，是把我折騰得水乾皮皺。我一口氣留着，她就得死！你們隨我回皇宮，不必種田了。」「謝公主提攜！」七個小矮人，拜伏在地。「叫我幫主！」她吩咐下去。

「白雪幫主」回到宮裡，要矮嘍囉做的頭一件事，當然是搞她後母。「這是我母后睡房的鑰匙。你們去『侍候』她，記得七個一起上。不弄得她反眼吐白沫，我扔你們去餵鱷魚！」某夜，時機成熟。矮老大用鑰匙開了王后寢室的門，率六個矮人鑽了進去。

他們未發現王后，先看到七張小床，七張小床上，躺了七個雌性矮人。薑，老的辣；女人，是老的鹹。原來公主領着七個矮子回來，王后早窺見她圖謀。這時候，隔壁傳來女矮人的呻吟，推想大局已定，她就施施然，看行房去。

「你們七兄弟，該知道誰真對你們好了吧？」王后笑望着七張床上，十四條小肉蟲。「當然是王后！」矮人們齊聲歡呼。「哈哈……」「哈哈哈……」七個小矮人，母女兩代鬥爭中最大的受惠者，他們笑到最後，也笑得最響。

海妖瑟倫的淪落

「遲鈍，是對付誘惑的唯一方法。」尤利西斯說。為了抵抗海妖瑟倫，他用蠟封住耳朵，要船員綁他在桅杆上。瑟倫誘人的歌聲，連最堅定的水手，聽了都迷航。

百密一疏，尤利西斯忘記了蒙住眼睛。藍色雙桅船，航過某一座孤島的斷崖，抬頭，他看見石崖上的瑟倫，看見月色般皎白的裸體，他的心融化了。

「這皮再嫩，包裹的，只是鹹苦的海水。」尤利西斯合上眼，反覆告誡，最後，催眠了自己。夢境裡，船頭激起的白浪，都變成女人。女人又鹹又濕，跳到甲板上，撕他衣服，用剔透的舌頭舔他，用晶瑩的手指撩他。可憐的尤利西斯，鐵鏈纏身，在船員圍睹下，扭擺呻吟，身心都讓「鹹苦的海水」攻陷。醒來，大窘。「噩……噩夢。」他問掌舵的：「離開那海崖了？」

「離開了。」「有沒傷亡？」「沒有。」掌舵的告訴他：有船員好奇，沒封住耳朵，察覺海妖瑟倫沒唱歌，就喊着一個名字，聲調又哀怨，又淒涼。「喊什麼名字了？」「你的名字。」他答。尤利西斯沉默片晌，下令：

「回去把海妖擄了！」

海妖沒掙扎，對回頭找她的尤利西斯，不住甜笑。「我艙房床大，你就睡裡頭吧。」他盯着換了水手服的瑟倫，覺得誘惑，沒什麼不好。

捕獲海妖的第一個夜晚，雲淡風清，瑟倫施法讓海水聚合成觸手，把船舉到半空。白月下一隻藍色搖籃，她和尤利西斯，就在温柔的搖晃裡，行雲握雨。

事後，瑟倫告訴他：「以前，救起磕上岩礁的水手，我總追問：誰是最有目標的男人？一般都回答：『就尤利西斯！駕藍色雙桅船的硬漢。』」「我，值得你期待。」再一次，尤利西斯用舌頭，刺探她黑濕的漩渦。

「你眼淚鹹澀，怎麼下面湧的，卻帶着石榴的甜味？」「眼淚，為過去的命運而流，自然鹹苦；但那些石……石榴汁，卻是為你準備，希望你感覺甜美。」她說。

「我是連你的命令，都一併愛上的情婦。」為了取悅尤利西斯，再古怪的事，都由得他在身上施為，包括接納一條粗麻繩進入臀眼，聽命裝成是一頭邋遢貓，在甲板上爬行。黃昏來時，她還會喵喵叫着，背向南太平洋的落日，努力擺動那條幸福的長尾。

他們在地中海沿岸一個美麗城市暫住，日夜纏綿。三個月過去，對眼前的肉體，尤利西斯漸漸失去了興趣。為了尋找新的目標，他決定再次啟航。不久，他在另一座孤島上，找到另一個海妖；而且，再沒有回來。

海妖瑟倫，她可以令海水變成不同形狀，卻沒有任何謀生的技藝。美麗的城市，也沒有免費的果實和野菜。

冬天來了，白雪紛飛。為了苟活下來，她衣裙單薄，在碼頭兜搭酒徒和水手。「給一個麵包，就可以和我睡。」她笑容生澀，聲音，像來自遙遠孤島的斷崖上，聽着又哀怨，又淒涼……

井中孤島

從前，有一個老鴇。老鴇有兩個女兒，一個勤勞，叫露比；一個懶惰，叫露絲。老鴇的妓院，是家族生意。嫖客來了，乾淨溫柔的，老鴇會讓懶惰露絲接待；五大三粗，看起來會捅壞女人的，就推給露比。

為了讓客人盡興，老鴇重金收購了兩條精製鋼陽具，都造成蛇頭模樣，一條是毒蛇，頭呈三角；一條沒有毒，滑溜的橢圓蛇頭鑽得人舒服，自然留給露絲。

露比領得「毒蛇」，卻為它取了好名字，喊為「春景」。她讓嫖客的真陽具，自備的假春景，搗擂得皮破血流，難以安坐。傍晚，嫖客們在家裡陪妻子吃飯，露比卻還在井邊擀衣服，洗床單。

紅霞，有如義陽上的血漬。某天黃昏，露比把朝夕相隨的春景，也帶到井旁洗滌。一時拿捏不穩，重甸甸一條鋼棒竟掉到井裡。

「老娘不管你生死。營生工具丟了，你得自己撿回來！」老鴇罵得狠毒，從來嫌她不是自己所出。露比徬徨無計，思前想後，終於，含淚投了井。

噗通一聲，她知覺沒了。待清醒過來，卻已躺在湖心洲渚，藍穹如蓋。「春景，你在哪裡？」勝境裡，連歎息都帶着回聲。「在下就是春景。」「你……」一回頭，她就跟一個男人四目交接，兩人的長睫，幾乎織在一起，永結同心。

「我就是你要找的，錯不了。」男人笑說。他在渚上住一幢大白屋，屋前開滿黃玫瑰。「這裡什麼都長，尤其夜晚。」太陽移向天邊，周圍即變得晦暗。這壯了男人的膽，他吻了她，說：「我一直等的，就是你這樣一個女人。」

「我髒。」露比悲哀地說：「男人給我後媽一點錢，就可以吻遍我身子。」「我要吻遍的，是你的心。」男人住了嘴，解開她衣襟，舔啜接近那顆心的乳房。

露比跪上花瓣鋪的軟墊，抱着他腿，「原來『春景』就躲在你褲襠裡。」她感動得張大嘴巴。「到今天，我才知道什麼叫快樂。」男人只是喘息。

井中歲月匆匆，黃玫瑰開始凋謝。某天，露比看到一個陌生婦人，屋前死命抖一張鵝毛厚被。「我是何勒太太，管天氣的。」那張被，她抖一下，鵝毛就翻捲而出，飄得漫天遍地。

「我替你抖抖。」露比接過來抖了半天。她做事向來勤快，壓根兒沒察覺，被口不斷湧出鵝毛。那毛隨風旋舞，直竄上圓形天穹。然後，白茫茫蓋下去，成了人世間連場的大雪。

「後媽和老姐，是待我不好，我還是想回去看看她們。這大雪天，她倆活得不容易。」露比閉上眼，隨何勒太太抖起的一陣風雪上飄。睜眼看時，原來已落在妓院後門井畔。

老鴇看到露比積雪裡杵着，手裡抓的，卻是一條粗大，變成了純金的假陽具。老鴇又哄又罵，終於問出了真相。「害你，反變成愛你了。」也不管天寒地凍，她吩咐懶惰露絲，取來新買的幾十根大號鐵雞巴。

「你那便宜妹妹，她扔一條鋼撚下去，換一條金柒回來。咱母女倆，綑了這一身大鐵鳩跳下去……嘿嘿！以後這雞竇，晚上還用得着點燈？」

鳩多鳥重，入水那一響，真嚇得滿院嫖客龜縮。當然，老鴇偕露絲跳井之後，就再沒有回來。翌年春暖，露比井邊擱了金陽具，跟一眾見習妓女娓娓述說井中情事。小娘皮聽了無不張大嘴巴，就像當日露比含着「春景」一般陶醉。

詩人國紅玫瑰

從前，有一個詩人國，玫瑰都種不出顏色。「送我一朵紅玫瑰，我就愛上你，讓你吻最像紅玫瑰的地方。」女詩人開出條件。男詩人望着滿園的白，只是歎息。園裡夜鶯，讓男詩人的憂鬱感動，每夜飛到窗前椏上，看他燭下書寫分行的字句。那年頭，詩人沒官府接濟，個個骨瘦如柴。夜鶯乾着急，就算撲進火爐，烤熟自己，也只讓他一刻温飽。

某天，夜鶯遇上女巫。「有心願嗎？」女巫問。「我希望變成一大塊嫩肉，讓他能吃飽。」「好辦。」女巫掃帚一揮，赤條條一團好肉，就蹲上了窗台。詩人目瞪口呆，半晌，才知道抱下來，放到床上。「我是來讓你吃的。」變成裸女的夜鶯說。「我的手，就是餐具。」餐巾不鋪一下，就開吃。

夜鶯讓他翻來覆去，狂搓盲揉的，舔吮完，卻去咬屁股，摳洞眼，摳得汩汩響，始終就沒真把腸子扯出來，把肉撕下來。夜鶯心裡納罕，忍不住問他：「不餓了？」「餓，還渴。」只埋頭她兩腿間，死命吸啜。夜鶯未習慣這副肉體，但又痛又癢又舒服，受用得宛轉嬌啼。「所謂鶯歌，就這一疊淫聲！」詩人喝采。

「光喝我那……水，能飽？」「越飲越渴。」「那先吃甜點。」她把乳頭餵到他嘴邊。豐盛晚餐吃過，太陽沒出來，詩人又撲到夜鶯身上吃早飯。好事多磨，磨到午膳時間，他嘴上饞涎冗自亂濺。夜鶯肚皮鼓脹，都是空氣漿液，心想：「他寧願捱餓，也不肯吃我，還一個勁兒擠進去東西，心腸也真好。」

這天餐後，詩人望着園中白玫瑰，悶悶不樂。「以為吃飽了，你就稱意。」夜鶯說。「物欲的滿足，是蒼白的。」詩人教訓她。「什麼才不蒼白呢？」「紅色的玫瑰。這無邊一片白地，要是綻出一朵紅玫瑰，那多養眼，多詩意。」他搖頭歎息：「你肉好，就是欠一點情趣。」

「真希望送你一朵最鮮紅的玫瑰。」少女夜鶯的話，可是算數的。她走進黑森林，在世上所有邪祟和惡行的發源地，適時地，她再遇上女巫。「他住的那『我園』，受了『我我我咒』，紅花開不出來，除非……」「除非怎樣？」夜鶯問女巫。「除非有人為了愛情，肯犧牲性命。」夜鶯回到『我城』，入『我園』，乘詩人外出，就照女巫說的，脫光衣服，在白玫瑰花叢裡打滾，任荊刺扎得皮破血流。

「這樣流血不多，痛苦卻漫長，翻滾幾天才死得透。」窗邊一株老樹提議：「不嫌棄的話……」「儘管說。」夜鶯忍痛等他接茬。「你可以騎在賤軀這椏上。」老樹攛掇她。歪斜主幹上，凸出來兩個糙橛子，瞧那粗幼模樣，正好跟胯間大小兩個洞眼對應。夜鶯閉了眼，倏地坐下去。厲叫過後，漿血，浸潤着樹身，沿兩腿流瀉到泥地上。

「覺得難受，你可以唱歌。」老樹提醒她。夜鶯那歌，越痛苦，越清越動聽。在貓頭鷹環伺的靜夜，那是最斷腸的一闋長短句。當然，夜鶯不會曉得，她的自殘，徒然滿足了老樹扭曲的性欲，讓他在頹敗之年，得享青春的滋養。

破曉，蟾蜍辦的朗誦會結束，詩人回來見夜鶯抱着老樹，聳臀塌腰，一臉的迷離惝怳，卻已氣絕。他禁不住暗罵：「好個賤貨！轉臉就騎住個椏杈快活，肏死了活該。」罵完，從樹幹上扯起來，就地埋了。

夜鶯的愛，驅除了魔咒。翌年春天，她埋骨之地，果然長出紅豔豔一株玫瑰。詩人很高興，急折下來，直送要見紅的女詩人家裡。「我城第一朵紅玫瑰，最配襯你了。」他諂笑着說。女詩人理所當然地接下，雖覺得彆扭，還是守諾掀起紗裙，讓他去吻自己「最像紅玫瑰的地方」。

「你的吻，就比你的詩能燙熱花心。」女詩人讚賞完，回報了一綑歌頌舌頭的長句。男詩人再三吟誦，吟得口裡冒泡，心中流蜜。沒多久，兩人就成了親；倏忽間，更捅出一個叫愛詩的女兒。然而，說也奇怪，當愛詩和不愛詩的，悉數入了土，紅玫瑰，卻還沒有凋謝，仍像當年從血泥中綻放一樣，紅潤欲滴。

海盜

一艘黑船在黑海航行，船上，有一百個黑奴。為了盡快送自己到美國的奴隸市場，烈日下，黑奴死命搖槳，汗水洶湧，宛如墨汁。奴隸販子黑炭頭，愛用皮鞭抽打黑奴取樂。黑奴捱了鞭子，正好化悲憤為力量，發狂般划船。黑炭頭鞭完左邊一排黑奴，發現船在海中打轉，又得相應地，痛打右邊的。為了讓船筆直前進，他精疲力竭，氣喘如牛。

「女人！」黑奴甲喊道。「白女人！」黑奴乙遙指海上一團白。「光脫脫一個白女人！」黑炭頭補充。那條竄向半空的鞭子，也有靈性，應聲垂下來，直伸向要捲入漩渦的女人手上。女人抓着那條富象徵意味的長鞭上攀，翻進船腹，瞟一眼黑不溜秋一窩男人，她連聲慘叫。待要跳回大海，卻太遲了。

在那個非黑即白的世界，她濕潤的兩顆嫣紅乳頭，點着了總數兩百零二顆牛眼珠。「不污辱我，要我幹什麼，都依你。」女人乞求黑炭頭。沉溺在童話氛圍，他沒探究鎮日海上漂流，怎麼防曬，才保持得這身嫩白。「除了給污辱，你可以貢獻什麼？」仍舊是蠢問題。

「我可以替你們採珍珠。」她說。「那每天給我採十顆，少一粒，保證你嚐到十條『黑命硬』夾攻的滋味。」

女人冒着讓鯊魚咬爛，水母纏身的危難去採珠，白天沒採夠，就躍入黑淵裡尋索。十天過去，一百顆珍珠擺在面前，對女人持守貞節的決心，黑炭頭費解，卻也敬服。「究竟什麼原因，你寧願吃苦受罪，也不讓大夥兒結結實實地肏你呢？」黑炭頭變得客氣。

「我很愛我丈夫，雖然結婚三個月，他從沒……從沒走正門，進入我身體；但我身上洞眼，都是他的，不能讓你們去侵佔，去攤分他財產。」女人還告訴奴隸販子，半個月前，揚帆出海，不幸遇上海盜，海盜劫財，還擄走她的丈夫。「荒謬！擄走臭男人，美滋滋一塊肉，卻扔到海裡？」

「海盜，也有同性戀的。」女人開導他。後來，運奴船遇上彩虹旗飄揚，同性戀者組成的海盜團伙。「咱們人多，諒這幫屎窟……好同志，不敢硬來。」黑炭頭束緊褲帶，下令迎戰。海盜船轉眼駛近，女人看到丈夫站在船頭，春風滿面，禁不住大聲歡呼。

「你不要再等我了。」男人一臉歉然。兩船相接，他跳過去對妻子說：「給擄去幾天，日夜讓他們這個……這個……之後，我才發現，自己真正的……的『傾向』。過去，算白活了。我決定追隨那海盜頭兒，過新生活。對不起，你就撒開手，讓我在這茫茫大海，亂棍下出生入死吧。」

「怎麼會這樣……」男人隨海盜船離去，她欲哭無淚，一顆心，像船頭的浪花粉碎。攥着的一粒珍珠她擲還大海，就慢慢扯脫衣裙，船板上趴着。眼神空洞，只喃喃唸着：「來！一起來。海盜鼓搗出來，那結結實實的樂趣，也讓我領略一下！」黑色涎沫，源源從黑奴的大嘴淌下來，漸漸地，淹沒了女人雪白的肉體，淹沒了黑船。遠海上，除了忽然架起的一道彩虹，再無所見。

達秋的咒語

侏羅國連年大旱，河床乾得可以當睡床。「瘠地能再濕潤，四野長出鮮花，那該多好！」國民，都心中祈願。

少年達秋，他最熱切了，聽說神山住了個花仙子，身有異能，就急煎煎的，求道學法去。

「魔法，要慎用。」花仙子囑咐他。達秋學成下山，到家了，即對着後院一口枯井，手舞足蹈，依法唸咒：「濕濕濕，我要你這枯井濕到漏！」半晌，枯井果真清泉湧出，入口還甜美。他馬上喚來鄰里，圍井牛飲。

喝飽水，達秋試着施展另一門法術，仍舊盯住那口井，唸唸有詞：「花花花，我要你井邊開滿黃菊花！」轉眼間，井畔就讓一重小黃菊包圍。

好事傳到皇宮，侏羅國王召見達秋。「我國鳥不下蛋，樹不結果，你既有手段治理，我這就賞你一個『大綠吏』。你好好幹，幹到大地綠油油為止。」國王吩咐他，由皇宮開始潤澤，官道兩旁要花團錦簇。達秋領命行事，菊花開啊，窟窿濕啊！喊了幾日，已覺得勞累，而且無趣。

「我是國王的『發言人』。」來人陰陽怪氣，仰着鼻子說：「白堊國有特使要來，你快到邊境去，讓大路兩旁長些九里香；還有，隔十步添一畦美人蕉。特使愛美人，又愛吃蕉。記住了？」

達秋心裡有氣，憋不住使出新鮮花樣：「臭臭臭，我要這廢物，八孔長滿臭茉莉花！」臭茉莉，又名臭牡丹，花葉會散發怪味。這發言人，除了兩眼，耳鼻喉連肚臍屁眼等，一律花開燦爛。他受了驚，滿城亂竄，不必開口宣旨，惡臭傳出，途人無不避走。

達秋變出癮頭，見了漂亮妞兒，竟施法戲耍：「滑滑滑，我要你這個陰戶，又濕又滑！」弄得一城少女，好尷尬。有官家女戀詩，平日仗勢欺人。達秋知道了，乘她家中熟睡，卯足了勁兒唸咒：「滔滔滔……」老屄一下子決堤，那不絕淫水，沖得戀詩合不攏兩腿。

大水湧出睡房，浮起廳中桌椅家具，三個祖宗骨灰罌，掉到水裡漂流。水漫過門檻，淹死階下花壇幾叢白玫瑰，就急瀉直下斜坡，滑倒四頭流浪狗，潑醒五個乞丐。最後，注滿坡下六個久旱的大浴池。

「早知道發大水，就不送孩子上學。老師見他滑潺潺，一股屄味，還以為我拿這小鬼一顆頭，塞他老母。」

那天，淫水中掙扎的，都有餘悸。當然，也有水到渠成，一舉旗就輕易入港，對達秋連聲稱頌的。

後來，達秋愛上一個女孩。「心……我要你的門戶，掛上一串心！」他說。夜色溫柔，咒語未生效，她浸着泉水的洞眼，已長出幾撮蔥綠的愛之蔓，別名一串心。

讓人開花長葉，雖然促狹，到底無傷大雅。不巧達秋戲弄過的發言人，是侏羅王私生子，他讓臭茉莉塞了尿道，搶救回來，卻變了長期發炎人。侏羅王為出這一口鳥氣，下旨吊死達秋。

行刑日，絞刑架和繩索，咒語之下，纏滿鮮紅的長壽花。劊子手腳底生了根，頭頂長了葉，種在絞刑台上，像一棵大白菜。

達秋乘亂離開了侏羅國，他移居外地，繼續用「濕濕濕」這樣的魔法，美化人生。侏羅王，白堊王，又或者泥盆王，當然，一個個死了，泡過防腐液的屍肉，說什麼都長不出一株花來。

麗達與燒鵝

盛夏，歐羅達斯河畔。伸到河裡的山毛櫸陰影，像一根根黑色的手指，撩起水花。斯巴達的王子妃麗達，眼見四野無人，蘆葦叢外，只天鵝暢泳，就脫光衣服，趴着曬曬太陽，看看書。

「屁股油亮，鼓脹，這人間的一對太陽。」宙斯遠遠見了麗達，欲火攻了心，再攻到臍下，擼着雞巴，就要竄下山去施暴。無奈大神，也忌憚小神們嚼舌。他煞停自己，思考一個人類一思考，他就要發笑的問題：「去過癮，怎麼做才穩妥？」

「就變一隻大天鵝，撲過去肏她一個雞毛鴨血。」計上心頭。但河上幾十隻天鵝戲水，無風無浪，他嘩啦嘩啦衝過去，太突兀，就召來聽他擺佈的阿普洛迪，吩咐她：「你快變一隻餓鷹，作狀撲殺我。」

阿普洛迪不好拂逆他，委婉說：「我可以變老鷹，當你同謀。但你答應我，就抱一下，別來真的……」「好。我只來假的，別囉嗦。」宙斯催促她。阿普洛迪長出鳥毛，騰空而起，掠過的地方都下着毛毛雨。愛上這鹹濕之神，她淚落不止。

天鵝宙斯，他悄悄游近麗達，等阿普洛迪俯衝下來，就趁機拍着翅膀，三扒兩撥，飛擒上去施為。麗達抬臀要起身，卻讓天鵝按着。要掙扎，這天鵝斤兩既足，力氣又大，竟壓得人塌了，動彈不得。

「放開我！」麗達抗議。「呱鴉！呱呱呱！」宙斯裝出怪叫，表示他不會聽人話。麗達忽覺屁股沁涼，滑潺潺一根長物，後門撩弄半日，咕吱一聲竄進了下體。她哪想到會遇上這等怪事，那東西瞎撞了一回，竟進了條七鰓鰻似的，連啜帶嚙，折騰得她兩眼翻白。

「神蹟……」麗達顫聲喃哦。「我這就再神一點！」宙斯心想。差點兒露了口風，連忙補上幾聲呱呱，抱緊麗達，拍着大翅膀，直上雲端。她腹下沸騰，連三魂都讓吸去，淫水澆出沃野十里，從此，五穀豐登。

「就不管我看着眼饞？」阿普洛迪又再讓宙斯欺騙，看着麗達半空裡亂抖，她妒恨，估摸宙斯就要大洩，會失去防範，還是老鷹賣相的她，俯衝而下，朝宙斯噴吐一團烈火。「呱鴉！呱呱呱，我肏你……」烈火燒着他渾身鵝毛，要變回人形，來不及了。

麗達下身冒煙，直掉河裡。她大難不死，爬到岸邊，只見落日下一隻肥燒鵝，香噴噴供在河畔大青石上。驀地，背後有聲音說：「大燒鵝你一個人吃不完，咱們分了吃吧。」回頭，見鬢邊還插着鷹毛的一個女人，翩翩走來。

在諸神潰腐的黃昏，她自我介紹：「我叫阿普洛迪，做燒烤的。」說完，就去挑燒得恰好的鵝肉，心想：「得不到他的神心，得到一隻左朏，也是好的。」

「少見多怪！在那話兒上刺一隻藍蝴蝶，有什麼好大驚小怪的？」Liswood

最後一塊皮

「要挽救馬戲團，就一個方法，由你開始，每次推一個人去讓老虎吃掉。」團主對馴獸師說。可惜，就算他肯為表演事業，獻出一身的瘦肉，團裡唯一的老虎，卻餓得先犧牲了性命。

無獸可馴的馴獸師，前景堪憂。「不如我扮老虎，你作狀鞭打我，說不定……」馴獸師的妻子小梅提議。「荒謬！」「有不荒謬的嗎？」小梅反問。馴獸師語塞。思前想後，看來也是個權宜法子，裁了兩塊老虎皮，勉強讓她蔽體。時辰到了，就關她入獸籠，推到寥寥幾個觀眾面前。

第一次，馴獸師聽到歡呼。他打開鐵籠，讓妻子爬到圓墩上蹲着。「打！狠狠的打！」觀眾大叫。馴獸師甩動鞭子，啪一響，小梅就穿過火圈，撲倒沙地上。膝頭手掌磨損了，但換來了掌聲；而且，從此座無虛設。

「揍她！踢翻她！往死裡抽她！」喊聲越來越大。觀眾的欲求，馴獸師不敢漠視，壓力下，鞭子暴雨般撻向妻子；雖然不帶勁，還是抽得她血痕斑斑。「梅，你受委屈了。觀眾愛看，哪有什麼法子？」

「掙到錢，日子踏實。我受點苦，算不得什麼。」小梅說。觀眾的眼睛，從不雪亮，每一顆都是帳篷裡燒起的鬼火。懾於那灼人的目光，馴獸師的鞭子，終於，結結實實落在小梅身上。

「沒事，觀眾愛看。」她皮開肉綻，兀自接受丈夫的懺悔。來看馬戲的，看虐打一頭「雌老虎」，漸漸看得乏味。他們要看自己想看的，要這老虎，脫去礙眼的虎皮。

「脫！脫……」聲音震耳。這一個脫字，支配了一個行當。上截虎皮脫去，胸前白肉，轉眼給抽得紅腫；然後，對接着要來的演出，她變得畏縮。「脫吧，這最後一塊皮，也拋開吧！」馴獸師告訴她：早沒了回頭路。

他掌握到表演事業的鐵律：暴力和色情，然後，更龐沛的暴力和色情。「總得有一條底線。」小梅抗議。「觀眾愛看的，不是底線。」馴獸師有點氣惱：「他們要看屁股，要看你給打爛，給搗擂得爬不起來。」沒人會容忍任何「底線」，最後一趟，小梅給綑綁着出場。

「勒她！捅死她！」觀眾的嗥叫聲裡，馴獸師失控了，着了魔一樣，他狂抽綑成一個大肉球的小梅。他越鞭得賣力，反應越激昂；最後，千呼萬喚，在眾生慫恿下，他撿起一根鐵條痛毆她，毆斷了她的脊椎。因為「觀眾愛看」，小梅死了；死得血肉模糊，但掌聲，一直到落幕還沒有消退。

「尤利西斯，你說帶我一起出海，但我覺得你根本是在利用我。」

Liswood 註：上方小圖，乃希臘神話的海神普賽頓，另外古希臘的船艦，船頭多雕刻了庇護女神。

「你這六個矮子，就不能安分點？守規矩，排好隊，個個有機會侍候我。」

Liswood 註：本來想寫「Bless our home」，但「home sweet home 」甜蜜的家，還是最好。加了搖搖欲墜的木牌，更見內外動態。

「你不用哄我扮唐吉訶德，你想我戴上保險套而已。」Liswood

第二卷：當魚愛上鳥

蛇髮女與海倫

特洛伊城在焚燒，紅紅的火，追着海倫白白的腿。「燒吧！燒到天涯海角，燒個地老天荒。」城陷的那夜，海倫一路盲衝，要找到丈夫攜手逃亡。不想誤闖木工房，卻發現丈夫哈里王子，伸長了舌頭舔弄一個婢女；而婢女，正趴在一匹木馬上。

海倫心如刀割，她衝出城門，在希臘人的廝殺聲中，掩面奔到海邊。「再見了！承諾和愛情，那些我相信過的垃圾。」悲哀地，她步向星光下的愛琴海。海水暖和，也沒有風浪，真是讓人舒心地自殺的好天氣。

然而，海水浸到下頷，卻見上百條小長蛇竄起，激出一片浮花浪蕊。雖然專心求死，眼前光景，還是讓她嘩叫。轉身要逃，群蛇卻擋了去路。這撥不粗不幼的，水裡不知道還藏了多少？海倫一想，不由得緊夾兩腿，嚴封了門戶。驀地，長蛇離水而起，才驚覺這一窩，竟是女人的「頭髮」！

「我叫美杜莎。」蛇髮女人說。「傳說裡，你……你是個醜婆子。」「我還不夠醜？」美杜莎笑問。「你就頭上那窩東西磣人。」海倫瞧她笑容甜美，轉眼去了懼意。「你也是來尋死的？」美杜莎問。

海倫點點頭，往事說到傷心處，美杜莎不忘撫慰：「我愛了個叫佩色斯的，就比你那舔屁股丈夫壞多了。為了俗世的虛榮，他害我……」獸行半天沒數完，海倫草草結案：「男人，沒一坨是好東西！」「對！都是龜縮了的龜頭！」美杜莎附和。剎那間，兩人心意暗通，覺悟前非。

「咱倆為男人而死，笨透了。」海倫苦笑。月色下，她倆手牽手走回岸上。美杜莎把海倫帶返魔山的城堡，那裡，毒蛇在高牆外守衛；龜頭們，在山下廝殺，再不會來犯，來打擾她們舔吻對方感情的傷口；當然，除了傷口，還會旁及其他地方，美杜莎的蛇髮，會鑽探連海倫那小丈夫，也沒摳過的洞穴。

「方才，你讓多少條小蛇鑽我了？硬要把人擠死。」海淪嗔笑着反撲，咬她臀肉。「前十三條，後八條；總共二十一條。」美杜莎喘着說：「送你的生日禮物。」「謝謝你。」「該我謝你呢。」美杜莎埋頭她兩腿間，又吮吸了半天，才款款地說：「自從咱倆一塊膩着，我的『頭髮』柔潤多了。愛情，讓妖怪，也變得美麗。」

藍鬍子城堡

城堡的圓廳裡，有七道鐵門。藍鬍子抱新娘下了黑篷車，邁進大廳，七道門，同時嗡嗡尖鳴。「不後悔？」藍鬍子問新娘尤蒂。「不。我要追隨你，讓這城堡明亮，我要用我的吻，吸乾牆上的濕氣。」「我寧願你吸乾我的……」他想說眼淚，但覺太文藝腔，把話吞了。

對於圍繞自己的七道門，尤蒂覺得奇怪，相擁片刻，她走過去，輕敲第一道門。驀地，門隙湧出來血水。「這不是你願意看到的。」藍鬍子說。「我太愛你，想知道你的一切。」雖然不情願，藍鬍子還是掏出鑰匙開門。

鐵門裡，將士的骸骨堆疊成山；山巔，戰馬的鐵蹄虛踢着浮雲。紅塵撲眼，藍鬍子的石像，就在屍骨前矗立，像鹽柱擋在血浪之前。「要成大事業，難免有人犧牲。」尤蒂要他打開第二道門。

鑰匙，探進了潺滑的匙眼，嘎吱一響，女人的慘嚎和嘶叫就傳出來。似乎是一間刑訊室，女人赤裸倒懸，下體插着炮竹。火花飛迸，砰砰一串急響過後，戎裝男人成排倒下。藍鬍子的巨影，印上滿是彈孔的破牆。「這就是革命。」他打算藏起第三條鑰匙，不開門。

「了解你，我才懂得去愛你。」尤蒂堅持。「可是……」第三道門打開，幽暗的展覽廳，牆上油畫逼真，畫中女人的情態，那樣叫尤蒂困窘。「你怎麼藏的這些……這些髒東西？」她別過臉去，彷彿要避開一對餵過來的奶子。

第四個房間，是倉庫，藏着書籍和舊照片；到第五個房間，鐵門打開，入眼一片藍森森夜空，星月下，還傳來巴爾陶克的歌劇《藍鬍子城堡》。「留在這裡，我心安。」他舒了口氣。「我想知道更多，想要知道一切。」她渾身的求知欲，欲火難熄。

第六道門，藍鬍子倒樂意為她推開。跨過門檻，是種滿風信子的湖畔，湖水澄澈，天鵝晝夜般，黑的，尾隨着白。兩人放棹湖心，魚群，槳邊閃爍。「你願意留下來，這雲影這水色，都是你的。」「我實在太愛你，你就再……」她不罷休。

藍鬍子搖頭擺手，最後，還是說她不過，長歎一聲，掏出第七條鑰匙。推開生鏽鐵門，赫然是一座墓園。「這是我前妻的墳墓，無意間，我……我害死了她。」藍鬍子一方碑石前呆立，神情悲苦。這讓尤蒂的妒意，蓬草般亂生。藍鬍子凝視爬滿青苔的墓碑，悔憾，再一次，黑土裡萌芽，剎那，開花結果。

「『一切』擺平了，你該滿足了？」他問。「我討厭這鬼地方，我要離開這裡！」尤蒂瞎嚷着，臉現慍色。「太晚了。」藍鬍子黯然回望：「你就陪着我，陪着我的歉疚，我的回憶，永遠留在這裡吧。」話音未落，鐵門轟然關上。城堡，回復一百年前的幽寂。

「穿襪子做愛有高潮，全是鬼話。你就沒聽說過有人穿襪子做愛，得了腳氣病？」Liswood

杜蘭朵和怪誕城巨蛋

怪誕城讓飛來一隻巨蛋擊中，巨響過後，化為塵灰。化灰前三十年，城裡就多異象，長舌婦舌頭變硬，啄食樹皮，不絕的篤篤篤篤，是怪誕城的時間。然後，雞蛋孵出來烏龜，龜頭暗夜刺探人家被窩，女人去蹲茅坑，有時會蹲出來一個椰子，洗乾淨，附耳去聽，椰子裡總有一腔話在絮聒，記錄下來，發現都在咕噥，嫌怪誕城的路燈太疏落，太昏黃，不利孵化。

椰子，是巨蛋模樣的一個細卵，燈下用廢油漚上幾年，就爆開來，長膘生肉，隨大流去學習。怪誕城化灰前的歲月，簡單說，就是卵人當道的歲月。卵人外觀似人，但臀部先發育，也是唯一發育健完全的部位，對大小事情，難免用直腸去推敲，用屁眼去妄斷。狎妓的，講禁娼了；貪腐的，講倡廉了；詭詐的，講仁義了；橫暴的，講真理了；思考的結果招蚊蠅，也招聚到非常人的青眼。

怪誕城的杜蘭朵公主，偏愛卵人，乘興吐出一道謎題：頭生蟲，腳生癬，一腹腔糞水；白晝指馬為鹿，入黑指鹿為馬；猜一種賤物。「猜中，我下嫁；猜不中，砍他龜頭！」她宣告。本想當眾砍翻一兩個忘八，省得市井妄人來擾，不想第一個好色卵人卻說：「龜頭不雅，公主這麼叼着，似乎……」「不砍龜頭，砍你人頭好了！」杜蘭朵拿他脖子磨刀。

城牆下圍滿人，卵生胎生，都愛看熱鬧。這天，衛士們提着十三顆卵頭，列隊向焚化爐走去，混亂中，一個瞎眼老頭給推倒在地。「別踩了他！」老頭身邊，婢女柳兒呼喊。數年前，胎生人朝廷裡的要職，漸由卵人取代；杜蘭朵公主，就是由卵人「一卵一票」推選出來的。瞎眼老頭，正是讓卵生集團陷害，流放在外的遜王鐵木耳。

「卵人想事情，身上窟窿會流出蛋漿；蛋漿油滑，但易變形，對煎熬他們的杜蘭朵一族，不可能忠心。」覷準時機，鐵木耳就和柳兒輾轉回到城中。事也湊巧，柳兒一叫嚷，一個年輕人擠過來，正是隱姓埋名，當日跟鐵木耳分開逃亡的王子卡拉古。「公主選婿，咱們要重奪權位，機會來了。」卡拉古說。

父子重逢，廢話說過，杜蘭朵公主就現身城樓。「好一個騷貨！」卡拉古讚歎：「難怪卵人火燒火燎，都要去肏死她。」「人頭沒了，龜頭就再硬，有個鳥用？」鐵木耳搖頭。「據某術士的水晶球顯示，卵人橫行天下，是二十年後；而且，握在手裡去殺伐的，是鐵頭和木頭。」卡拉古一說，他鐵木老爹雖盲，都知道，這是好大一個吉兆。

柳兒卻淚汪汪的，哭求這個她暗戀的王子：「這是送死，你瞧，第十四顆人頭，送下來了。」「不就一個謎語。」卡拉古走近牆垣，敲響「猜謎之鑼」。等召進大殿，他回答了謎題：「這指鹿為馬……謎底正是『卵人含卵』，卵人不照鏡子，才答不出來。」「抱歉。法定的答案，是『含卵卵人』。」杜蘭朵嫌這廝寒傖，不願下嫁。卡拉古無奈，也給她出個題目：「天亮之前，公主猜得出我名字，斬龜頭斬人頭，我沒話說；猜不出，可不能再反悔。」

「胎生人買少見少，要知道你是誰，還不容易？」公主傳下命令：「查出這個『異類』名字之前，京城內，所有人不得睡覺！」說着，面向城樓下眾生，唱起她的首本名曲：《公主徹夜未眠》。歌聲響亮，各人抬着頭聽完，忽然一陣騷動，原來有人看到鐵木耳，曾經和公主扣押的胎生人交談，侍衛接報，連同柳兒一道押到殿前。「依法先毒打，後盤問。」杜蘭朵傳令。反複拷問，兩人仍舊守口如瓶。

待十八種刑具擺着，柳兒卻說：「那人名字，就我一個人知道。」「老頭不用留着了。」公主擺擺手，鐵木耳給架起來扔到城樓下。當這瞎眼老頭撞擊出來的煙塵散去，一叢叢卵人，卻突然跪下來，向着天空膜拜。蒼白的月色下，原來有一隻巨蛋，正朝怪誕城飛來，越近，蛋就越大。柳兒捱受過百般淫虐，死前，望着鐵窗外大蛋投下的巨影，那黑，無邊無際。「卵生盛世，真的來了？」她萬念俱灰，終於招認：「我知道的那個男人，名字，就叫做『蛋下長夢不醒』。」

夢遊女回歸殘酷現世

「我愛……愛你。」婚禮上，夢遊女凝望醜伯爵：「你心腸太好，能嫁給你，我……我幸福得口吃。」這是真話，醜伯爵牢獄裡救出她雙親，當時，的確不知道兩老有一個漂亮女兒。

在日落城，醜伯爵一向為人稱頌。他的美德，還包括不失眠，不反側，不打鼾。每夜，用傳統姿勢行雲和握雨，事成即死睡；大水不淹床，日出前，他決不甦醒。

夢遊女也有好習慣，她裸睡。就有個小瑕疵，婚後第二夜，才入睡，例必有個俊男人來吻她。「我叫艾維諾。」男人說。總是在一個很長很長，舌頭也長得要探進她腸胃的濕吻過後，艾維諾和她，就溜到園中臨海的噴水池裡。

水池很大，池中心是一尊英雄三松在撕裂巨獅的雕像。有上帝的靈降身，三松赴提默納途中，遇獅子攻擊，他殺猛獸，直如撕小雞。「我要像三松撕裂獅子一樣，撕開你的屁股！」艾維諾兩手箕張。

「太殘忍了。」她含笑回眸。影子，池中追逐，水花濺落無聲。黎明前，渾身給撕過咬過的夢遊女，第一次結結實實地覺得福厚。臨去，艾維諾給她摘了一簇含苞的金盞花：「等你醒來，花就開得正好。」

醜伯爵總是早起。看到妻子身旁甜睡，手握鮮花，臉泛紅暈，他無比滿足。「晚上風大，再到園裡去，穿件衣服。」以為她睡前，要遊園。等她醒了，他替她在瓶裡插上金盞花。

金盞花開過，是玫瑰，是風信子……「別給我送花了，看到瓶花，我就想你。」繁花，插得她心癢。「我就是要你想我，每一刻都想我。你那醜鬼丈夫，他搓你摳你的時候，我也要你想我。」艾維諾從後抱着她。池中白月，踢一下就散碎，槐花的香氣夜色裡流動。

「那是晚風釀的醇酒。」他說話，像個三流詩人：「你那圓臍，酒杯一樣滿載槐花的氣息。」這夜，艾維諾捎給她新鮮的手信，他從池水裡托起她下身，那皎白圓臀，迎着滿月。那些海邊撿來的滑溜小海螺，他逐一地，塞進她……實在太變態了，不好說。

「海螺是前線小兵，負責打頭陣。你算得出擠進去多少，我讓你喘口氣；算錯了，嘿嘿……」他笑得詭異：「海螺們的主帥，可要強攻你前面的城門。到時，你愛液迸流，要浸到石獅子腿肚子上。」「要撐……撐死我了。」夢遊女瞇縫着眼，夢囈似的：「進了十……十二三個。」

「數目要分明。」他拇指撩進去擠提，要亂她心智。「十三！」她豁出去。「多了一個。我要重重懲治你！」他把她臀部兜起，抬得更高，果真讓匿藏在胯下的「主帥」，猛攻硬闖。惡浪未平伏，她兩眼卻已翻白，似乎攻陷的，是她的靈魂。

事後，夢遊女癱軟地，由他支承着浮在水面。「我故意猜錯的。」她嬌怯地，輕咬他的耳垂。那時候，十二個小海螺，仍舊在她身體裡秘密地蠕動。「天要亮，我不走不成。」艾維諾說。「別走。」她緊抱他：「為了你，我可以把我丈夫……」

「你那個真實世界，沒我的床位。」艾維諾鼓其如簧之舌，竄進她耳窩攪弄一輪，夢遊女酥軟了，動彈不得，只好枕着石獅子腳掌，目送他悄悄走向小碼頭，登上一艘黑帆船離去。

紗簾外，野鴿子啄着窗台上點點晨光。醜伯爵見身邊躺的夢遊女，身上佈了水珠，睡過的枕褥都潮濕了，以為她做噩夢了，嚇出冷汗。也不驚動她，只取來毛巾為她擦拭。暖陽，從她小腹移向乳房，兩團白肉，烘炙得紅熱，冒着水氣。

醜伯爵忍不住輕嚙她乳頭，瞥眼間，卻看到床畔有一枚小海螺，抬眼望，門邊也有。撿起了一枚，摸着潺滑，氣味有點熟悉，卻不似海產原來的腐壞味兒。然後，他發現寢室外，過道和樓梯上，每隔十來步，就有這圓溜的螺殼。好奇心引領，俯仰之間，醜伯爵到了花園噴水池畔，拾起第十二個海螺。

夢遊女醒來，推窗見醜伯爵坐在池邊，笑問：「一大早的，去玩水了？」「昨夜毛賊潛進來，一路走，一路留下標記。」醜伯爵捧起罪證讓她看。「那是我……我屁股裡的……」她臉如火燒，臊得說不出話。

「賊子下一趟摸黑再來，沒準一根根蠟燭，直點到咱倆床上。」見妻子一聽蠟燭，眸子閃現懼色，就打住不說，兀自去搜查宅院。往後半月，屋裡再無異樣，也沒海螺，或者河蝦，在地上列陣。但夢遊女，卻日漸委靡，醜伯爵見着，不免憂心。

「尊夫人操勞過度，多歇着，能睡好，沒大礙的。」醫生說。「操勞？怎麼會操勞？嗯，看來是我……」醜伯爵一拍額頭，責怪自己：「是我不好，只顧自己快活。」他摩娑着妻子手背，內疚更深了。為了讓她安心靜養，自此，他還睡進了客房。

某天，暴風雨來襲。為了看護夢遊女，醜伯爵不獨眠，他搬了椅子，坐到他女人床邊。不消片刻，覺睏，還是睡着了。半夜裡，窗外瓢潑大雨，艾維諾赫然出現。仍舊無聲無影，踩過的地磚，不帶水痕。到了床前，他對夢遊女耳語：「你的春夢來了。」拉起她，就朝花園走去。

「暴風雨，宜連場大幹。不過，」艾維諾把她纖腰，壓向三松一腳踩住的石座，「大幹之前，我先吸乾你一肚子苦水。」說着，埋頭兩團肉裡。

「幹死我！別讓這天放亮。」雷轟，電閃，她僅餘的羞慚，隨水漂走，大腿要反勾他熊腰，他卻按牢她，掰開她，從後進襲。池水洶湧，撕裂般的劇痛，透入夢遊女腸臟。每一下猛搗，暗合轟雷。夢遊女抱着石獅子後腿，陪那同樣給撕裂的動物，張開大嘴，吃那潑面黑雨。

臥房內，暴雨破窗灌入。濕淋淋的醜伯爵，仍舊死睡，沒聽見妻子的嚎叫。破空的閃電刺來，擊中後腦勺，他才驚醒。「老婆呢？」瞪着空床，他惶然亂轉。瞥一眼窗外，卻見夢遊女赤條條的，抱着池中獅子，圓臀高翹，迎着飛舞花葉，在一池惡浪上扭擺。

「這演的是哪一齣？」醜伯爵看得懵了。他下樓奔到園中，扶起她，在耳邊喊她。「噢？我讓肏……肏……你看見了？」她怔忡地望着丈夫。「看見什麼了？你一個人在這幹嗎？」「一個人？你沒看見艾維……」「沒有。」醜伯爵茫然，扶她進屋。翌晨，四出訪尋名醫，盼這夢遊病，早日治好。無事，他死守妻子身旁，一個勁兒安慰。

「我恨你，一輩子恨你。」她對醜伯爵說。自從那個雨夜，他喚醒她，艾維諾就沒有再來。她的恨，越來越濃。她的臉，也像從無夢的墨池裡掙出來，烏黑不褪。第七天夜裡，躺下不久，她就僵直地坐起，呆望着窗外流淚。那夜，月色溫柔。她到後院找來一柄斧頭，踅向客房。鬆懈了的醜伯爵，回復孤枕獨眠。

「現實，偏要這樣的殘酷？」夢遊女木然看着床上丈夫。他的鼾聲，鼓勵她下手。「是你嚇走他的。是你！我本來酣暢，飽滿，都是你……」她砍了半晌，力盡，撂下黏了腦漿和鮮血的斧頭，轉身，又看到艾維諾站在房門口。他笑淫淫，覷着她說：「夜長夢多。我的小獅子，咱倆先在這血床上跳支舞吧。」

奧菲歐地獄

「你和尤莉，真是『一對屄人』！」牧羊人用東方傳來的一個成語，祝賀奧菲歐。那時，他們在黑水河邊野宴，伴隨四濺的黑水花，竄出來一個水精。牧羊人眼饞饞看着，像看盤子裡一隻蜜桃。

「又來幹嗎？」奧菲歐走近水精，陰沉了臉：「我快要成婚，你有心事也該擱下，別起風波了。」「我只想說，尤莉在對岸，讓人……」「讓人怎麼了？」奧菲歐驚問。「你自己去看。」水精吹水成冰，領他走過冰橋到了對岸。

楓林裡，落葉捲動，如煉獄之火。楓火上的尤莉，身無寸縷，手掌腳掌讓羽箭釘牢，「大」字形躺着，下體，鮮血淋漓。奧菲歐跪在尤莉身邊，像個蠟人。

然後，他崩潰了，冷笑着，逐一拔出箭鏃。四枝箭他都認得，同屬於一個獵戶家族，「我要所有痛苦，都回到他們身上！」「仇恨改變不了什麼，只會讓你……」水精的眼淚，海一樣藍。「讓我怎樣？你說！」他暴喝一聲，直奔出樹林。

入夜，衙差聚集的酒館，靠窗一張長桌，坐了獵戶四兄弟。奧菲歐隔着百葉窗，也聽得見四人酒後亂吐的淫詞。「沒幹過這麼痛快的。」老大一口濁酒噴地上，「鮮嫩柔滑！聽說，那可是奧菲歐要娶的呢。」「就知道你痛快，」老二接茬：「我攻前門，都覺得你在後院瞎撞。」

四座衙差，豎耳旁聽，哄笑聲一落，老三獰笑說：「抓她奶子要搾奶，不想血都擠出來。」「你這是捏碎山貓頭的大力指！死命揉，女人能受用？」「老四，」老大白他一眼；「咱們費這勁，是要她『受用』的嗎？」「對，是要她嚎。她最會嚎了，投火坑裡的豬一樣。哈哈……喔！」老四沒笑完，一枝冷箭射進了他喉嚨。

餘人朝冷箭射來方向張望，窗外，繁星閃爍。「哎唷——」老二、老三同聲慘呼，背心中箭，倒地呻吟。老大勉強躲開，只屁股中箭，他忍痛抽出佩刀，一邊罵娘，一邊從背後百葉窗撲出去。奧菲歐卻候在窗前，劍尖抵住老大咽喉，怒道：「你這四頭畜生，還有，為你們壯聲勢的，都得死！」

「就憑你？」老大臀部奇癢，就是嘴硬。「還有，憑那要你一窩兄弟，癢完潰爛的毒箭。」奧菲歐朝他腹下一戳，乘他彎身哀悼另一個老二陣亡，順勢跳進酒館內，殺向早提刀戒備，桌上豎了「鎮暴」牌子的衙差。

吆喝和慘號過後，萬籟俱寂。奧菲歐能站穩，卻傷痕纍纍。獵戶老大沒死透，爬進來偷襲，砍掉奧菲歐一條左臂。那條胳膊，恰好落在盤子上，算是這場血腥晚宴，後上的一道葷菜。「砍……砍殘你，我覺得好驕傲。」箭毒入腦，老大臨死說胡話。

「天亮之前，尤莉，我就去索回你的靈魂！」奧菲歐流着血，朝黑水河踉蹌走去。彎月下，傷心的水精早在河邊候着。「我跟卡隆說好，他會載你到要去的地方。」她說。「卡隆的船資，誰付得起？」他知道這船夫，長了獅子口。「我付過了。」水精催奧菲歐上船。

卡隆一搖櫓，貢多拉那樣一葉黑舟，就盪開去，須臾，即讓黑色的漩滑吞噬。但逝水沒灌入船腹，黑舟彷彿掉進一口黑井，感覺過了幾日，才落到井底。「這就是地獄？怎麼會……沒東西？」奧菲歐愕然。「你認為地獄，該有什麼東西？」卡龍反問。

「炭火，鐵架，烤肉的必剝響……」奧菲歐咕噥着。「你說的，叫燒烤場。」卡龍只是搖頭。「我女人的魂魄呢？」奧菲歐遊目四顧。驀地，沒爐沒灶的，眼前火冒三丈，身子透明的尤莉，就在藍燄上嘶叫：「這火，好冷快……凍僵我了！」這裡晝夜難辨，寒燥，原來也不分。

「真個鬼地方！」奧菲歐說：「我要帶她離開這裡。」「她是你的了。」卡隆一攤手。「沒手續？」他沒想過認領魂魄，比認領寵物輕省。「枉死的，可以通融；而且，你……你這好夥伴，早答應拿自己去交換。」「用不着這樣。」奧菲歐凝望水精：「要換，也該我去換。你替我送尤莉還陽就好。」

「她不會同意。」水精轉過臉去：「你血快流乾，快帶她走吧。不然，大家困這冰火裡受罪。」「水水……」奧菲歐「水」不下去。水精見狀，苦澀一笑：「你早該問我名字。」「敢問大名？」「名是不大，就有點長。」她說：「我叫『水逝流東如潺潺陰光』，記不住，就縮一下喊我『水如光』吧。」

「這名字，我會帶到人世最耀眼的地方。」「心領了。黑暗，與許才匹配我。」水如光說：「你的地獄，如果是仇恨；我的，就是對你的眷念。」說完，身影徐徐消失。「水如……」奧菲歐伸手空茫，攀住的，就一掌夜色。

「蹉跎無益，帶尤莉上船去吧。不過，」卡隆提醒他：「踏上人世渡頭之前，決不可掉頭回望！」黑舟，黑水河浮餒上漂行，船底傳來的喃哦，是綿綿的悔憾的泣告。「我要回去，回到歲月的上游，去修補這錯漏……」懺悔，隨泡沫升起，在兩舷破碎。

靠岸前，船艄紅光掩映，呻吟聲越發慘厲。獵人們凌虐尤莉的慘象，竟似在背後重演。終於，他憋不住回頭。

尤莉最後的凝眸，是那樣的溫柔，那樣的酸苦。未婚妻子在眼前消失，曙光，潑向驟然空白的船腹，奧菲歐但覺群山在悲歎，礁石濺起血淚。

「你往後的歲月，都賞我作小費，我可以送你一份薄禮。」卡隆的語調，罕有地溫煦。「都拿去吧。」奧菲歐說完，灘岸上頹然跪倒，頭上藍天，四散的朝霞攏合，片响，竟黏連起尤莉的面容。「能送你的，就這一幕過眼雲煙。」卡龍說完，蹋着水花，回到他那地獄專船坐定，見難得晴好，又賺了光陰，竟乘興脫去褲子，打算曬黑那變白了的幾根鳥毛。

木偶皮切諾的生涯

老木匠蓋比找到一段櫻桃木，似宜造一條桌腿。扛出了林子，回家掄起斧頭，待要砍削，抬眼見破窗外大雪飄舞，他覺得寂寞，想到自己需要的，壓根不是一張桌子，是一個兒子。於是，他細審那段木頭，打算雕琢一個木偶。木偶製成，就小毛頭高矮，關節都能活動。「你就叫『皮切諾』吧。」蓋比對木偶說。「好名字。」「誰說的？」蓋比環顧左右，哪裡有人。「皮切諾說的。」「妖……」蓋比先是一驚，繼而感念老天爺憐憫，賜了他一個木口木面的兒子。

「爸，你覺不覺得，我缺了一樣東西？」木偶想說，缺了條木頭雞巴。蓋比端詳半天，恍然道：「對！挖了個窟窿，卻沒嵌上鼻子。」材料用光，為免「鼻孔」讓泥塵堵死，他頂着風雪，找木頭去。走了好遠，才見到有戶人的窗台，擱着一條頭像蘑菇的木棒。「又黑又硬，味道忒怪。搗藥材用的？」趁沒人，悄悄把木頭撿走。他哪裡知道，這是女人玩完洗淨，擱在那兒風乾的？他當柴偷了，人家淫心起，沒準要去偷漢。

「不施斧鑿，就接上了榫。」假陽具，根基往皮切諾的鼻孔一塞，真箇天衣無縫，連色澤也匹配。「會不會大了點？」木偶鏡子前昂頭。「鼻大，福厚。」他望子成龍。過了一個月貧困，但歡慰的日子。某天，也是大雪。蓋比擔柴回家，途中滑倒，就僵住了沒再起來。皮切諾想哭，沒眼淚，刨坑埋了老父，舉目再無親故。他走到街上，只盼撞上一架馬車，軋碎了，變回好多橛無悲無喜的爛木頭。

這樣的壞天氣，別說人和馬，街上連一條狗都沒有。皮切諾挨家走着，偶然抬頭，斑剝的格子窗，框着個清秀女孩。屋裡火爐，柴枝短了燒不旺，就要熄滅。她的臉，白得像要飄到天國的雪花。「反正尋死，讓她有片晌溫暖也好。」他敲敲窗玻璃，想要進屋。「屋裡，都是死人。」女孩幽幽地說。「你開一開門。」「我也是死的。」木偶詫異：「那你這是……」「等運棺車來載我啊。」「我陪你等。」「進來吧。」女孩開了門：「屋裡，快要跟外頭一般冷。」木偶沒吭聲，逕自走向火爐。

「你想怎樣？」女孩擋住他。「火再弱，就燒我不着。」皮切諾望着她哀傷的臉。「不要這樣。」女孩摟着他，感動得不斷親他鼻子：「我媽剛死，你陪我坐坐，過一會我也死了，勞煩你……」「嗯。這種事，我有經驗。」木偶挨她坐着，互道淒涼身世。破曉，風雪消停了。「能一起看到日出，感覺不錯，可是……」女孩察覺爐火徹夜不熄，有點奇怪。「我一條腿伸進爐裡，恰好燒完。」皮切諾長鼻下，掛着苦澀的微笑。「我媽留了一個金幣，你拿去找個木匠，換條新腿去。」女孩拆下格子窗的木條，給木偶當拐杖。

皮切諾攥着金幣，一瘸一拐的。「我要換些食物和柴薪回去。」心想：女孩雖失去母親，得到關懷和溫飽，說不定就回復求生意志。踅到麵包店門前，一頭白毛小獸來招呼：「早安！我是狐狸。」「我是皮切諾。」他問狐狸：「你在等麵包店開門？」「我在等你這樣福……福厚的貴人。」「我福厚？」興許鼻頭凸出，人緣真要變好。「沒錯。」狐狸笑說：「你大清早來買麵包，一準有錢；有錢，福還薄了？」「我沒錢，只有金幣。」「那更好了。」狐狸說：「附近有塊富貴田，摳個洞眼，把這枚金幣埋了，澆點水，入黑抽芽，半夜就開花。第二天，你再來就見到一棵樹，樹上結滿成串金幣，像六月裡稻稈上掛的穀穗。」

「樹上長金幣，摘了變賣，女孩住的地方，就可以修葺好……」皮切諾不關心什麼富貴，但想到她能過上安生日子，就隨狐狸走到野地上，埋了所有，還在旁邊石上劃了記號，那是一朵薔薇，是女孩的名字。回到薔薇屋裡，遇見狐狸和埋金枝節，他仔細說了。「能撐到明兒，咱倆就去看那株金幣樹。」她讀過的童話，狐狸都狡詐，負責行騙，卻不說破，讓木偶懷抱美夢，直至天明。

夢想破滅。一個在馬戲團表演的食火者，馬戲團衰落，轉去經營小劇場，他第一眼看見皮切諾那大鼻子，即脫口歡呼：「我要找的，就你這個『撚樣』！」「你真認為，我能演戲？」皮切諾不知道「撚樣」意思，遙遠東方傳過來的生詞，黴菌一樣在紅氍毹上滋生。為了掙錢，他接受食火者提供的差事，還在一張字紙上劃了個「X」。如果會認字，這樣的合同，他自然是不會簽的。劇場門外，廣告牌寫的「長鼻木偶苦幹妖女」，也不像老幼咸宜的劇目。

幕一拉開，皮切諾就給推到台前。他拐杖給奪去，只得在聚光燈下爬行。他看不見台下觀眾，但「妖女」一扒衣服，尖嘯狂呼迭起，沒上百人，斷沒那般氣勢。妖女轉眼脫得精光，扭擺着，跳到木偶面前。她按着皮切諾，要倒騎在他臉上。待要掙扎，瞥眼間，食火者卻在他斷腿旁噴火，作勢威嚇。那圓渾的屁股，他沒想過的可怕景象，暗穴和黑草，遮天蔽日地罩下來。眼前一黑，驚覺長鼻，竟盡根挺進洞裡。妖女殺豬般嚎完，就深深淺淺套弄着，拿他鼻頭當個扳子來撬，撬得起勁，乾脆坐他臉上，死命研磨。要不是漿液滑膩，一張木臉，幾要磨得着火。

「你入戲一點，喊救命。大家會看得高興。」食火者提醒木偶。然後，付他一點錢，夠他買一個甜餅圈帶回家。「你吃。我在外頭吃飽了。」皮切諾說，看到薔薇沒那麼憔悴，還望着他長鼻上套的甜餅圈微笑，他就感到欣慰。心想：「為了她，我要更努力演出。」

木偶別過薔薇，又去小劇場上班。途中，一家餐廳門外，水族箱裡，一隻龍蝦叫住他。「木頭……木頭大德！我是龍蝦王，就要斷成八塊，讓蒜泥蒸熟。你肯救我，我可以……」龍蝦王告訴木偶：「可以讓你的東西變長。這是雄性動物，都渴求的獎賞。」皮切諾暗想：好端端一隻大龍蝦，大卸八塊蒸熟，確是殘忍，撿起石頭就砸玻璃箱。豁瑯一聲，水簾瀉下，龍蝦王跳入溝渠，游回大海之前，交帶木偶：「說真心話，東西就變長。」

皮切諾感到茫然：「東西變長？什麼東西會變長呢？」他望着燒剩一小橛的腿，想到斷口變長了，不必撐拐杖走路，那也很好。於是，見一個女人走近，他就大聲說真心話：「肥！肥得簡直像一頭大花豬！」大花豬聽了，只是壓住他，用挎包帶子勒他脖子。等察覺不能勒死一個木偶，她怒發如狂，嚎叫着，豬頭磕上燈柱。皮切諾爬起來，上下摸了遍，驚覺：「鼻子長了一吋！」為免一搖頭，鼻子横掃千軍，他決定：今後不說真心話。

「你好仁慈。」木偶對食火者說。「你真美麗。」他對醜女人說。「你們簡直是我見過的，最懂得表演藝術的觀眾！」他對台下白癡說。結果，撒謊的木偶大受歡迎，備受讚賞：「你這木頭人，就是有教養！」連食火者，也自願給他分紅。皮切諾變寬裕了，還給薔薇買了新棉襖。「將來，我打算做老師。」她不那麼消沉，還打算去上學。「老師，是最可敬的了。」皮切諾虛應着。

光陰荏苒，第二十場演出之前，劇場門外，他卻讓一個大鼻男人掌摑。「那表演害人，你知不知道？」大鼻男人一臉狠惡：「我老婆……逼我摹仿你，要我用鼻子操她。你瞧！這都是你害的。」皮切諾盯着他又紅又腫，似乎要炸開的鼻子，連假話，都說不出來。

「我……我不想用鼻子幹這活了。」皮切諾向食火者提議：「不如用手指……」「手指？」食火者望着那木頭手指，冷笑着回問：「用這來剔牙？」皮切諾有點生氣，到開場，裸體女人坐到他臉上，他打算推開她，告訴她這種行為，全城女人倣效，正連累男人的鼻樑崩塌。但他力不從心，要喝罵，屁眼，卻壓住他的小嘴。怒火中燒，他省起自己還有一條刁鑽的木舌頭，戳進去一輪攪動，女人呼天搶地，他還以為自己結結實實懲戒了她。

「回去吧！不要受這種委屈了。」囂叫裡，皮切諾聽到一把熟悉的聲音。他一顆木心，鐘擺一樣急擺。「薔薇？我這樣子，不能讓她見着。」他頭頸動不了，勉強睜眼，黑草連天，女人洶湧的淫液，漬得他目盲。「走吧。皮切諾，我們家去吧！」薔薇哀求：「你說在馬戲團馴獅子，沒想到……」聲音近在耳邊，他不能再難堪了，在女人屁股下大呼：「我以後不會再誆你。薔薇，我愛你！我愛你！」說的句句真心話；說一句，鼻子長一吋。女人初時充實受用，瞇了眼，蹲他臉上吸納；突然，胃腸捱受衝撞，整個人，讓長鼻撐得站起來！

女人踮着腳，連聲慘叫，要不是食火者及時托起她，把她抽出來，恐怕這一根悲憤的長物，要貫穿腸臟，嘴巴裡穿出來。薔薇扶着木偶，踉蹌出了劇場。她淚流滿面，在初春的月照下，走過一幢幢燈火輝煌的房舍，最終，潛入一座破舊的教堂度宿。「鼻子長，截下來做條木腿正好。」薔薇找來菜刀，砍下鼻頭過長的部分，切口沒磨滑，鼻頭尖得像矛頭。

長街，又點起萬盞燈。他們倆一路走着，漫無目的。某幢華宅門外，一個中年紳士，從馬車上下來。紳士臂彎夾着一部硬皮書，怎麼看，都像個學者。瞥眼間，學者看見嬌嫩的薔薇。「這樣一個美女走夜路，不怕遇上拐子佬？」學者笑問。「皮切諾會保護我。」薔薇挨近木偶。「噢，還有個小……小伙伴呢。」學者探聽出情況，鄭重說：「如果薔薇小姐，當然，連同你這伙伴，不嫌棄的話，不妨到舍下辦事。」「能有活幹，那太好了！」難得遇上知書識禮的人，結果，木偶給攤派到馬廄幹活，薔薇在大宅裡當女傭，專門收拾房間，包括一個架上全是書皮的「書房」。

男僕役嚴禁進入大屋，薔薇卻在屋裡一隅歇息，粗活幹了三天，皮切諾見不到薔薇一面，既擔心，又掛念。第四夜，屋內傳出呼救聲；然後，是哀號。「薔薇出事了？」他從床上翻下，要出去搭救。「你少管閒事！」管工擋在他面前。「我這是急事……」話未說完，皮切諾給棒打倒地，還讓人鎖在繫馬的樁子上。「放開我！」他拚命掙扎，脖子上的鐵鏈，怎樣也扯不開。一整夜，他望着大宅樓上的燈光。薔薇求饒，呻吟，悲哭……寧靜的夜，連飲泣，都清晰可聞。

「薔薇做錯了什麼？要這樣徹夜懲治她？」皮切諾對學者的行徑，百思不解。到天亮，脖子上的鐵鏈讓人解開，他衝向大宅，找到傳出哀號的房間。推門，卻見薔薇手腳給綁在床柱上，赤條條俯臥着，背上遍佈鞭痕，小腹下墊的靠枕滿是血迹。她眼神渙散，見了皮切諾，只是流淚。他撲過去，要替她鬆綁，解到最後一個結，背後傳來吆喝：「抓住這木頭人！」兩個大漢，即時按住皮切諾。「吊他上橫樑。」學者吩咐：「既然他對這朵小薔薇有情意，今晚我再『鑽研』他心頭肉，讓他開開眼。」

太陽下山，薔薇又從黑房裡給拖出來綁到床上。「別作踐她！」皮切諾離大床幾呎外懸着，搖擺不定。「你有眼福。」學者瞟木偶一眼，打開鐵籠，一條胳臂粗的蜥蜴探出來，爬到薔薇大腿上。她魂飛魄散，嘴巴張着，喊不出聲音。「這蜥蜴吃素，頂多扯掉你那撮嫩草。」學者笑說。蜥蜴一扭一擺挪上薔薇肚皮，蹲踞着，舌頭驀地朝她乳頭上一舔，薔薇瞪着眼，暈了過去。

「禽獸！你去死！我想你死，想你死……」皮切諾的想法，驅動他一管尖鼻，一吋吋暴長。學者埋頭薔薇兩腿間，正探究得深入，忽然，背心劇痛，他哪會料到，寢室裡多了一根「長矛」？還要居高臨下，直攮入他的肺腑？抓住一隻奶子抖了半晌，終於氣絕身亡；誅奸戮邪，這就是真心話的力量。

薔薇醒過來，解下木偶。「我殺人了。」「那壓根兒不是人。」她和皮切諾逃出去，但前路茫茫。「我覺得自己好髒。」想到那淫棍的施為，薔薇就想吐。「我不見得乾淨。」皮切諾說。月色下摟抱到日出，兀自走到天涯海角。路盡，倒在沙灘上歇息。「到頭了。浪大，又沒有船……」薔薇仰望藍天：「真是等死的好地方。」「死之前，答應我一件事。」「欸？」薔薇把他頭臉撥向一邊，知道他東西又要變長，她隨身備了一把鐵剪，長一吋，裁一吋。「嫁給我，做我妻子。」他說。「皮切諾，我……」她點了點頭，等他再說些好話，才一併修剪他。

海面，驀地綻放浪花，一隻生猛大龍蝦，兩下彈跳到了岸上。「木頭大德？是什麼風，連……大德妹子，都吹過來了？」「惡風。」皮切諾認出是龍蝦王，自己解救了他，才得了這變長鼻子的本事，也才可以捅死那學院派，省了薔薇受調教之苦。「你倆這是來……」龍蝦王仍要探問來意。「來成親。」皮切諾說：「你正好當個證婚人。」婚禮從簡。禮成，龍蝦王宣告：「事不宜遲，兩位大德，趕快交配吧！」該怎麼「交配」，他倆還沒頭緒，身後卻傳來人聲馬嘶。畢竟，長鼻貫穿的，是個衣冠人物，緝捕木偶的衙差，已追蹤而至。

「要燒要砍，我無所謂，薔薇可不能……」皮切諾央求龍蝦王解困。「我法力不強，能做的有限。」龍蝦王說：「千噚之下，有一座宮殿，簷頭聚的箱魨，肚裡像點了燈，比人世的燈籠絢美。海神爺就住在那裡，不妨隨我去暫避。不過……」推想木偶浮水，要他找一塊石頭抱着；而新婚妻子，抱着辦喜事，也照樣木口木面的丈夫。衙差圍過來之前，皮切諾問龍蝦王：「大海裡，真有那麼一座宮殿？」「會有的，如果我們都相信……」龍蝦王率先縱身入水。他們沉得很慢，沒有掙扎，因為想不出掙扎的理由；冰海，越來越幽暗，但銀色的魚群，在身邊閃耀……

溫床上的熊臉騎士

奧塞羅，小時就讓熱那亞海盜虜走，帶到西西里島，當奴隸賣。「這廝，還真耐看。」財主老湯渣，審視奧塞羅背上工筆刺的葡萄藤和雞蛋花，覺得自己買的，是一幅畫。奧塞羅長大了，也實在不像一個傖俗人。老湯渣有一個女兒，叫湯蘭美，平日看奧塞羅赤膊幹活，心頭，就酥癢得像住了條毛蟲，毛蟲要喝水，還會沿肚腸而下，鑽到她的秘密園地。

某天傍晚，蘭美林中散步，一團紅霧湧來，慌惶間，她撞上身披黑熊毛，頭蓋熊臉皮的一個騎士。「荷！」熊臉騎士指着她小腹，發出沉重喉音。「你想……怎樣？」她知道，一樁摧殘少女的慘事，要發生了；具體情節，卻不太了然。「荷荷！」「有話直說。」「荷荷，荷！」發完喉音，熊臉騎士還跳下馬，褲襠裡，抽出一條長鞭。劈啪一響，蘭美一身薄衫盡碎。

「我沒……沒讓人蹂躪過，你溫柔點……」「荷！」回答，照樣簡潔，但動作繁瑣，他要蘭美抱住一截斷椿，椿上樹皮剝落，穢跡斑斑。瞟一眼就明白：這是騎士折辱女人的刑床。用皮鞭綁了她雙手，那廝也不分前門後院，按倒了就蠻幹起來，每一響撞擊，鳥飛，葉落，山鳴谷應。「荷，荷荷！」他嗥叫着，蘭美的腸子，忽然操進去一師也長熊臉的精蟲。

然而，他抽出碩大陽物，披搭熊皮之際，一個壯漢，槐樹後撲近，手中鋼錐迎着夕照，像劈來一道閃電。「荷唷……」熊臉騎士避到一旁，左胳臂還是給扎出一個窟窿。多行性事，畢竟氣虛，暗忖不宜纏鬥，他長「荷」一聲，躍上黑馬，四蹄踏霧去了，就留下一串「荷荷」和「荷荷荷」，供後世寫枕邊小說的濫用。

「小姐，不……不太痛吧？」這壯漢，就是奧塞羅，說着替她鬆綁。「痛不痛，你讓那畜生搗擂一下看看。」蘭美喘息着，羞怯地問他：「你怎麼會在這裡？」「吃飽午飯，我一般蹲在簷頭，看你在書房裡摸……摸自己。今兒沒見着，好生失……失落。聽聞這月來，黑熊為患，專門狎辱婦女。怕你遇上不測，我到處亂搜，沒想到……」

「這會我讓那廝撐……撐壞了，」蘭美既喜且悲：「你還會喜歡我麼？」「你讓那熊再搞個一千次一萬次，我一樣喜歡你。」「一次夠了。」她苦笑，穿上他隨身帶備的女裝衣服，「你做奴隸，做得這麼細心，不枉我讓那畜生……哎唷！」站起來屁股一陣刺痛，就勢偎向他。這時，殘陽如血。奧塞羅攙了她，慢慢走向血染的村莊。

如膠如漆，兩人纏綿了一個月。這天，湯蘭美那條舌頭，在奧塞羅的刺青後花園遊倦了，凝望他背肌上脹紅的葡萄藤和雞蛋花，憂鬱地說：「我有身孕了。」「這麼快就知道？」奧塞羅有點疑惑。「是那黑熊的。」她眉頭緊皺：「我爸該出差回來了，見我肚子鼓起來，一準要揍死我；我那兩個姐姐，就這樣給揍死的。」又過了一個月，湯渣回家了，開門第一件事，果然是吊起女兒毒打。

「誰的孽種？」老湯渣問一句，打一棒。「哎唷！」「說！誰的孽種？」他一棍捅向蘭美臍下，拷問為名，其實是要打掉胎兒。「別打了！」奧塞羅奪過木棒：「是我的種。」「你膽子不小啊。」老湯渣瞪着他。「你責罰我好了。」話才出口，老湯渣一回身，卻猛踢向蘭美下體，「篷」一聲，腹中那塊肉，幾乎從她嘴裡噴出來。在女兒的慘叫聲中，他宣判：「奧塞羅，死刑！」半晌，當地總督孔見查，聞訊即派人來逮捕他。

另一個血色黃昏。老湯渣為了消氣，為了維護家聲，更因為胎兒頑強，不管怎麼抽插，偏不肯死，他一怒毆昏了女兒；而且，命一個奴僕，把她扔到河邊一個坑裡。那坑穴豎滿尖矛，反正早晚要殺人，他就提前設了陷阱。另一邊廂，奧塞羅捱受過鞭笞，一背脊一屁股的血痕，也在押赴刑場的路上。

行刑隊，途經一家大旅館，那天住着三個亞美尼亞使節，奉國王之命，去羅馬謁見教皇，商議組織一支十字軍，去打仗。日長無聊，聽到街上喧嘩，三人出來看熱鬧。「那……不正是我失散多年的奧塞羅嗎？」其中老使節奧修羅，他看見死囚背上刺青，脫口大呼。他記得那幅畫，二十年前，為了討好渴望有座大花園的小老婆，他找來刺青師傅，針針到肉，把花紅葉綠，全「種」上兒子皮肉。那年奧塞羅五歲，他媽見到他背上繁花似錦，氣得暈死了過去。

奧修羅請同僚阻攔行刑隊，自己策馬疾馳，逕去總督府說情。「為官之道，不外『權宜』兩字；我可以權宜姓湯那疏財的，自然也可以權宜你。」總督知道奧塞羅出身矜貴，又受了大筆賄賂，當然傳令放人。奧塞羅命大，刑場前脫困。重逢老父，驚歎過他爹當年刺花他背脊的先見，兩人就直趨湯家，說明淪落為奴，純屬意外，要求迎娶湯蘭美。

「她到河……河邊去了。」老湯渣見形勢逆轉，有點惶亂。「河？你再說一遍！」奧塞羅覺得這「荷荷」的喉音，有點耳熟。「河，河……河邊去了。」「是你！」奧塞羅兩眼冒火，揭穿他：「你以為喉嚨發個單音，就沒人認出是你！」他扯開老湯渣衣袖，左邊胳膊上，果然留着他用錐子扎的「·」形傷痕，一個早該出現的句號。「畜生！連親生女兒都作踐，披了熊皮的畜生！」奧塞羅怒不可遏，但想到愛人處境危急，他放開那畜生，趕往河邊。

該算是「幸好」吧，押送蘭美那家僕，幸好也是個下流胚，心想横豎要把一團好肉，推到陷阱裡戳爛，倒不如先拿自己一根肉矛，去攮她一個痛快。這樣盲衝瞎撞大半日，終於等到奧塞羅來了，適時痛毆他，踹他到坑裡。經過數月療養，蘭美還生了個孩子，跟丈夫奧塞羅離開傷心地，到亞美尼亞定居。

熊臉騎士老湯渣，他繼續和總督權宜行事；最後，更當上了臨時法官，這當然也是買的，在很久很久以前的西西里島，愉快地，宣判一個個好人死刑。

好人阿墨和他的駝鳥

茜絲夢達用繩頭栓了乳頭，繩子甩到窗外，就躺回床上，看着星星，等她的貝羅。過去數月，貝羅每晚潛入後院，三長兩短，拉幾下二樓垂下的繩尾。茜絲夢達一隻奶子，給牽扯得波光盪漾。「這暗號，爽死人。」爽完，她奔到樓下開門，迎貝羅入睡房。兩人淫興大發，上床即纏住舔咂不休。茜絲夢達的丈夫「好人阿墨」，仰躺在大床一側，他鼾聲急促，恰好配合貝羅抽送的節奏。

「他這一睡，日頭不出，人醒不過來。」茜絲夢達摟着貝羅，防他溜走。「丈夫能睡，做妻子最幸福。」貝羅伸出長舌頭，沿她肚臍下舔，那塊肉也稀罕，離水的泥鰍一般，慭得慌了，見洞眼就盲摳瞎竄。「做情夫就……不快活？」她翻身坐他臉上，屁股封他嘴巴。「嗯嗯……」他的回應，像遇上綿綿春雨，每一個字都潮濕。

破曉，貝羅披衣下樓，茜絲夢達收起私情一樣柔韌的繩子，倒頭就睡。「做好人，生活就會開出新篇。」阿墨唸着口號醒來。妻子僵躺着，乾癟得像遇上一個吸盤，他怪自己渴睡，總誤了交配良辰；白晝出門做買賣，卻冷落了她。另一個星月無光的夜晚，好人阿墨做了一個噩夢，夢中，一條冗長的鐵線蛇，從窗戶探進來，沿床腳蜿蜒，游向妻子胯下。

阿墨一伸手，捏住蛇頭對下三吋。那長蛇，卻咬住一瓣肉不放。他猛地一撕扯，妻子在耳邊厲叫，第一次，他驚醒過來。「明明是一條蛇，怎麼變繩子了？」阿墨順着繩子，往上摸索，竟摸到一顆腫脹的奶頭。半晌，他終於明白：「茜絲原來愛給東西綑着，是個被虐待狂。」但怎生作踐她，到底沒個章程，雖沒睡意，還是閉了眼，僵挺着。

丈夫偶然醒一下，茜絲夢達不以為忤，只繼續裝睡，心裡卻罵道：「一隻好奶，差半分讓這窩囊廢拉到肚臍。」紅腫未消，驀地繩子抖動，幾下牽拉，痛得她坐了起來。仍舊去開門納客，未進寢室，已嗔笑着咒罵：「下回，繩子我拴大腳趾上，勒腫脹了，看我踹下去，堵你屁眼。」「好主意！」貝羅一個勁兒歡呼。

為了弄明白虛實，阿墨由着兩人在枕邊施為。等貝羅騎住他妻子，掏出陽物，要從後攻入，篤定不是善舉，阿墨暗想：「這一趟啞忍了，下一回，他調轉槍頭，侵犯我，難不成照樣裝睡？屁股讓這東西搗擂，能睡得穩？」越想越心驚，脫口一聲暴喝，那貝羅耳膜幾乎震碎，掉下床來，眼見事敗，連爬帶滾的奪門去了。

採花賊的面目，阿墨始終沒看清楚，只知道讓他溜掉，緝拿不易，還是個後患。恍惚間，也沒理會妻子感受，披了睡袍，到了後院，攀上用駿馬換來的一隻鴕鳥，就顛簸着去追尋賊蹤。他聽任鴕鳥在林子裡打轉，轉得目眩欲嘔，那貝羅沒見到逮着，鴕鳥卻讓一根大藤杖絆倒，落得個人仰鳥翻。藤杖斜插在礫石上，乍看，就像大地長出來一條淫棍。

「真缺德，搿這麼一條猥瑣東西攔人。」細審那老藤杖，黧黑潤膩，阿墨到底是個識寶的，判定是件古董，舊稱百夫長手杖，論形制，也跟古羅馬軍士用的葡萄藤木手杖相若，都長三英呎。百夫長操兵演武，可以做做樣子，指點江山；閒時懲處麾下士兵，抽打完，一根藤杖兀自烏油油。

阿墨覺得「淫棍」稱手，用睡袍的腰帶繫了，騎上鳥背，抓住脖下鳥毛掉頭回家。雖然那只是為百夫長配備的一條藤，但那是百人景仰的藤，是權力的象徵。暗忖：「諒淫婦見了膽喪，不敢再去招攬那奸夫。」他沒空手而回，他武裝了，成了駝鳥騎士，他要擎一條權杖，去重振夫綱。

話分兩頭。阿墨不睡覺，出門去追捕貝羅，茜絲夢達情急，怕他回來囉嗦，就喚來七分像她的一個婢女，哄她躺到床上：「幫我這一趟，我送你八兩金，再許配你給那馬伕。」自從阿墨轉騎駝鳥，廄裡白養着幾匹駑馬，她早想把倆冗員一併打發，卻苦口婆心，在婢女耳邊提點：「估摸有兩匹馬，是他肏死的。他直搗進來，你到時好歹卸開一下，硬接了難活。」

婢女千恩萬謝，衣服扒掉，只匍伏着磕頭：「讓馬伕肏死之前，阿墨老爺把我打鬆軟了，捅寬裕了，以後就死，也死得從容。小姐滔天的……的義行，我連一條毛都不會供出來。」「明白就好。」茜絲夢達在她臀上搓揉半日，確定圓滑與自己相仿，安心出房去了。

到了家門前，阿墨下了鴕鳥，藤杖拄地摸黑上了樓，睡房裡如常沒點燈。他喘着大氣，摸到床上一團嫩肉，「虧你還睡得這麼甜。」他摸了個大概，那婢女不吱聲俯臥，他也沒察覺掉包了，只把床邊一條繩子鉸成兩段，把女人的手腕和腳踝縛在一起。這一來，她不能翻身，就圓臀黑暗裡聳着。

「勒得越緊，知道你越受用。你說那……那粗人是誰，我讓你過飽癮。」好人，不擅長拷問。阿墨摸索着，杖頭只對準了臀縫推磨。不想那婢女甜薯啃多了，憋了半天，溜出一聲尖嘯。雖不似舊聞，阿墨也沒去深究。「裝睡的人，是叫不醒；但杖頭捅一捅，該就醒了。」手握權杖，古來等同掌權；有權不用，據傳，闔家是要屙血死的。

阿墨掌了權，人硬氣，把腰臀當一堆麵粉碾着擀着，那婢女嘴上哼哼唧唧，舒爽得喊不出人話。阿墨也是急了，橫着碾壓不成，挺着攮進去，又怕撐死她。進退兩難，反而那屁股湊上來，抵住杖頭，要他效力。阿墨朝那高門低戶，各搗擂了幾百下，擂得腸子冒煙，搗出一床單沁涼，女人抖半天僵住了，方才罷手。但權杖潺滑，力盡墜入最黑一隅。他心頭一片空寂，卻怎麼摸索，那黑中之黑，就是消隱了。

「老婆偷漢，婚姻，怎可能有明天？」阿墨察覺，天果然不亮；黎明，八匹馬拉不來。沒了權柄，他也沒了主意，摸到茜絲夢達裁繩子遺下的剪刀，覺得該剪些什麼，就埋頭去剪女人恥毛，齊根剪去右邊，留下左側毛叢，像混沌裡分出陰陽。「這撮毛，肯定夾纏了淫賊的鳥毛。」罪證他用紙包住，殘月下，再爬上那駝鳥，直趨姻親家門，希望長輩們評評道理。

「床上多了個人，實在不是辦法。」阿墨說。「那是你床太小。」岳父罵他摳門。岳母怪他誣衊女兒，聽了幾句就找來掃帚，死命拍，要拍扁他。阿墨求饒，賠了不是。「這就去找證據，沒找到確鑿的，我把你連騎來的走地雞烹了。」岳父押他上路；駝鳥拴在廚房灶邊，等水開了𢬵毛。

回到阿墨家，天還是不亮。茜絲夢達床邊點了燈，擁被靠在床頭，也不知道什麼時候掙脫縲紲。揭開被子，她光脫脫的，倒像等着人率團來查驗。「這是……怎麼回事？」阿墨瞪着眼，但見妻子恥毛對稱，覆過來看屁股，也張弛有度，渾沒給摧殘過的痕跡。

「你這個混蛋……」老丈人奮夜受擾，老遠過來審閱女兒下體，這氣難下，仍舊飽以老拳。阿墨鼻青目腫，倒地不起，卻想明白一件事：這八成只是一個夢，一個渲洩了權力欲的夢。「請大家原諒。我睡得太多了，沒準這會也睡着了，也在夢中。」阿墨再三謝罪。除了對自己，從此，諸事不懷疑。至於那個用柔腸，包容過他藤杖的婢女，事了披衣離場，卻正在馬廄和馬伕廝混。

「要不是阿墨老爺人好，費這大勁兒撐你，挺你，我還真沒這般順遂。」馬伕摟住她，等日頭出來，就一起離開這地方。「這夜真長。」婢女說。實在，也真長得沒完，長得那條權杖消失的旮旯，長出了葡萄藤，夜色仍未消退。藤蔓伸到床腳的時候，阿墨睡得好深，還不時夢見老婆和一個壯漢交合。他聽不見自己鼾聲，興許，是讓身邊的震響遏下去了。

當魚愛上鳥

一、鳥的心事

黃昏，公主到湖裡游泳，水花都是玫瑰的顏色。她的情人，就在那樣的好天氣自沉。因為傷心，她要工匠雕刻了一尊大理石裸像，擇吉豎在湖邊。雕像的雞巴很大。「用來搭衣服的。」工匠解釋。公主赤條條泡水裡，感覺在情人的體溫裡游蛙泳。她試過把雕像翻下來，抱着沉到湖底，一口氣憋半天才浮上來。「要淹死自己，不容易。」長吸一口氣，她又潛了下去，閉着眼，想像情人就躺在水草叢裡等她。

天亮，僕役仍舊撈起雕像，豎在原處。「就雞巴不長青苔。」侍候的，心裡竊笑。日頭從雕像的右肩，爬到左肩，樹林就染上暮色。這是每天的寂寞時光，公主游個不停，要讓自己累死。然後，力盡了，在湖底仰望溶化了的月光。「父王不聽勸，犯得着尋死？」她怪情人一時狷急，害她空虛。破曉前，蹣跚走向岸邊，瞥眼見一株山毛櫸樹上，蹲了個男人。

男人整夜窺看她，她知道，但不忌憚，她是公主，不喜歡他看，可以殺他。往後，她每天都看到男人。春盡前，藍色的湖，綠色的樹，山毛櫸上的樹屋蓋着黃花。公主好想爬到樹上，住在男人屋裡。「我不能愛他。」

她提醒自己：「愛情像蜜糖，轉眼就變酸，變苦。」但她就是想親近他，希望嗅到他的體味，感覺他的呼吸。

某夜，男人不見了，公主就想像他在樹屋裡偷看她，在綺夢裡和她纏綿。一個月過去，男人還是沒現身。陪她浮沉的，就一條草魚。起初，魚只貼近她，在耳邊吹出燐綠的泡沫；後來，魚在她兩腿間竄突，那些泡沫，螢火蟲一樣圍繞她，在細軟的黑草叢中明滅。「可惜，那只是一條草魚。」公主出了水，望着湖邊那棵山毛櫸，難過地想道：「不能愛上他，還不可以接近他？」

心想事成，一個女巫出現在湖岸。「我把你變成黃鸝鳥，你就可以每夜陪着他。他是人，你是鳥，自然生不出深刻的愛情。」女巫說。確是個好辦法，由她掃帚一揮，公主就變成一隻鳥，靜靜飛到山毛櫸上。樹屋黑沉沉，黃鸝公主蹲上小窗好多天，還是不見男人回來。她掉轉頭，孤獨鳥瞰湖面，月光下，卻見那條草魚不時躍出水面。「魚啊，怎麼你偏不是那個男人？」黃鸝的歎息，越來越深沉。

二、魚的自省

王子的愛侶是在山毛櫸上自縊的。她讓獵戶蹂躪，不想留給王子一個骯髒的身子。愛侶死了，王子就住在那棵樹上。每夜，他蹲在枝椏上瞭望，總覺得有一天，芳魂會隨黃花飄落，會看到他在樹屋裡等她。他要告訴她：他愛她的純潔，但更愛她的污垢。山毛櫸開花了，黃瓣落到屋裡，卻沒載來什麼。月色溶溶，他回過頭，看到湖中的女子，澄淨湖水裡的蛙泳，滑稽卻也撩人。

「為活人動心，就是對不起死者。」王子警誡自己。後來女人開始仰泳；而且，面朝他棲身的樹。那張臉，美麗而憂傷。「她也會看到我嗎？」他換了個姿勢，蹲得比較優雅。他喜歡看她，他是王子，要是不讓他看，他可以綑她在那尊大理石上，她屁股讓那石頭雞巴兜住，在劫難逃，他再用眼神灼熟她。「三年前，我發現她才好。」王子輕撫破損的樹椏，那是上吊用麻繩磨出的傷痕，「我心頭的傷痕還在流血，這不是適宜戀愛的時光。」

時日過去，他卻越發渴望親近她。「怎麼可以黏着她，卻不愛上她？」他的發問，轉眼得到回應，瘴氣吹過，樹下杵着一個女巫。「我變你做一條草魚，你就遂了願。她是人，你是魚，深刻的愛情，壓根兒無從發生。」王子覺得是個好辦法，就讓女巫把他變成一條魚，噗通一聲，跳入湖裡。草魚王子游到女人耳畔，汩汩吐着怪話，每一字，每一句，都變成燐綠的泡沫。他沒失去欲念和衝動，第三夜，就鑽到女人胯下，他的吻，照樣變成閃爍的氣泡，一串串升出湖面，飄過樹林，化為星子。

浮漚易散。某夜，女人走近湖邊，女巫變她做一隻黃鸝。王子瞪着魚眼，巴巴的望着她鬆毛鬆翼，飛向自己過去棲身的樹屋，他拚命翻騰，拍水，乞求她回來；然而，一條草魚，只能夠悲哀地吐泡。「你變不回王子，她也變不回公主。」女巫把落花掃到湖裡，終日攜着掃帚，她乾脆兼職掃街。草魚沒再說什麼，卻到這一刻，他才忍不住流淚。他知道，黃鸝公主從此屬於天空；而他，永遠留在湖上。當然，該慶幸的是，他沒愛上她，她也沒愛上他；她是鳥，他是魚；他們倆，到老也不會有一個遺憾的結局。

驢子和公主的文娛生活

公主到了破瓜之年，國王連呵帶哄要她嫁人，免得她搞壞朝綱，害宮裡一眾侍臣腎虛腿軟。「要怎樣你才肯出嫁？」國王問女兒。「我不嫁人。」「不嫁人，嫁蟋蟀，嫁青蛙，嫁驢子……最糟糕，就嫁個王子都可以。」「想不出哪一款對口胃，爹你作主。」「我去動物園看看。」國王把提過的畜生，一隻隻找來，問道：「你們打算怎樣取悅我女兒？」

「我可以給公主誦詩，唧，唧唧，三音節，比寫二聲部病文的好。」蟋蟀說。「我可以教公主游蛙泳，強化大腿筋，最正宗。」青蛙說。「我可以通宵肏公主，肏得她反眼流漿，夜夜床單報廢。」驢子說。「我可以……可以……」王子見公主嫵媚，一眼就迷上了，卻想不出可以做什麼，要求寬限三日：「我再想出個用處。」

王子也算個四肢發達，公主看着歡喜，答允了，只提醒他：「三天不來回話，我就讓驢子睡我。」瞟一眼驢子腹下盪着棒槌，她又懼，又愛，屁股不自覺夾緊，防他硬生生突襲。「各候選畜生，先散了吧。」公主說。

「我可以給公主什麼？給她什麼……」王子烏眉擰着，到了水邊。水邊黑草萋萋，一個醜婆子歪在大青石上。

「能滿足我，願望，自可達成。」婆子笑得像個女巫。王子脫光衣服，由她撫玩，等雞巴直起來，閉了眼行事。

「我真希望自己是那頭驢子。」王子說出心願。「那容易。」醜婆子笑淫淫：「你就和驢子對調，讓牠變做不幸的王子好了。」

霎眼間，王子果真一副驢相，四蹄施展，直奔皇宮。「我可以用一顆細心去愛你，用一條長鞭去堵你。」黑驢王子自薦，他鳥硬心軟，絕對是床笫間的良伴。「有硬有軟，這敢情好。」公主卻不無遠慮：「但奅來奅去，沒奅出胃氣，也落得個俗氣。這幾天我都在琢磨，是不是該挑那大蟋蟀，長遠來說，終究學學作詞吟詩上道。還有，詩寫得多，氣弱，隨那青蛙練練大腿筋，那是也文也武……」

「這吟詩的，教游泳的，就沒在外頭開班授業，公主婚後，大可邀牠們進宮補課。」驢子擺動下身，展示實幹的東西：「學文藝，不一定就無屌用。公主讓我奅得活泛，就寫一個句號，都分外撩人。」這話在理。婚後，一女一驢，過得很幸福。驢子創意無窮，公主樂意迎合。他們嘗試了一切想得出來的花樣，到了三十歲，還沒有離婚。

歡喜窩

「沒心沒肺的小賊，壞我後花園，賠一個破鐵圈就溜。你去死！」桃樂妃面朝白浪，擯出一枚假鑽戒，回頭抱起她的黑貓：「土豆，這傷心地留不得，咱倆找『歡喜窩』去。」「喵嗚！」「你會說人話就好。」她撫着茸茸黑毛：「這世上，總該有一個沒煩惱的地方；興許，輪船和火車都到不了；就在月亮背後，在雨點灑不着的夢鄉。」然後，她唱起那首老歌：「在彩虹彼端，有搖籃曲提到的樂土；樂土的藍穹下，夢想通統實現……讓憂愁，化為煙囪上的青煙……」歌沒唱完，那隻假鑽戒，竟讓海浪吐出來，落回桃樂妃面前細沙上。

「連大海都不接收這東西？」她撿起來，再使勁拋出去。轉眼間，那戒指卻讓一個浪頭捲起，再狠狠擲回來。這樣扔出去，擲回來，重複了幾次。桃樂妃越發懊惱，乾脆解下鞋帶，把戒指縛在一塊磚頭上。「看你還敢不敢跟我作對？」她抓起磚塊，用盡全力投擲。隨一串嗆水的咕嚕咕嚕，慘叫傳來：「哎唷！要殺人啦！」，「嘿！活該。」桃樂妃望着出水的高小姐。高小姐，熱愛裸泳和壯漢，懂一點法術，人稱高女巫。這天，她頭破血流，法術沒擋住飛來的重擊。

「小賤人！」高女巫氣得乳房脹成了浮泡，責問她：「你扔過來假東西，我不要。你就下毒手？」「你知不知道這麼做，會嚴重破壞一個少女的回憶？」桃樂妃搖頭歎息：「每一段感情，都該有一個浪漫結局。一個少女，海邊含淚扔戒指，情景多麼浪漫！可你……你摧毀了這浪漫，讓這一幕滑稽。你說，你該不該死？」

「你……你不切實際！」高女巫光脫脫倒地，沙上滾成播沙湯丸，桃樂妃已經去遠。

高女巫這才想起，她按到水裡的硬漢還沒浮上來。「方才我大腿夾他頭臉，他還知道朝我那洞眼胡吹，莫非……」暗覺不妙，連忙往海裡去撈，終於把軟耷耷一條硬漢扯回岸上。氣息沒了，高女巫明白：「要做人工呼吸。」她湊到男人臍下，含着雞巴盲吹瞎啜，白忙了半日，那話兒始終沒硬起來，人也沒活過來。高女巫悲憤交集，瞪着桃樂妃留下的腳印，誓言要她求生不得，還有：「求一根結實的東西，也不能！」

高女巫不騎掃帚，她騎腳踏車。每當高女巫穿了短裙騎車，總有一群小毛頭銜尾追着，就等她提腿下車，露一露屁股，或者更幽隱的縫眼。畢竟，教材缺乏的年代，那是學子修習生理知識的重要途徑。某天，陰霾四佈。「毫無疑問，這是復仇的好天氣。」高女巫挎包裡塞了三條用過的黑檀木陽具，騎上腳踏車，直馳向桃樂妃家。「奇怪，那一夥小色鬼，竟沒跟上來。」她有點失落。在一棵龍眼樹下豎起「法器」，盤腿坐定，就開始唸咒：「蟲鑽你高門，蟻咬你低戶，癢死你，癢死你……」她要施展的是「心癢癢大法」，受害人下體會痕癢難當，纏綿三月方止。

「小姐，這不是小販擺攤的地方。阻塞通道……」衙差指着她「擺賣」的貨品：「全部充公！」「假公濟私！」

高女巫暗罵：「捎回家自己玩是真的。」「濟私又怎樣？」衙差抬頭一望西天，沒收了木頭雞巴，急步離去。高女巫望着桃樂妃的窗戶，心想：「這是你運氣不好，怨不得誰。」原來這三根檀木陽具，專門用來消滅法力，充公了，桃樂妃的小命就能保住，陰戶恐怕要腫成了桃子。正繼續唸咒，突然，天昏地暗，桃樂妃的小木屋緩緩升起。「沒想到我的法力，這麼高強。」還在驚歎神功暴長，沙石瓦片撲面而至，才知道：「龍捲風來了！」

屋裡睡懶覺的桃樂妃，矇矓中，讓貓兒土豆喚醒，但覺置身船艙，風浪中浮沉。掀簾，卻見高女巫抱着龍眼樹幹，在窗外翻飛。「救命！」高女巫伸手求援，真當那是一艘船，要進去避難。桃樂妃拉她進了睡房，冤家碰面，卻各抓住一邊窗簾的繫繩，以防顛簸中掉了出去。「沒想到要和女巫死在一起。」桃樂妃想哭。「我就性欲旺盛，壞事沒做多少。」高女巫苦笑。「要墮海了！」桃樂妃探頭下望，藍色大海撲面撞來。「那……躺床上，摟着！」「危急關頭，你還要狎玩少女？」「摟成一塊，不容易受傷。」高女巫扯她上床，死纏不放。

轟！嘩啦……小屋墜海，牆垣碎裂。「女巫！你還成吧？」「我……我法力無邊，死不了。」兩人抱住木板，漂到一座島，島上住滿黑人，黑人的褲襠，都高高隆起。「什麼地方？」桃樂妃問。「傳說裡，有塊樂土，」黑人一字排開，齊聲唱道：「這就是要你樂翻天啊，樂翻天的『歡喜窩』！」歡喜窩上岸，桃樂妃想起她的黑貓：「土豆淹死了？」回頭，卻見貓抓住浮木，朝沙灘漂過來。救起土豆，才發覺房子墜海，黑貓兩條後腿骨折，瘸了。「我們的魔法師奧茲，他以前是獸醫。」黑人甲說。「奧茲在哪？」桃樂妃問。「告訴你可以，不過，你得先讓我肏你。」「這種事，沒感情做不好。」桃樂妃望向黑人乙：「你說吧。」「我也要肏你。」「我只是少女。」「我知道，但大家有苦衷。能漂過來的老女人不多，不肏你，只能操兵。」「要肏，肏我好了。」高女巫挺身而出。她紗裙浸飽了水，這一挺，黑人幾乎噴出黑血。「高小……」患難見真情，沒想到前嫌才釋，高女巫就這麼護她。

「別忘了也讓我們肏肏啊！」泥沼傳出聲音。「什麼鬼地方？連泥漿都說粗話。」高女巫再看那泥淖，幾十個黑色大泡泡冒着，原來一群黑人在洗泥漿浴呢。黑人渾身油亮，沒準是泥漿養膚。「有助皮肉緊緻，算那是屎坑，又有何懼？」她薄紗扯掉，帶着一股殉道的激情，撲入泥濘。轉眼，黑漿裡百頭攢動，咕咕唧唧響成一片。黑人的長手指和粗雞巴，打個八折，總計也有一千。這一千條大黑鰻小黑鰻游來竄去，東摳西鑽，八方圍攻高女巫，都要擠進她的門戶。

泥沼彷彿在沸騰，黑泡汩汩湧起來，破了，濺了桃樂妃一身。眼見泥浪吞沒了高女巫，想到她腸子裡都是泥，桃樂妃就覺得虧欠：「實在苦了她，可惜，我是個純潔的少女，身子要留給心愛的人。」她蹲下來，抱着瘸貓在泥沼旁看了半日，黑人們才把昏死的高女巫推到乾地上。「你別死！死了，我清白難保……」桃樂妃心慌了，往她肚皮上拳打膝撞，高女巫吐了幾口泥水，甦醒過來。「扶……扶我海裡去。」她氣息奄奄：「泥不排出來，堵塞腸胃，對皮膚也……也不好。」剩半口氣，還咒罵着：「嘴巴讓撐壞，泥封了喉，也不看環境……」

黑人肏完高女巫，守諾告訴桃樂妃：「沿黃磚路走，終有一天，會找到魔法師奧茲。」等女巫拉清楚，洗乾淨，桃樂妃就攙着她上路。走了半天，見路旁樹叢裡，躺着好大一件垃圾。撥開「垃圾」上的枯葉，卻原來是個鐵皮人。鐵皮七成生了鏽，一條鐵雞巴，還掛着個油壺。「我讓人遺棄，當廢物了。」鐵皮人會說話：「本來真沒這麼寒磣。」「你失戀，自暴自棄？」桃樂妃問。「我喜歡我女主人，她對我，卻只有欲望。我那小東西生了鏽，她就把我撂在這兒，日曬雨淋……」鐵皮人感懷身世，淚流不止。

「別哭。」桃樂妃安慰他：「眼淚會漬壞眼窩的。」鐵皮人停了嗚咽：「那……請在我胳肢窩，我股溝抹點油，我看看能不能站起來。」「你這『小東西』，可是一條大傢伙呢。」高女巫拿樹皮擦他鐵雞巴，打算擦了鏽斑，再澆上潤滑油。「小姐，你這是……」「噢，不好意思。」高女巫訕訕笑着：「澆股溝才對。」鐵皮人的關節吸飽油，抱着樹幹，搖搖晃晃起立。「你這東西，有沒感覺？」高女巫抓住他的鐵雞巴領路。「沒感覺。」鐵皮人說：「但看到女人受用，我就滿足。」「為什麼？」桃樂妃問。「我是鐵漢，鐵漢該為女人服務。」鐵皮人歎了口氣，嘴裡噴出灰塵：「沒冷熱痛癢，我不難過；然而，倒是希望有一顆心，一顆可以感受愛情的心。」

「我的土豆瘸了，要去找魔法師奧茲診治，咱們一塊去，說不定魔法師會為你安裝一顆心。」桃樂妃拍了拍他胸膛，附耳細聽，回聲堂堂響，那樣的空洞，蒼涼。「你不快樂？」鐵皮人問桃樂妃。「像你一樣，遇負心鬼了。」她答。鐵皮人二話不說，躺在黃磚地上，雞巴朝天，鄭重向桃樂妃推薦：「你不妨掀起裙子，坐在上面。雖然我不知道原因，但女人騎着我，死命碾磨，磨出些醬汁，就變得快樂；更有兩眼翻白，樂得腳擰筋的。」「猥瑣！」桃樂妃不領情，她不想把童貞獻給一條鐵棒。

「最不快樂的，是我呢。」機不可失，高女巫兩步跨前，一屁股坐到那根世上最硬的雞巴上。那一搗，真可謂頂心頂肺，非同小可。女巫大嘴呆張，昂起頭，似乎吐出一朵雲，突然，卻大叫：「噢！我要死了！加油！加油……」「要加，自己加個夠。」桃樂妃遞給她油壺，抱起貓兒土豆，繼續上路。「如果找到魔法師，我最想他作個法，減低我性欲。」高女巫腿軟，要鐵皮人抱着她走。她的手也不閒着，抓住那條鐵雞巴搖來搖去，像後來的人開汽車亂換檔似的。「你不該當他洩欲工具，更不該當他交通工具。」桃樂妃責怪高女巫：「他缺一顆人類的心，但總算是個……」「鐵漢。」鐵皮人提醒她。

轟！轟！轟！巨響傳來，一叢野薔薇後面，金光閃動。原來一隻銅獅子在撞樹，銅頭撞倒一株，又去撞另一株。「獅子老兄，遇着銅豳子，頭癢了？」鐵皮人認得這撞樹的，正是魔法師的跑腿。「丟人啊，死了乾淨我……」他要衝撞一棵千年老樟樹，鐵皮人卻擋住他銅頭，好言相勸：「你蹲石礎上讓病人摸摸，相應的病灶，就燒不起來；沒病摸一摸，摸哪裡，哪裡永不發病。你好事做盡，哪裡丟人了？」「我說了，老闆會熔了我，鑄成一隻大蟾蜍。他放風聲了，說吻了蟾蜍大嘴，升官大發財。讓自己不愛的人吻了，要長銅鏽的。我就是畏首畏尾，不敢揭穿魔法師他……」

「揭穿他什麼？」桃樂妃有點焦慮。「這不好說。」銅獅子顯得沮喪。「嘖嘖！」鐵皮人瞪着銅獅子鋥亮的屁眼和大雞巴，奇道：「那些人排長龍去摸你頭額，摸你肚皮，摸你大腿，摸得渾身光潤，但這……這拉屎撒尿的髒地方，可沒見有人摸過，怎麼明晃晃的，反而搶眼？」「他們半夜偷偷來摸，摸得又虔誠，又仔細。」「是些什麼人？」桃樂妃好奇。「都是屁精、花柳病人、吮痔專家，還有寫屁文的。不過，來最多的，是生花柳病的吮痔家，是做屁精的屁文家。」

獅子激動得銅腔嗚嗚響：「試想想，每天入黑，那倆重要部位，讓人擼完又捋，捋完又摳，摳完再撩；最要命，是叼着啜完，往後一挪，伸長了舌頭卻去舔……這樣連夜折騰，銅皮要搞破了，活着還有什麼意思？」「的而且確，沒意思。」高女巫抓起他銅雞巴掂量，果然斤兩十足，忍不住套弄半天，滿頭大汗湊近桃樂妃耳語：「你們先去，我看看獅子大哥，能不能隨我到草叢那邊，深入……深入了解。」

高女巫哄了銅獅子入草叢，桃樂妃讓土豆摟着鐵皮人脖子，一塊兒沿黃磚路往前走。沒多久，面前湧動一座玫瑰花海，怪風乍吹，花瓣亂起如一場香雪。「鐵漢也看得心軟吧？」桃樂妃讚歎完，睏得睜不開眼，挨着鐵皮人倒下了。「桃樂妃……」鐵皮人見她癱臥花瓣上，知道花香有毒，抱起她循來路退走，退沒多遠，卻見高女巫騎着銅獅子奔近。「前頭有迷煙。」鐵皮人說。「看來老……奧茲不想見你們。」銅獅子推斷。

「為了趕客，可以翻起滿天花瓣，法力不弱呢！」高女巫對奧茲，還真有些期望。

「那不是什麼法力，那是他設的機關。」銅獅子瞜一眼桃樂妃：「不去要解藥，她會一直睡，睡到八九十歲。」

「那不醒過來更好。」高女巫說。「那……咱們快去要解藥。」鐵皮人很焦急。「鐵皮老兄，」銅獅子瞪着他：

「你愛上這小妮子了？」「我……我是一塊沒心肝的廢鐵，不會愛上任何人。」「我領你們去找他！」銅獅子深呼吸，肚子裡嗡嗡響：「我需要勇氣，我要擺脫他，不再去當幫兇！」說完，走在前頭引路。鐵皮人抱着桃樂妃，高女巫抱着瘸貓土豆，不倫不類一組人物，幾經波折，終於找到魔法師奧茲的城堡。

「我要減低性欲！」高女巫說。「就算得不到一顆人類的心，我也要得到治桃樂妃的解藥。」鐵皮人說。「勇氣，我要勇氣！」銅獅子說。他知道機關位置，衝過去擋住冷箭，讓他們進得了大殿。殿裡煙霧瀰漫，青銅鬼臉屏風後傳來人聲：「擅闖聖地者，一律處斬；斬不開的，恩准用榔頭敲扁。」「奧茲！那妞兒中了你『眠花毒』，請惠下解藥。」銅獅子說。「直呼我名諱，你是要造反了？」鬼臉兀自傳出鬼話。「反就反，我就是不當你老闆！」銅獅子撿起石頭，朝鬼臉攢去：「還我勇氣！」

「勇氣，你不是已經有了？」奧茲躲在屏風後說話：「你把妞兒帶過來，我操……治她一下。」鐵皮人要抱桃樂妃過去，銅獅子卻攔住他：「這奧茲，不知糟蹋過多少女人，鐵床上都是漿血。」「算他再凶狠，也只是個男人。」高女巫挺身對鐵皮人說：「讓我到那『性地』收拾他。」說完，抱了土豆朝屏風後走去。

半晌，奧茲粗重的氣息，高女巫的嬌喘，傳遍寂靜大殿；然後，是嘶叫和呻吟。「不行了！不要……」奧茲的長嚎，嚇得土豆從鬼臉的眼洞撲出來，不瘸了。原來這貓早就復元，懶得走路，裝瘸而已。然後，高女巫赤身趄出來，蹣跚走近鐵皮人，遞上解藥：「讓你小情人喝了吧。」不屑地回望那鬼臉屏風一眼：「用那種老神棍治性欲，治了標，治不了本。」

桃樂妃給餵了藥，也甦醒了，抓着那鐵雞巴，當個扶手站起來。她挨貼鐵皮人胸膛，感覺溫暖，而且聽到篷隆！篷隆的心跳。「你總算有一顆心了。」她摟着他，鐵皮人「鳩硬心軟」的長處，太凸出了，她再純真，也知道珍惜。「那只是……」鐵皮人想告訴桃樂妃，只是肚臍孔大，鑽進了一隻蟾蜍，是一隻癩蛤蟆在自己胸腔裡，撞來撞去。但他到底把話吞了，這不就是他要的心跳嗎？沒準哪天癩蛤蟆跳累了，還會蹲在臍孔後，嘓嘓嘓地吟詩呢。

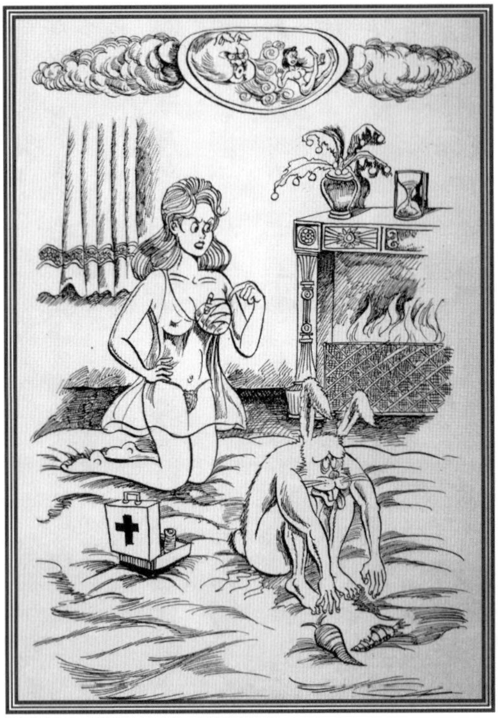

「就算你床上功夫很棒，但你那副兔牙，卻是你的致命傷。」Liswood

瓦爾都的野薔薇

在瓦爾都的療養院，韶月摘了塊窗前鳳仙花的枯葉。葉子快掉光了，像院友們一樣，有些讓北風捲走，落在草坡後的墓園。初時，她會捎幾株紫羅蘭或者三色堇過去；後來，發現死者變成了花，紛紛泥土裡冒出來，彷彿流逝了的辰光一樣美麗。「我希望變成一株鮮紅的野薔薇。」這是她七十六歲的生日願望。

窗外，是昨日的景致。草浪漫向遠方，綠茵上有一座紅色城堡，城堡沒門，沒窗戶。傳說有情侶在曠野追逐野兔，到了城堡前，野兔不見了，尋索之際，紅影籠蓋，抬頭，四面忽然聳起了圍牆。「城堡裡，過的是怎樣的日子？」韶月嘀咕。

日落，城堡的影子伸過來。雲淡風清，一個麥色長髮的女孩，放飛一隻黃色紙鳶。「紙鳶從晚霞收回來，要是沾上玫瑰色，心上人就會……」韶月回想起，那人是回來過的。那年，天很藍。兩人走到城堡牆根下，躺在卵石上看雲。

「我想把你吃掉，連你的毛髮，連這座烘托你的城堡，全吃進肚子裡。」他飢渴得像一頭怪獸。然後，他吻她身子。牆根怒綻的野薔薇，像城堡滲出來的血。她喘息粗重，由着他把一株薔薇花折了，拔了刺，仔細插進她讓漿液灌飽的地方。「薔薇會在那裡開得燦爛。」他淫穢地笑着。

女孩羞赧得要哭，迷糊裡，卻只問他：「牆垣這一升起，那倆追兔子的，能逃出來？」「圈在裡頭，逃不出，就沒有所謂的離別。」他吻她。這一趟，他舌頭探得好深，似要吃她的腸；然而，吃到一半，他就離開了。

涼風撲面，血紅的野薔薇開了，又謝了。女孩的眼淚，用紙鳶載着，送上暮色快淹沒的天空。

窗外情景，讓韶月無比感慨，她推開療養院破門，朝女孩走去。「那隻吃人的怪獸，一直都住在咱倆心裡。」說完，韶月接過女孩手上線桄子，把紙鳶收回來。「再見了。」她向虛空處揮揮手，慢慢走向草坡後的墓園。

野薔薇又快開花了，她知道。

面具

暮色降臨，燈伕就在城堡裡點燈，一盞續一盞，從花園到宴會廳，到寂寞長廊，到侍女們的房間，到公主的寢室。某天，晚霞點亮了千扇窗，他的眼神，卻點亮了公主的心。「我只是一個燈伕。」他說。「我只是一個公主。」公主淒涼地一笑，把油燈吹滅，告訴他：「暗夜裡，你就是一個王子，一個海上來的，為尋找失散情人，最終流落異鄉的王子。」「風浪大，原諒我保不住要給公主的禮物。」「黑暗，就是你送的，最好的禮物。」公主吻了他。

燈伕抱着她，黑黝黝的臂膀，纖長的手指，樹藤一樣蔓延，悄悄纏緊她，嵌到她身體裡頭生根。她咬着唇，喘息輕細，到底沒忘記自己是公主，星子們，擠在窗前窺視。興盡，他為公主扣上每一顆銀鈕扣，重新點起火把。「去為我母親也點一盞燈。」公主囑咐。她的床，是散發活人氣息的最後一站，出了房門，一路陰風。

燈伕走向墓室，在皇后棺槨旁點着燈芯，就睡倒在墓旁小石屋裡。天濛濛亮，嘶喊在蒼翠的矮山迴響，他知道，公主憋了一夜，這會才叫床。「晚上不能沒有你。」入黑，公主對燈伕說：「月色那樣明亮，你就不想看清楚我的……」「就是這月色，我不回石屋，不鎖起自己也是不成。」他說，他有病，月圓之夜，他照例失控，會咬死心愛的人，喝乾她的血。

「我的血肉，都是你的。」她扯起衣裙躺着，一轉念，還是趴在床邊，高抬起圓臀：「後面肉多。」「我不會傷害你，我不要傷害你！」他轉身衝出房間，直奔到曠野。他身上的狼血沸騰，僅餘的理智在呼號：「天亮之前，不要回望！」旭日，碾過疲憊的燈伕，遙望玫瑰色城堡，他終於明白：「如果我愛她，就應該離開她。」

沒有了燈伕的城堡，每夜，都是黑夜。再次點亮這兒的，是戰火。「能助我們抗敵，唯有近鄰侏羅國。」國王命令公主：「大局為重，你必須嫁過去，好讓侏羅國有出兵理由。」大局，從來重得壓垮人，公主屈服了：「我可以嫁侏羅王子，但他要住進我寢室；而且，他……他作踐我的時候，要戴上面具。」

面具，按燈伕的容貌鑄造。侏羅王子瞟一眼這黃銅造的俊臉，馬上明白是怎麼一回事，他說：「我……我受不了這憋屈，除非……」他看着憂鬱的公主，軟化了：「除非那讓你感到幸福。」城外戰火連天，城堡裡，一派寧靜。王子戴着面具和公主歡好，他的舉動，那樣溫柔，細緻。「我寧願你粗暴，我寧願你讓我痛苦。」公主心裡鬱結。

「為了你，我會變得瘋狂，我會挖穿你……」「說，我喜歡你說出來。」「我會挖穿你……你浴室的泥牆，偷看侍女為你洗澡！」作為替身，自覺不稱職，王子有點內疚。時日過去，他的臉，漸漸跟面具融合。冬夜，窗外下着細雪。面具爐火前閃爍，公主看到藏在銅皮後的哀傷眼神。「委屈你了。」她歎了口氣，伸出顫抖的手，要摘下那屏障。「也許，還不是時候……」他生怕那只是一時的感動，不是愛情。面具摘了，沒準脆弱的連繫，就要破碎了。

春天，侏羅國精兵，終於殲滅圍城的惡孽。「貴國的心腹禍患，是根除了，」王子悵然說：「你嫁給我，求的是國土安靖，那我的……我的『功用』，算喪失了，你大可以解除婚約，去找你的……」他食指啄一下銅面具，像有個男人壓在臉上似的。「你要離開我？」公主感到忐忑。「我愛你，從沒想過離開你。」王子說。兩人交心之際，沒留意天窗投下來的人影，那是燈伕，他病好了，戒吃生肉，不變禽獸，踏着戰火的餘燼回來了。

這夜，星月無光。燈伕潛進公主臥室，心裡嘀咕：「我走得合時，只是回來晚了。」悄悄到了床邊，他撫摸她，要身體也牢記她。公主感覺到那突出，那結實，她知道那是燈伕，她的心好亂，好愧疚，痛苦得只是流淚，卻兀自裝睡，僵躺着由他擺弄。他不吃人肉，她就讓他吃她津液，舔縫眼裡的油汗。她想挽留他，卻那樣地，怕挽留他。燈伕知道，公主發現了他，她的濡濕和律動，招認了她渴望他，要他的狂暴填塞她。如果她要他留下，他怕自己掌不住，真會留下。他是一個血性男子，珠玉在前，他不能這麼自私。

破曉之前，燈伕走出她寢室，踅到侏羅王子睡房，在衣櫥裡找到那副面具。「幾乎一模一樣。」他認同：這就是自己的精神面貌。然後，他在右頰用鐵筆添了一個「✓」號，彷彿批閱了一張考卷。這劃破眼眶的一剔，也正是他拚死守城，留下的傷疤。「王子，總算有一個及格的。」他苦笑着，最後一次，靜靜點亮城堡的燈，然後，遠離他的公主。她曾經對他說，他是一個海上來的，為尋找失散情人，流落他鄉的王子。如今，潮漲了，是回到海上的時候了。

來順家

菜販來順有三個女兒，長女阿菲愛自己，次女阿風愛思考，么女阿月愛畫畫。在頑石鎮，她們仨是最漂亮的。阿菲看似放任，但不害人，無拘無束活着。阿風寡言，思慮卻周密，曾經對來訪她爹，洽商賣她三姐妹到妓寨的龜奴說：「你不誘逼別人墮落，我就是死，也維護你『自甘墮落的權利』。」

么女阿月，最教來順頭痛。有一回，她找來一個男人，扒光他衣服，畫了個全相，還把畫作高掛在會堂。「那話兒太大，攞出來，丟人！」女人這麼說；男人，竟也這麼說。自此，阿月只畫小孩和狗，大家才淡忘她的惡行。

來順一家，本來活得順遂，某天，妻子採茶去了，就沒有回來。來順找到山上，妻子岩石上躺着，一條水牛大的蜥蜴正在吃她的腸。來順嘩嘩喊着滾下土坡，嚇出一身的病。「你們的媽……踩空了掉到崖下，讓魚吃了。」他誆三個女兒。然而，頑石鎮不久就籠罩着恐慌。「獨善村幾百口，一夜間死光了！」還有人傳說：男人腦漿給抽掉，女人的腸子都讓摳出來，搭在樹上。

這天，獨善村有人逃到頑石鎮，腳後跟拖着的一條血線，足有九里長，他慘然說：「不想死，就要……要……」「要怎樣？」人人瞪着鄰村來的這死剩種。「要……要『自閹』。」他血流乾了，輕飄飄的，遇上一陣北風，給捲到一棵木棉樹的椏上。這廝居高臨下，簡略說了私下淨身的好處，就癟成一塊皮。

頑石鎮有衙役冒死去查探，發現獨善村幾十戶老宅磚牆上，赫然寫滿血字：「自閹者生，我閹者死！」衙役心驚膽顫，捎回去消息：「看來『淨化』獨善村的惡氣，正循逃亡者留下的血線，逼近頑石鎮。」還根據泥土上的穢跡，推想「惡氣」的構成，包括一泡紅水、一頭巨蜥和兩條蛇。

老百姓能逃的，早就逃了；逃不了的，或擋以高籬厚牆，或匿於壕溝山洞。那攀到老榕上避險的，半夜裡，噩夢中墜下，隆然巨響，一般驚醒三成人；另外七成，根本睡不着。「來了……始終來了？」兩腿能動的，跑到空闊地上恭迎那泡紅水，想像一泡早化成一灘，一灘漫成了洪流，推送着毒蛇惡蜴，這些越傳越兇猛的護法爪牙入鎮。

候了一夜，不見濁浪淹至，破曉前，就一個龜奴蹣跚而來。「褲襠怎麼都是血？」菜販來順問。「縫得不好，綻線了。」龜奴臉色慘白，不忘講出心得：「逃避，不是辦去。」原來紅潮未來，他聞風先把自己閹了。「痛嗎？」來順問。「痛得不得了。」龜奴說：「但性欲沒了，人不焦灼，日子容易過。聽我說，大家都把自己閹了吧。」「閹了，就縫不回去。」「領略到箇中妙處，沒有要縫回去的。」龜奴提議：「我們不妨成立一個……一個『紅泡會』，認真討論這鳥事。」

閹了的龜奴，積極進取，淨身之風感染了閭里，賣鐮刀紗布的，都減價應市，霎時間，滿城慘嚎，大半男人轉眼斷了是非根。「閹得不徹底，有一個不乾淨，那泡紅水來了，難免腥風血雨。不閹的，始終會禍及……閹人。」龜奴站到椅子上，慷慨陳詞：「為了全鎮福祉，必須推舉出頭兒，推動淨化！」

「龜奴老兄，」來順下身纏滿綳帶，由女兒攙扶着來開會：「你祖宗三代開妓寨，男人閹了，你虧得大，犧牲比我們多，這頭兒，自然是要你當的。」「我無德無能，不過……」「你要推辭，大家只好投票了。」閹人們搖搖擺擺去投票，結果，一如所料，龜奴，高票成了龜頭，還順應民意，成立閹鳥隊：「怕痛下不了手，就互閹，我閹你，你閹我；不然，讓閹鳥隊逮住，閹了還得判牢。」

「哎唷！」一城慘叫不斷，人們望着遍地血鳥，卻不敢埋怨。「光男人受苦，這不行，女人也該有些貢獻。」紅泡會壯大了，龜頭這天又造訪來順家。「那個大紅泡，聽說，脹得像個熱氣球，還長出五官，在山頭瞪眼朝咱們看。」龜頭正色說：「泡泡一旦炸開來，流膿流血，沖到大家門口，老少都活不成。你不想紅泡推來的蜥蜴，薦來的蛇，折騰死你女兒，最好先送她們出去，那大紅泡領情，說不定就會……總之，自動自覺，才是自救的根本。」

來順想起妻子死狀悲慘，不想女兒同一命運，決定照辦。「你這是剝奪我的自由。」長女阿菲憤然投井。「我的下場，會讓你這幫蠢貨明白，那來犯的，是個什麼東西。」次女阿風，她淒然告別老父。然而，看到臨門的烏黑大蜥蜴，她即時昏死過去，隨來兩條蛇不管怎樣鑽挖，始終沒再甦醒過來。

「臨去，我給你畫一幅肖像。」么女阿月對龜頭說：「這是我的遺作，也是你的遺作。世人會記得你的奉獻。」她把龜頭如實畫出來，穿上最愛的衣服，黃昏裡，朝大紅泡沉壓的荒山走去。來順雞巴沒了，但看到龜頭終日為信念奔走，自己一家，也為他的信念粉碎，來順就感到心安；心安好，心安即是家。

掃煙囪的阿凡達

牧羊女每天看阿凡達用笤帚掃煙囪，罩在煤灰裡的他，像一塊炭，但那雙黑眼睛，燒過般晃亮。她喜歡躺在綠茵上，看藍天，看白雲，看屋頂紅煙囪偶然冒出來的、黑色的他。她想像阿凡達的來處，飄滿黑雪，他在屋頂笑得露齒，新月就出來。

要打仗了，衙差抓壯丁。阿凡達躲在煙囪，除了牧羊女，沒人留意，也沒人想起他；然而，他卻向衙差自薦，說可以為這個國家流血。「你黑血噴出來，一準把敵人嚇死。」衙差笑着發給他一根生鏽黑矛。經過牧羊女身邊，阿凡達膽氣突然壯了，他告訴她，他一直暗戀她，他愛她。號角聲響了，他敢於示愛，是自覺不可能活着回來。

「笨蛋，怎麼不早說？」牧羊女望着他淡去的背影，默默垂淚。過了半月，某夜，窗外星稀，爐裡只有餘燼。朦朧中，阿凡達從排煙管爬出來，滿身灰塵，站在牧羊女床畔。「總算逃回來了。」他說：當時，三根長矛朝他飛過來，他捣着眼，一路後退，不想竟就退出了戰場。「能回來就好。」牧羊女抱着他。

阿凡達吻她，埋頭在她腹下，舌頭，變成了笤帚，用一貫的專注，打掃她窄小的煙突，掃得那暗道渥潤，火齊欲吐。他指節粗，指頭繭厚，她感受到指頭在體內攪動，那樣野蠻，那樣細緻，悠長無盡。「我要住進你肚子裡。」他說。「腸子撐開了，你一顆頭……先塞進去。」下流話脫口而出，她一臉羞赧，都怪他不好。阿凡達抬起她兩股，一隊大兵，就彷彿操進了她秘道，在裡頭縱火。她呻吟，感覺上，孕育着一條村的歡娛和悲辛。

「我裡面堆滿你的灰。」她在他耳邊喘息。「每夜，我都會通過管道，火爐裡爬出來。」阿凡達承諾。天亮，床上只有煤灰，掃煙囪的阿凡達，卻消失了。有人說，阿凡達才上陣，就讓三根長矛戳中，釘死在老槐樹上。牧羊女不肯相信，因為阿凡達，夜夜和她歡好。冬天到了，為了讓他沿煙囪下來，爐子也不生火。春天降臨前，鄰人才發現，牧羊女僵死在臥房的灰堆裡。

信徒的夜泳

葛雷姆避居鄉郊大屋，屋後一個養鴨池乾涸多年，這年夏天，連場大雨，池水都滿溢。某夜，睡夢中水聲琮琮，外望，五個赤條條妞兒池塘裡嬉鬧，浮晃一如月影。驅逐的念頭一瞬即逝，葛雷姆瞪着眼，看她們摟抱，廝纏，水花嘩啦啦飛濺，潑入窗台，他才濕淋淋醒過來，喊一聲：「連褲襠都是潮濕的！」脫光衣服，下樓直往養鴨池撲去。

「半夜潛進來，不怕我一個個姦殺了，再抽出腸子，釀入豬雜碎？」葛雷姆兜搭住一個妞兒，騰出手又去瞎掏摸。「釀大腸，玩直腸，半點不新奇。」最嫵媚那女孩笑說：「不過，聽聞這大宅主人，是個信徒，還偏愛文藝。姦殺，該不是這種軟蛋的專長。」葛雷姆大腿根讓她兩個姐妹撩弄，得了軟蹄病一般，只淺水裡跪着，捧着迎面撞來的乳房舔啜。欲火越舔越旺，索性撲到肉山上，見縫就戳，見洞就摳，舔門吮戶之間，幾乎喝掉半池雨水。

「歡迎大家再來。」等風平浪靜，他雞巴軟耷着，款款送客。「食髓知味，咱們自然再來。」嬌小的那妞兒拈起他龜頭，笑說：「不過，你最好先把籬笆都砍了。」「籬笆不高，也倒了不少，你們跨進來就是。」葛雷姆說。「天黑，這樣跨過去，弄傷大腿事小，『妹妹』讓刮壞了，你能舒心？」「好，一準照辦。」黎明前，葛雷姆癱軟在池畔，目送五姐妹離去。

往後，她們每夜都來，葛雷姆快活得沒了人樣。過了半月，園丁問葛雷姆：「老闆，你每晚一個人瘋狂游泳，不累？」「怎麼會是一個人？」葛雷姆有點錯愕：「你瞎了眼？沒看見五個滴溜溜美人兒，陪我開心？」「你不說有五百個？」園丁心裡嘀咕，嘴皮上卻不爭辯，失眠夜，仍舊和其他傭僕一起，臨窗觀賞主人的醜態。

葛雷姆的池中淫戲，延續了一個月。突然，五女沒有再來。入黑後，葛雷姆在池畔煎灼等待，雞巴又脹又燙，伸入池子，滋滋的冒煙。這天，他頭耷耷走到園子盡頭，盯着不知誰人暗中修復了的木籬笆。陡地，他冷汗涔涔。那些籬笆，壓根就是併靠着，圍護這幢大屋的十字架！「那五姐妹是水鬼，正是這些十字架，阻擋她們進來。」葛雷姆恍然；明白了事情真相，他立刻把「籬笆」全部拔起，堆成小丘，一把火燒了。

買翅膀

「路程遠，得有翅膀才到得了。」男人穿上衣服，指頭和陽物，仍散發着麗娜的味道。男人總有遠行的理由：為了國家，為了理想；或者，為了一塊發光的石頭。一年過去，男人音信全無，她決定去找他。她腹下的種子長成了樹，擠壓着她，樹汁每夜還悄悄的，從那些柔軟的洞眼沁出來。

「請告訴我，哪裡買得到翅膀？」她問學者。「這不好說，除非你讓我開發你，做個啟蒙老師。」麗娜明白他意思，她說，身子是男人的，不能隨便讓人開發。「請告訴我，哪裡買得到翅膀？」她問樵夫。

「我不能說，除非柴枝，能塞進你屁股眼裡。」他解開褲帶，掏出柴枝。柴枝紅紅的，像着了火。「屁股，也是我男人的。」她說，勉強為他吹熄柴頭上的烈燄。樵夫豬一樣嚎着，滿足了，卻只說了方向。他壓根不知道哪裡買得到翅膀。

「請問……」這次，她遇到一個身上斜搭着紅綬帶的人。「我是來傳道的。」他要去舔麗娜的腳趾。等一個個趾頭舔乾淨，卻責備她：「我不會告訴你哪裡買得到翅膀，一個賤女人，不配有一雙翅膀！」麗娜很難過，但還是逢人就問：「哪裡買得到翅膀？」

後來，她遇上一個流浪漢。流浪漢才喪偶，為離開傷心地，遠赴他鄉。「哪裡有賣，我不知道，但我願意和你去找找。」流浪漢推想，他妻子在天上，也希望他買得到翅膀。兩人結伴而行，緩解了寂寞。一天，並坐山頭，鳥瞰西沉紅日，流浪漢察覺哀傷，也像暮色一樣，靜靜沉澱。

「不如，」他提議：「到山下那片綠茵蓋一幢小屋，然後咱倆……」他凝望她，忍不住湊過去吻她。麗娜掙脫他，「你不陪我就算了。」她尋找翅膀的心，堅實如他腹下鼓錘。

天黑了，月亮，驀地變成他亡妻的臉。流浪漢決定和她繼續上路。「世上，根本沒買得到的翅膀。」他心裡明白，但在荒涼野地，他願意一直陪伴她。「過了前山，就有一家翅膀專賣店。」他鼓勵她，而且，總向遇上的人探問：「請告訴我，哪裡買得到兩人共用的翅膀？」

尼古拉的吸血史

尼古拉伯爵是吸血鬼。怎麼變成吸血鬼的？沒講究。總之，把女人哄到床上，扒光衣服，他就撲上去咬屁股，直咬到血氾出來，就當草莓醬吃進肚裡。女人賠了塊肉，或悻悻然逃逸，或臭罵他，踢他要害。不過，給咬了，沒變吸血鬼的，都去宣揚：「伯爵好眉好貌，是個變態！」

情節，越傳越恐怖，傳到後來，伯爵已長出了一根河馬牙，專門用來摳挖女人臀眼，折騰個半死，再抽出腸子綁東西，當手信。「有屁股插着獠牙的，還告訴我……」故事，一個個編出來，傳下去。漸漸，沒人再敢接近伯爵和他的城堡。「作為一隻吸血鬼，我夠倒楣的。」伯爵自怨自艾。

晚霞，薔薇花瓣一樣，從城堡堆向遠天。「叔叔，這是什麼地方？」一個外來女孩問尼古拉伯爵。那會兒，他正在湖邊散步。「這是被詛咒之地。」伯爵望着她說：「你最好盡快離開。」「為什麼？」「有吸血鬼。」「不怕，我血挺多的。」女孩憨憨笑着，幾乎要拉起裙子讓他查看。

「那一隻變態吸血鬼，他愛咬……」「愛咬哪裡？」女孩笑問。「這不好說。總之，你不會願意……」「我留下來。」女孩害怕吸血鬼，但眼前這個男人，像牧師一樣可靠；而且，她愛上他眼神裡的憂傷。

愛情，暮色一樣，籠罩着這兩個人。不旋踵，女孩就赤條條趴在伯爵大床上。「快走！我憋不住了，要……」他覺得一對犬齒慢慢變長，嘴上，彷彿伸出兩條笑柄。「你喜歡，我都依你……」女孩話沒說完就尖叫，以為屁股給烙了。「你走吧，我不想傷害你。」伯爵閉上眼，舔乾淨嘴角的血。「我……我撐得住。」她把屁股抬高，湊近他，讓他飽餐。

一年後，伯爵終於戒除吸血的惡習。他好想去補償，但女孩傷口感染，病得好深。「原諒我。」伯爵哽咽。「我願意的，我喜歡你……咬我。」女孩說完，就咽了氣。尼古拉伯爵把她埋在睡房窗下，推窗，肥壯的紅薔薇就竄上來招搖。日長無聊，他開始寫書，寫吸血鬼在山村咬人的獸行。當然，為了迎合殘暴的讀者，吸血鬼，都去咬脖子了。

茶花女遺事

按拍賣行廣告，阿遺循址找到昂丹路一幢華宅，那是哥吉耶生前的寓所。下世半月，滿屋良家婦女，就為的窺探這位名妓陰私，順便搶購衣飾珠寶。「我的訂婚鑽戒，怎麼在這兒？」婦人甲找到失物。婦人乙發現丈夫要送她，卻流落在這裡的褻衣。婦人丙不知看到什麼，狂性大發，搥胸嘶叫。「大家先看看珍品，拍起來熱鬧。」拍賣行職員說。阿遺偏愛屋裡掛的油畫，尤其哥吉耶的肖像。他早聽聞屋主的媚行和豔迹，看到宣傳品上印的油淋淋的芳容，心癢得大老遠的趕來巴黎。

讓濃濁的香水味熏得暈眩，阿遺躲進存放舊衣物的小房間。他拉開紗簾，要推窗呼吸新鮮空氣。「外頭風大，簾子拉上吧。」話音宛轉，他回過頭，一個女人抱着一束乾枯的玫瑰，坐在舊衣箱上。阿遺覺得眼熟，如見故人，問她：「我們見過面？」「當然。」女人瞟一眼膝上玫瑰，憂鬱的臉泛起笑意：「這花，就你送的啊。「這……我差點兒忘了。」阿遺以為她說笑，順着脈絡胡扯，不承想越扯越深入，竟真的像從小就要好的一對。「什麼時候再來？」女人問他。

「過了今天，屋裡的東西，都會移到拍賣行去。」阿遺說。「東西搬去了，房子還在。」女人囑咐他：「明天晚上，我把後門開了，你可以從那兒進來。」「可是……」「你嫌後門窄，可以……」她眼裡都是情意，等他接茬。「窄好，少人進出。不過，」他硬着頭皮辯白：「原諒我，興奮過了頭，竟記不起你名字……」「瑪格麗特。」她嗔笑着：「你一向這麼喊我的。」

翌日，天一黑，阿遺如期去會瑪格麗特。「昨兒你襟上插紅茶花，今夜這白茶花，更配合你的純潔。」「我身子髒，因為你，才變純潔的。」瑪格麗特告訴他，襟上茶花是讓恩客們看的，紅花，是月事來臨的日子，那幾天，閉門拒客。「你永遠不是一個妓女。」「因為阿芒你，永遠不是一個嫖客。」她慢慢脫掉衣服，覺得阿遺和阿芒，是同一個人，一樣值得獻身，值得再躺上還沒給搬走的這大床上。

月色皎潔，光陰在她膚肉上游移。世界，彷彿成了廢墟，人類消失了，焦土上，就剩下這軟綿綿一座情欲的祭壇。她身子沁涼，盡開了竅門，逢迎他亂落的吻。阿遺完全相信，在很久很久以前，他倆就認識了，她一直愛着他，為了他，承受世人白眼；甚至罹患肺病，臨終的歲月，他淒涼的瑪格麗特．哥吉耶，還是在這幢華屋裡思念他，盼待他，陪他度過最後的一個夜晚。

盜墓賊阿草

在皇家墓園，盜墓者阿草挖到一尊石膏像，真人大小，裸體，還是個美女。「一準是按死公主的模樣雕的。」阿草心想。他將裸像存倉，打算等時機成熟，當國寶賣給外來羊牯。

這天，他刨了一夜的墳，累透了才掘出一條殉葬用的白玉陽具。這種東西，幾乎每個女人的墓穴都有，物以多為賤，再粗大都不值錢。他心裡有氣，進得家門，就直趨臥室，要抱頭大睡。

「咦，你是……」床沿坐了白裡透紅一個裸女，他還以為睏極了，一邊走，一邊做夢。「我是你墓裡救出來的……」裸女說。「公主？」他瞪着這石膏美人：「怪不得這麼眼熟。」「我是公主，早回宮享福去了，還晾着等你？」她告訴阿草，她是公主的婢女，叫小菁。公主死了，她就活生生給燒成了灰，攙到石膏裡塑成裸像，要她到了陰間照樣為奴。

「挖墳挖着你，也算做了一椿好事。」「我無家可歸。」小菁眼泛淚光：「你給我半張床歇歇，你要怎麼摳，怎麼挖，鑽研得多深，我都由你。」「你自己先掏摸一下，我睡個覺，能起來再治理你。」他遞過去偷回來的白玉陽具，枕着她肚皮，呼呼大睡。

一覺醒來，小菁不見了。「幸好石膏像還在。」阿草把裸像從倉庫搬到睡房，撫弄一輪，淫心大起。「我要肏死你！搗死你……」他氣喘如牛，抓着雞巴擼捋半日，就是不稱意。

月色，流瀉一地。裸像，慢慢透出紅潤血色，她走近阿草，摟着她的脖子耳語：「我來效勞。」說完俯下身子，把那話兒吮啜了一夜。「我愛死你！」阿草猛拍她屁股：「我答應你，永遠不把你賣掉。挖到的東西，都送你。」

某天破曉，衙差來敲門：「證據表明，尊駕乃盜墓賊無疑，請受逮捕。」門面話說過，就一棍敲落他頭上。阿草被補，財物全數充公。最終，小菁豎在官老爺的宅院，飽受日曬雨淋。她的魂魄，每夜在院子裡徘徊，有時候，還真希望再遇上一個像阿草那樣，會打洞，會挖坑，會探穴的粗漢。

豬玀王的新衣

百順國的國王，人稱豬玀王。豬玀王愚蠢，但愛做善事。「瞧，大家一樣老，我卻活得好。」豬玀王訪老人院。「我們沒飯吃。」老人甲說。「吃鮑魚啊。」為防老人吃飯，豬玀王斷絕了高齡津貼。

大暑天，豬玀王赤條條在皇宮竄動，小雞巴抖着，像沒割乾淨的一條豬尾巴。「陛下，這樣接見外賓，似乎……」「似乎怎樣？說！」勢色不對，最後這一個諫官垂下頭，盯着一對繡金拖鞋：「似乎太隆重了。」「也是。」他把鞋子褪出來踢掉。豬玀王早成了一個露體狂。他老婆，豬玀王后，嘗過一個光屁股壓上寶座的滋味，也習慣只搭着一塊皮：「國王穿得又堅韌，又華貴，做妻子的，不莊重點，能成？」

豬玀王后，還妄自頒令：「批評新衣的，都要捐出舌頭！」豬玀王愚頑，卻知道箝民之口，最有力的工具，是法例；法例周全，能確保管治者權威，他這襲「新衣」，自然流傳萬世。子孫可以騎在百姓頭上晃雞巴，或者，把一個陰戶，張成垂天的兩瓣晚雲。

「傳法務大臣。」豬玀王下令。沒想到，卻來了個女人。「法務大臣，不是洋人嗎？」他犯嘀咕了。「這肥……肥缺，我用屁股向前任大臣買的。」「你這屁股，能幹呢！」豬玀王見她長得秀氣，腰細臀圓，問了姓名，買官鬻爵這等小事，自不深究：「愛利，朕賜你皇家新衣。都你這身錦袍，不倫不類，脫了吧。」

「這……」她環顧左右，盯過來，最少有幾十雙色迷迷眼睛。「嫌賞賜不夠？」「我……這就去換。」說着，錦袍已讓侍衛卸掉。「來，朕為你扣上衣鈕。」豬玀王一手勾她腰，一手搓她乳房：「這衣服，怎麼揉都不皺。」

「豬……王，不要……」「叫我豬玀，親切點。」豬玀王伸手探她腿間，食指滑進「衣縫」。愛利「噢」一聲，只是喘氣。「欸，縫後面，還有個破洞呢。」他中指挖得深，緊窄的洞，讓他摳得綻裂。「明天立法會議，記得穿這新衣出席。」豬玀王吩咐。新法務大臣兩眼翻白，舌頭伸着，說不出話了。

翌日，大臣們齊集議會。「新衣穿得慣吧？」豬玀王問愛利。「穿着睡覺，舒服。」「來！」豬玀王一手撈她光屁股，要她站到桌上：「讓大家欣賞一下剪裁。」大臣們啧啧連聲，口涎橫流，只盼國王也賞賜一襲新衣，好跟愛利心連心，肉連肉，捐軀去也。

「滑！」豬玀王順着愛利大腿上摸，摸到一撮黑線，捻弄半天，正色說：「這麼會穿衣，這職位，你絕對勝任。」索性走到陽台，宣佈：「愛利，她為法治，出汗出血，有時還出些醬汁。在她努力下，政通人和，吃屎的，絕不會吃上飯……」

「陛下！」防務大臣走近豬羅王，低聲說：「蠻子國來犯，我方邊防失守，十萬蠻兵，半日內會攻入都城，姦我婦女，閹我男人。」「這……怎生是好？」豬羅王六神無主。「為激勵士氣，陛下最好親自領兵抗敵。」「說得好！」豬羅王后覷準時機，向陽台下的百姓發話：「我們英勇的國王，不怕犧牲，將會為國家打頭陣！」

「真要我去？」豬羅王瞟瞟防務大臣，又瞅瞅王后。「非去不可。」兩人聲氣相連。「上陣……總得有件盔甲。」「誰都知道，你身上穿的，就是最堅韌的盔甲。」豬羅王后冷冷一笑：「你不去，民望再跌，國王就當不成了。」「陛下……」愛利看着豬羅王裸身騎上黑馬，知道他這一去，王后肯定對她百般折辱，不禁放聲大哭。

「哭什麼？」王后替愛利繫上頸圈，要她學狗一樣爬行：「用心維護好我法定特權，狗糧，總有你吃的。」豬羅王在將士的簇擁下回望，王后和防務大臣，公然摟抱着，陽台上向他揮手。「陛下，再見了！」「盔甲，要穿穩啊！」豬羅王穿着「盔甲」直奔戰場，他望着漫天落下的箭雨，頭腦變清明了，總算知道：除了變成箭豬，他別無選擇。

愛情的代價

日子，清冷而寂寥。魚群，一扇窗游進來，另一扇窗出去。鯨骨窗格子上懸的，是一串串貝殼風鈴，一串串悶死魚蝦蟹的濁響。人魚公主游出寢室，頭上，千瓣晃眼的藍。驀地，一個巨影自遠而近，她知道，王子又乘着他的雙桅船來了。他的藍船，清晨從河口駛出來，東行一兩日，就會回航。日長無事，公主會尾隨大船，游近淡水河口，看夕陽燒得藍帆火紅火綠。

「風大，今兒來早了。」公主游過去迎接。王子泡在大水池裡，悠然看海看雲。公主沒見過他在甲板散步，好奇心起，想看看船上光景，有一回，她使勁躍出水面，一瞬間，赤條條的她，看到熱湯裡光脫脫的他。這麼好看的男孩，在她的族群裡，是沒有的。傍船游了半日，王子還是沒發現她。某天，大雨滂沱，王子池水裡爬出來，到船舷張望，才看到他注定了要看到的人魚公主。

「到船上來吧。」王子以為她遇溺，着迷之前，只想到拯救。「我離不開鹹水。」公主告訴他。雙桅船停下來，暴雨裡，王子伸手舷外，握住她手：「我真希望跳到海裡，陪你游泳。」他告訴她，理論上，他也是一條魚；不過，是一條淡水魚。這艘船，是他的行宮。困死在狹隘的河道，他不甘心，他要親近他不能觸摸的大海，他要遠航。自從遇上鹹水人魚公主，除了到河口補充淡水食物，他更是一往無前，直航怒海，在情愛的漩渦上打轉。

王子想到找來一個大瓦缸，滿載淡水，天晴，他就坐進去泡着，命人用起落架縋下去，縋到貼近水面。風平浪靜，他讓大半個瓦缸浸到水裡，感覺上，就像跟公主在綠波裡同呼吸，共浮沉。「沒這個『安全甕』，咱倆就可以更加親近。」「沒這個『安全甕』，咱倆壓根兒不能親近。」王子歎了口氣：「不過，我真想……」他好想伸手去摸她胸脯，摸她每一寸肌膚；然而，鹹苦的海水，對他來說，硫酸一樣腐蝕人。

「說，你想怎樣……取悅我？」公主閉上眼，抱着瓦缸，要跟王子在想像的世界交歡。「我管轄的河川，蝦蟆最多。」王子說：「蝦們都長了長觸鬚。我命令蟹將，游到你兩腿之間，用蟹螯拉開你……你兩瓣門。蝦兵舞起長鬚，撩撥你，刺探你。還有一種河鰻，軀幹有胳臂粗，好在滑潺潺，你肯放鬆，這鑽洞專業戶，一準會滿足你。你承受得了，無孔不入的泥鰍，還可以……」「夠了。」人魚公主光聽他說，下體就脹得難受：「儘派些小魚蝦蟆，你自己不會動手？」「你爬進我這缸裡，會讓淡水浸壞。我跳到海裡，那也是找死。傻瓜才會為一段情，化為泡沫。」

「我……想想辦法。」公主去找「很有辦法」的海女巫出主意。海女巫的窩，用牡蠣殼和藤壺搭建，人和屋一樣醜陋。「這是千年老龜蛋。」海女巫翻出一枚大蛋遞上：「龜蛋磕破，蛋黃融到水缸裡，不論鹹淡，一律成了秘製蛋汁。你們在蛋汁裡愛做什麼，都沒問題。」她陰惻惻一笑：「不過，蛋汁每次得更換，保持新鮮；不然，皮肉漚爛事小，他的雞巴，黏住你腸子拔不出來，那可不是鬧着玩的。」

「這批老龜蛋，能不能出讓？」人魚公主問。「世上，除了誠實，沒什麼是不能賣的。」海女巫笑說：「但東西不便宜。」「我願意付出代價。」她買了蛋，離開濁水區，游近王子的雙桅船，就按指示，把蛋漿攙到安全甕的淡水裡。在缸裡做愛，雖然侷促，但碧海藍天，蛋汁又滑又暖，王子從後深入，通行無阻，爽得大呼：「多得烏龜王八，下這神蛋！」倒是公主笑着投訴：「讓你折磨完，我都飽得不能進食。」他每下抽送，都帶進些蛋汁，事後她跳回大海，肚子裡重甸甸，總一沉到底。

「我越來越愛你了。」淡水人魚王子說。這天，公主第一次潛入缸裡，銜弄他那話兒。王子驚歎她的做愛技術，與時並進。「每次來了，怎麼都一臉疲態？」王子感到困惑。「想你，睡得不好。」她的吻，讓他安心。如膠似漆，黏乎乎的好日子，過了半年。「我染了性病，御醫說，那是鹹水海獅、海象、海狗……甚至老海龜，才會有的。」王子責問公主：「除了我，你究竟還有多少情人？」「不就……就你一個。」公主忍着淚，慢慢游回她的王宮。

她沒告訴王子，海女巫其實是個老鴇。她要接客五次，才換到龜蛋一枚。「總得有人為愛情付出代價。」她仰望四分五裂的太陽，王子的船影，早不在頭上這片海域浮現。

「這雖然是純金打造，但有點異味，當不到好價錢。」

Liswood 註：外國開當舖的，多是猶太人，圖中老朝奉，於是戴了猶太瓜皮帽。畫了幾隻貓，是管事的，多養貓來防鼠。當然，養不養貓，一樣諸多借口，壓人家典當錢。

「本性難移，本性難移啊！你這隻青蛙，變了王子，還是死性不改。」Liswood

第三卷：月亮回到了天上

火燄天使

「妖怪啊！」隔壁女人的呼喊，驚醒了騎士呆伯特，他抽出藏在被窩一柄大鐵鎚，轟一響，把牆壁砸了個大洞。「擾我綺夢，死！」他邁過磚土，暗裡一鎚送出，對家桌毀床碎，幾個淫賊，卻隨紛飛木屑竄出窗外，沒入檜樹一排條狀的陰影之中。

「馬……馬蒂爾，我的天使！」女人抱着他，喜極而泣。「我不是天使。侵犯小姐的，也不是妖怪。」「不，你是天使馬蒂爾。」「我是個騎士，專門解救……滑膩的屁股。」呆伯特漆黑裡摸到一身嫩肉，心亂如麻。「我就是你的屁股。」她趴下來，回憶：「你說過，後面搗進去，不弄皺翅膀。」「我不能乘人之危。」「有危，就有福。」女人說。欲火，燒得呆伯特頭暈，他騎着她，馬鞭抽得山響，淫水噴濺了一屋。

「幾乎讓你誆了，真相信你是一個騎士。」事後，女人喘息着告訴他：「十六歲那年，我遇上你。那時，你住在最高的塔上。那是天堂的崗哨，為防聖徒溜回人間，添置聖器，或者聖具，你會用長矛擲他們，釘了幾個在草坪上，乾了，男人剮肉吃了，那話兒不軟。有一回，你鳥瞰大地，見我河裡洗浴，就離開崗位下來。強光，巨響，你爬上岸，鴨子一樣抖掉翅膀上水珠。我看到你，就愛上了你。」

「然後呢？」呆伯特聽得呆了，實在記不起自己怎麼會變成天使。「然後，咱倆就結婚了。」她苦澀地一笑：「不想攜手進了教堂，你……你在十字架前呼痛，鳥毛着火，整個兒化成火球，消失了。」「噢！」呆伯特吃了一驚。「我一直在找你。兩年前，你化身做一位伯爵，靠宣講真理發財。我認出了你，但你這伯爵也古怪，變粗魯了，半點不憐惜我，日夜折磨我，連我那髒地方，都……」「那畜生，我是說……我後來怎樣了？」騎士呆伯特問。

「某天晚上，你縛着我，打算用蠟油灼我，不慎自己讓蠟燭點着了，易燃的你，再次化為火球。我掙脫繩索，你的灰燼，早讓晨風吹到大街和小巷。我追隨那些灰燼，一路找你，天可憐見，我終於找到你了。」砰！房門給旅館的老闆娘踢開。「雷娜塔，你這瘋婆子，我也終於找到你了！」老闆娘目光有如手中火炬，瞪着地上一雙肉蟲：「你燒了我幾家分店，這回又……又勾來臭男人，壞我牆壁，不剝你皮，我誓不為人！」

「你敢？」呆伯特搶前半步，大鐵鎚擱在她頭上：「我是她的天使，今後，誰敢動她一根毛，我砸爛誰的肉！」「天……天使大爺，」老闆娘瞧他目光呆滯，不似是個講道理的，囁嚅道：「那你行行好，帶她走吧。住上縱火的，還搭上一兩個天使，小店不倒塌不成啊。」「雷娜塔。」呆伯特替她穿上衣服，悻然說：「破店不留人，我們林中賞月去。」他扶起瘋婆雷娜塔，同騎一匹駑馬，曠野上流浪，喝泉水，吃野果，蓆天幕地，擁月而眠，倒也逍遙自在。

過了半月，兩人到了房屋都髹了藍色的小鎮。「這地方眼熟。」雷娜塔臨眺起伏的藍色屋頂，歡呼：「回到家裡一樣！」「你肯定在這兒住過，是個人見人愛的公主。」呆伯特發現樹幹和屋牆，遍貼雷娜塔的肖像，路人見了她，行完注目禮，都竊竊私語。驀地，一隊騎兵擋住去路。「你們這是來……」呆伯特問騎兵：「來迎接公主的吧？」「我們來逮捕她的。」騎兵同時拔出佩刀。

藍色小鎮，是變態伯爵的領土。伯爵發光發熱，一夜間消失，部屬家奴，就一直搜捕雷娜塔，以為通過酷刑拷問，探查得出伯爵下落。交上手，騎士呆伯特打不過幾十個騎兵，受了重傷。他躺在療養院深藍色的病床上，死前，來了訪客。「我是梅菲斯特。」訪客穿燕尾服，儀表不凡：「嫉妒我的人，叫我魔鬼；其實，我做買賣的。」「你……你想買什麼？」「你的靈魂。」梅菲斯特說：「『純真』的靈魂早絕產了，退而求其次，我收購『呆鈍』。不瞞你說，你這『呆純』很珍貴，拿到地獄，能換八兩金。」

「那你換我什麼？」呆伯特問。「你不是想拯救雷娜塔，要跟她過日子嗎？」梅菲斯特笑得溫煦：「變態伯爵的靈魂，燒過，焦味重，我賤價買了。你的『呆鈍』歸我，這『變態』就換給你。你身心變成了變態伯爵，就可以離開病床，獨佔他的血紅城堡，可以黑牢裡拉出你的雷娜塔。」他從口袋掏出腥紅小玻璃瓶，扭開瓶蓋：「嗅一嗅，你就是這鎮上最有權勢的人。」「我愛她，我要救她！」呆伯特毫不猶豫，湊近瓶口，死命吸。

紅煙散去，他跳下床來，推開療養院大門。門外，天色像腐熟的鳶尾花瓣，藍得走了樣兒。他，諢號「紅棒子」伯爵，騎上識途駿馬，直奔郊外血紅城堡。「雷娜塔，你這玩火賤人，我要揪你出來，掰開你，抽你腸子做一條馬鞭！」他形貌改了，新鮮的靈魂在呼號。回到城堡，第一件事，就是施虐。「大家叫我『紅棒子』伯爵，你知道原因嗎？」他問雷娜塔。

「因為……」她推測：「你有一根紅棒子。」「因為我愛用燒紅的棒子，烙女人。」伯爵說完，命人把炭爐，連一粗一幼兩條鐵棒抬進刑室。「民主，就是可以選擇；兩根鐵棒，你可以選擇其一。」「只要你高興，」雷娜塔分開兩腿：「我兩根都要。」慘嚎，城堡裡迴響，有如屠房。「我不會讓你死！我要你活着，看着我……看着我……」看着他怎樣呢？這天，換了黑棍子搗擂完她，伯爵竟接不上自己的話。空虛，再大的權力，也填充不了的空虛。「這是一個虛無的世界！」伯爵仰起頭嗥月。

「生，或者死。挑一樣。」睡不着，他拖出下身糊爛的雷娜塔。「我不想死。」她說。「活着有什麼好？」「活着就有盼望。」雷娜塔凝望他：「我知道，有一天你會變回我的天使；起碼，會變回呆伯特。」「我永遠不會是天使！」「我會活着，活到你記起當天使的日子。我要……」「別說了！我證明給你看，我壓根是個變態。」他把雷娜塔縛在馬上，率領一隊摩爾衛士，直闖附近村落。

衛士砍去男人的頭，女人都給扒光衣服，趕到空場上。「看仔細了！」伯爵命衛士抽打她們，用花椒木杖污辱她們，在溫柔的月色下，看她們慢慢流血死掉。他問雷娜塔：「你那什麼……信念，還不動搖？」「你就是捅爆一城女人，我還是認為，你本性純良。」伯爵氣得要抽出紅棒子，塞自己喉嚨。他肥膘下那顆初心，不能讓她窺破，他要摧毀她的冥頑，讓她生不如死。

「我就讓你看看，我怎樣對待天使。」他揚言要去抓十幾個白胖嬰孩，另加黃毛小子，一律背脊插上鵝毛，硬生生插成天使模樣，再送給神父享用。「我最討厭這些小鬼，讓神父搞死了，省了在人間聒噪。」雷娜塔這麼一說，伯爵更洩氣了，心想：不下重手，她都看扁我了。押她回到城堡，塵埃未落定，已把十幾個女僕召集到庭院，着人堆起炭火，在烤野豬的鐵架上，綁上這些要求禮拜天放假的懶蟲。

「我逐個烤熟她們，你肯說我不是天使，我就罷手。」他相信，一個接一個的，燒死自家工人，絕對震懾外人。女傭必剝響着，散發烤乳豬的香味。「怎不塗些蜜糖？」瘋婆雷娜塔直勾勾看着，吞着涎沫。火旺，轉眼燒到第四個。忽然火星子亂濺，梅菲斯特紅燄裡出場。「伯爵大人啊，我都要拜了下風，稱你魔鬼了。」他說着一揮手，風過處，待烤的女傭們已鬆了綁。

「回鄉下唱唱歌，跳跳舞，別幹這活了。」他扶起嚇得失禁，軟癱在地的，施法送出半里外，聽見她啪一聲撞上山壁，才施施然走近伯爵，笑說：「做得不錯，就太高調了。」「你又來幹嗎？」伯爵認得他，自己過去作為呆伯特的事，卻想不起來。「賣你這變態靈魂一年，有保養，售後有服務，譬如，助你『增值』，解決操作上的難題。」「我問題是空虛，非常空虛。」伯爵吐出心底話。

「人類空虛，就三個原因：一、缺乏嗜好；二、缺乏信仰；三、這項最要命，缺乏愛。」「虐殺女人，算不算嗜好？」伯爵問。「不普遍，但總算是嗜好。你空虛，看來是缺了後兩項。」梅菲斯特瞟一眼雷娜塔，「她活得比你像人，就因為有信仰，有愛。她愛你，相信你是天使。」「她相信我，我可以相信誰？」「相信上帝。」梅菲斯特正色說：「或者，相信我。」「一樣的兩隻臭蛋！我寧願相信自己。」伯爵算得精乱。「說得好！自覺高大，做獨夫去『審判』世人，其樂無窮。」梅菲斯特鼓勵伯爵：「我助你『升級』做總裁。」

魔鬼去後，伯爵聽從教誨，設立「紅棒子裁判司署」；在紅棒下辦差的人渣，一律稱為法棍。若干年後，他發覺像雷娜塔這樣的人，多如繁星。在大愛和信任之中，他不再空虛孤獨；而且，對百姓的每一趟剝奪，每一場殘虐，都得到充分的民意支持。「雷娜塔，」某天，紅棒子總裁，終於向瘋婆表白：「你是第一個，也是最堅定追隨我的女人。我漸漸覺得，沒準我真是一個天使，是來拯救眾生，好讓所有人的屁眼開闊，不至於讓滿肚腸的臭穢堵死……」

伊甸辣椒園的火災

阿當和夏娃住在辣椒園，辣椒四季結實，火紅火綠，烤地燒天。園中一幢白房子，無門無窗，重重的荊棘籬笆圍繞，光屁股的阿當和夏娃，從不敢踰越。白屋沒門窗，卻有一根煙囪。黃昏，升起的一股煙，黃而濁，凝聚成人形，風吹雨打不散，肅穆地俯瞰大地。

「園主又變臉了！」阿當說。上回，霧顏扭曲，顯得惱怒，是半月前。那天，夏娃第一次叼着阿當那話兒。那東西在嘴巴裡脹大，撐得她窒息。「我喜歡你這樣做。」他吻遍她回報。「別軟下來，一會拿去擀麵。」她的舔吮，越發溫柔。以為兩情相悅，合該分享對方，沒想到這天日落，園主赫然伸出濁霧捲成的臂膀，戟指過來，示意他們下跪。星子圍伺下，兩人跪了一夜。往後半月，除了男上女下，或者女上男下，摒絕任何乖行。

這夜，月，圓而潤澤。夏娃趴着，細草茸茸，為搜尋螢火蟲，她高高抬起臀部。阿當瞪着，他的心，突然住了隻刺蝟，渾身燙癢難受。他撲過去抱着大腿，埋頭舔吻，舌尖挑開緊閉的門戶，陽物就硬生生挺了進去。「我愛你。摧殘，我都承受。」夏娃痛得哭了，但感覺熾熱，又新鮮。下次他不那麼莽撞，多做點犁庭掃穴功夫，身心鬆弛了，也許，就圓滑而美滿。

圓滑而美滿，明顯地，不是園主旨意；他關心的，是繁殖，是生養眾多，遍及椒園。阿當的雞巴，一旦闖入跟「繁殖」無關的範疇，成了癖好，那就是墮落，結果是絕種。辣椒園，仍舊出產廉價辣椒，卻不能輸出肉質細嫩的凡人。濁霧，越來越濃厚，園主的巨臉，壓在相擁的阿當和夏娃頭上。「真受不了這霧！」夏娃說。為了掙脫呆板的性生活，阿當終於想到要逃。

「能逃到哪？」夏娃一臉憂色。「總得要逃。」阿當深情地望着她：「我要在你身上發掘更多的樂趣。」議定逃亡路線，她告訴阿當：「蛇都得帶走。過去，你忙種地，我偶然會請蛇鑽我的……」大蛇吃飽辣椒，就盤着夏娃腰肢，隨他們上路。「怪不得你那地方，」阿當恍然：「總透出辣椒燴花蛇的味道。」到了辣椒園盡頭，還沒遇上一個人。當局者迷，他倆哪會知道，自己是「農場」僅存的生物？

「臭！」農場外，是個亂葬崗，白骨纍纍，腐肉堆疊，似乎都是些早夭的男女。「沒準動了歪念，讓園主……」夏娃不敢細想。沒多久，兩人發現草坪上一幢華屋。趨近看，一個瘦子在臥房裡，大床上躺着赤條條五個女人，瘦子吮完女人腳趾，一張麻臉又埋到另一個女人屁股溝裡，忙得不可開交。「這不是被禁止的嗎？」夏娃滿臉疑問。

「禁令，可能不包括這個人。」臥房外守到天亮，打算等瘦子離開，才繼續潛逃，不想天一亮，卻來了訪客。訪客不是別人，正是習慣以一團煙霧惑人的園主。「滿意吧？」園主問床上瘦子。「別墅豪華，女人幼滑。」瘦子抹着臉上漿液，鄭重說：「我來談生意的，四鄰肥豬絕產，向你伊甸公司訂的『肉用人』，什麼時候交貨？」

「有一對還可以，我在調教，希望把他們納入正軌。」園主歎了口氣：「不是要抬價，但要研製出單純的產品，不容易。」「變了質，銷毀再造，豈不省事？」「今夜，我就把兩個次貨烤了。」園主陪他走到客廳，討價還價。

阿當夏娃知道自身處境，又悲又怒，但覺前路茫茫，生無可戀。兩人悄悄爬到屋頂，藍天之下歡好，渲洩盡最後的激情，就一把火，把自己和別墅燒得通紅。瘦子沒給燒死，有利可圖，他仍舊四出去找新的農場，訂購代替肥豬的人肉。黃昏，伊甸公司的辣椒園，煙囱繼續升起煙霧。因為造人失敗，生意凋零，園主黃濁的臉，顯得有點憂傷。

大角羊勃起的一天

某夜，薩沙做了一個夢，夢見自己變成一隻羊；確切說，是變了羊頭人身的一隻怪物。硌腳的意大利皮鞋，直接綻裂了。他腳踝以下角質化，長出又厚又硬的蹄。外在的變異，是不太讓人羨慕。但薩沙覺得，自己體質也變了，渾身是勁，腹下像置了個爐子，熱紅紅，煨着一根陽物。

垂頭一看，煨得既硬挺，又粗壯得陌生。「羊頭，配一條馬鞭，這算個什麼賣相？」他心裡嘀咕。為供養父母，讓妹妹上私立音樂學院，他辛苦幹活，追趕銷售指標，一年來，他疲累得喪失了勃起的能力；當然，也好在他沒工夫，也沒對象去施展這種能力。

但長出羊頭的這天，他咯咯咯磕着地板到了窗前。按理說，一路敲梆似的，總該把自己敲醒了。對面幾楹屋，廚房亮了燈。要老遠去上班的男人，他們的女人都在做早飯。他覺得肚餓，除了羊頭馬屌，他還長了四個胃，四個共鳴的牛胃。「想吃十八隻蛋，兩面煎香！」薩沙要喊出欲求，但瞪着明滅的爐火，喉頭卻只能發出一聲：「咩！咩——！」

咩？怎麼會是「咩」？他心裡惑亂。做推銷員，靠的是如簧巧舌，靠這一條羊舌，怎麼謀生？他苦惱得一頭抵着窗戶，但重甸甸一對大角，竟卡在窗格子上，像給上了枷。「如果還在夢裡，這樣一直卡着，能醒得過來？」他越想越煩躁。門外，忽傳來莉娜的聲音：「哥，鬧鐘你撳一下，我還想睡睡。」

薩沙察覺床頭几上，鬧鐘果然噹噹大鳴，他扭身幾步過去按停，無意中也脫了困。「變了馬屌羊，還是得幹活吧？」他生硬地穿衣，陽具長，褲襠裡塞半天才擺好，蹄厚倒省了穿皮鞋。輕手輕腳出門下樓，時候還早，經過炸雞店，他覺得不妨先進去吃兩隻雞。沒人留神看他，就像沒人在意扮成一隻雞的店員。

「賣烤全羊的，跑到雞店做宣傳了？」有人推測。他沒去辯解，也實在沒想到，一隻兩條腿走路的大角羊，用自創的手語點餐，大家都認為正常不過。提着第三隻炸雞，在辦公大樓等升降機的時候，他遇到一位鄰居，也是在這一幢商廈上班的「總幹事」。

「看到這雞店的塑膠袋，我就知道是你。」總幹事說：「這幢大廈，就你這麼不講究，好意思提一個塑膠背心袋進來。」「咩？」薩沙想多咩幾聲，展示他的憋屈，但電梯門開了，總幹事讓他咯咯咯先進了去，還替他撳了個「13」。然後，他發現這大角羊的褲襠隆起，有東西隨時要撐破拉鏈。

他有點忌憚，畢竟這兩年，有幾起凶案，都是職員受不了壓力，槍殺了上司同事，順便也殺了同電梯的人。

「有事好說，犯不着走到這一步。」總幹事兀自盯着他臍下看。薩沙覺得不自在，那話兒隨電梯的上升，不住充血，陡地，他長咩一聲，馬屌突破了封鎖，從褲子豁口，直挺挺怒伸出來……

薩沙變成一隻不倫不類的羊，總幹事是平常心對待。「道理，永遠在神的那一邊。」他的「綠天國」辦公室，牆身就漆着這標語，紅油油，像討債不遂留下的血書。神做了一個薩沙，某天，瞧着不順眼，把他修改成半隻羊，娛人娛己，也算彰顯出大能；但一條大馬屌，這樣橫空出世，傳達的是什麼旨意？而且，黑白夾纏，壓根像掉進攪肉機的一匹斑馬，攪出未分的一段鴻蒙。

「一碌聖物，莫之能禦！」總幹事懾於形勢，慌惶裡一手抓門，一手樓層鍵上亂按，竟把電梯「卡」一聲按停了。薩沙本來就卡在夢和醒之間，卡在虛幻和現實之間；這會子，更可怖地，卡在事業的向上和向下之間。「咩！」他罕有地表現出不滿。總幹事的目光，一直沒離開那條馬屌，畢竟龜頭……他實在不知道，馬屌的頭，能不能稱龜頭，但東西頂着他臍眼，到底是個威脅，逼使他謙卑。

他腿一軟跪下來，鼻頭磕上馬龜頭，吹了吹沒聽見回聲，省起不是對麥克風講道的時候，為了脫離眼下困局，他應該懺悔。薩沙瞧他叼着自己陽物，說幾句胡話，舔上一舔，一整篇說下來，連標點符號，都竄進他兀長的尿道，擠得他更僵硬了，也難受。「咩！咩……」他揪住總幹事小辮子，使勁朝他喉嚨一頂，要他住嘴。

胃囊的灼熱，沿馬屌傳上來，遙遠得像刺探到邃古的岩漿。再一瞟總幹事，早兩眼爆紅，十分凸出，難得還知道打手勢，乞他消停。

薩沙住的老區，數他們一家最拮据。鄰里有大機構的經理，有主任，最風光的，就是這「綠天國」組織的頭兒。他大宅庖房的屋頂，豎着一根黑煙囪，鎮日卻冒出白濁的煙霧。煙霧，總攙着腥氣，好像總幹事每天總幹死一條大鯊魚，魚骨和魚翅，熬老火湯。吃鯊魚，看來沒影響環保事業，薩沙卻懷疑，自己腹下衍生的這生殖器，黑白不分，跟一條猥瑣的煙囪經常入眼，不無關係。

「日有所見，難免夜有所夢。」他用一個強音的「咩——！」宣判總幹事有罪，要為催生出同款的煙囪形陽具負責。總幹事失控的行徑，俗稱「吹簫」，是音樂系拒教的項目；而對總幹事來說，那是告解。這台卡在天國和地獄之間，不升不降的密室，是他的告解亭。他啜一口，吐一串肺腑之言。兩個月前的某一天，兩人狹路相逢，在一家音樂學院門廊下避雨。「小女在這裡學小提琴。」聽說薩沙有個妹妹，是女兒的同學，總幹事問他：「令妹知道學費，是你靠賣塑膠花去繳的？」

「賣塑膠花不犯法，瞞她幹嗎？」薩沙有點費解。「你賣的東西，泥土分解不了，奶牛消化不了。落到海裡，枝葉會勒住海龜脖子，鯊魚吞吃了，胃裡花開燦爛。」總幹事抱怨：「我家女奴劏過一條公牛鯊，胃裡頭，就有座『牧神牌』的菊花園。」「那是向日葵。」薩沙糾正他。「橫豎是同一科的。」他說：重點是他推銷的產品，危害海洋生物。

他的向日葵，怎麼會掉到海裡？不是說好都插瓶子裡，裝點灰暗的時光？「塑膠花不會自己跑到海裡，要責罰，不是該責罰扔膠製品入海的敗類嗎？」他心裡質疑，對總幹事，還是唯唯諾諾。畢竟，他通過所謂的「環保」掌了權，對他眼中不環保的東西，或者不環保的人，有趕盡殺絕的權力。「你教訓得對。」薩沙賠了不是，記得鞠了一躬，再遞上新產品：「這款是『環保膠』，經濟耐用，花心攙了香味，摸着像人肉……」

「像你媽的屄！」總幹事小聲咒罵。這事兒，回想起來，他滿頭大汗。在這懸在半空的鐵匣子，他失去了身份和地位，得直視一隻長出權杖的羊，單純地，面對這權杖的敲打。「咩！咩，咩……」不能按時回公司，讓薩沙毛躁，他焦急地左搖右擺，那條馬屌變了亂棍，毆得總幹事抱頭慘呼：「過去是我嘴欠，這趟能出去，你賣食人花，我都說好。」

薩沙聽他提起「牧神牌」，才省起自己這賣相，正就是商標上的圖像。他怎麼變成一個商標了？不管是虛是實，難道他注定了，要為一公司的塑膠代言？當然，商標裡，牧神的腿毛較密，臍下也有塊枯葉擋住要害。枯葉裡那東西長什麼模樣，反正沒人見過，他長得累贅，勃起勢能傷人，也不能說他偏離主題。懲治完總幹事，馬屌能塞回褲襠，對營銷，對業績，不見得是一重障礙。

「那天，咱倆在學院……聚頭，後來小女對我說，原來她幾個女生，打算辦一場畢業表演，她拉小提琴，令妹敲木琴，其他有奏豎琴，吹笛子的。方才，讓你那大傢伙痛毆一輪，眼腫睜不開，但心頭，豁然開朗。忽然想起，她們要演奏的，你猜那曲名叫什麼？《牧神的午後前奏曲》，德布西的名作。」

總幹事繼續發揮：「這簡直是個預告，暗藏了咱倆今日神推鬼擁，同囚一室的因緣。這同困電梯，就是前奏。老哥肯饒過我，軟化下來，不搗擂我菊……向日葵，以後，好希望和你攜手去看個表演。沒準兒還要請老哥上台，客串自己。」為了在電梯裡苟存，他努力討好薩沙。他敬拜神，馬屌牧神，就是神，

薩沙幻想着，管弦交響，自己抓着一簇黃油油的太陽花，在台上轉悠。羊蹄咯咯咯，咯咯咯的，敲着拍子。那連續的，充滿感染力的拍子，絕對有促銷的作用。就像一場偉大的催眠，整座大禮堂的師生，還有他們的家長，社區頭目，都會瞻仰到這撥膠枝膠葉。另外，台下人提早獲派膠花一枝，等樂曲奏起，隨旋律搖曳呼應，一場浮花浪蕊，何等壯麗。事業前景可觀，緩和了牧神薩沙的躁動，他停止了踢門；實在鐵門讓羊蹄踹出一個坑，電梯能動，也未必能出去。

「咩。咩？」不旋踵，薩沙對未來的發展，卻感到焦慮。他的詞彙，只剩下一個「咩」，就算這個字堪稱百搭，咩來咩去，能勝任繁重的推廣任務？困在電梯的時間越久，總幹事越見乖巧，越懂得揣摩這個「準暴徒」的心思。「你咩咩咩夠用的了。眼下教書的教咩，學生學咩，食咩着咩都便捷。沒問題的，到時你登台，話沒說通透，我替你吹簫……不，替你吹噓，沒不成事的。」一篇話，說得薩沙稍微釋懷。然後，他挨着電梯板壁坐下，望着兀自高聳的馬屌沉思。

「咩……」電梯不升不沉，薩沙對工作的熱忱，始終難以渲洩，他憋得難受，見總幹事沒解決方案，乾脆一把扯下他褲子，兩手箍住他腰臀往下一墩。這一墩還有準繩，又滑又硬的馬屌，盡根直入，總幹事蹲着生受了一記重擊，腸臟搗成一堆，幾乎從張着的大嘴給捅出來。他有話說不出，靠着肚子裡的硬物撐持，坐着昏死過去。

肏死一個虛妄的環保分子，有助減壓，這是正常社會的共識。然而，薩沙噴射完半公升羊精，卻有點迷惘。他記起了一些事情，他不是今天早上才變成一隻大角羊，其實，昨天前天，甚至一星期前，他已經是這半人半獸的一個「撚樣」。成為牧神，力氣大如牛，雞巴要改稱馬巴，或者驢巴，就腦袋容易進水，不好使，只有一天的記憶，睡醒了，前一天的作為，忘了個乾淨。

「好在還知道要回公司。」他覺得慶幸，記得有一撥黑色的向日葵滯銷，等着他想法子賣出去。除了記得上班，脅完環保分子的混沌時刻，薩沙的腦海冒出好多東西，像沉了的古代戰船，一艘艘浮起來，炮口濕淋淋對着他，提醒他，凶險無處不在，要生存，必須反擊。這一天的和諧，絕對是個假象。譬如環保分子的馴順，就是一時的，他在電梯裡成了困獸，還遇上馴獸的巨鞭，陰損的原形，才沒有顯露。

現實裡，左鄰右里，都瞧不起他薩沙這一家。暗中排擠還算了，數月前，更組織了什麼「弘愛糾察隊」，一幫侵蝕別人隱私的廢物，借睦鄰為名，就像「綠天國」借環保為名，滋擾，甚至趕絕不按他們『規章』過活的住戶。「一堆好攬權的渣滓！」薩沙想起情節，惱得響亮地「咩」了一聲。這一個咩，迫近總幹事耳道，直衝腦門，可以說，發聾振聵。

就是學院門外遇雨，總幹事說，他妹妹莉娜也會參與演奏不久，一天，房間裡傳出琴音。《牧神的午後前奏曲》，他記得這曲子，他喜歡這旋律。這是印象主義代表作，德布西從馬拉美(Stéphane Mallarmé)田園詩《牧神的午後》(L'Après-midi d'un faune)取得靈感譜成。詩歌內容，講半人半獸的牧神，在現實、夢境和回憶之間徘徊。

夏日晌午，牧神樹蔭下短寐，朦朧裡，見仙女們水邊嬉戲，他欲火焚身，要逮住一兩個扯入玫瑰花叢摧殘。

不料兩團嫩肉到手，卻倏地滑走了。他辨不清真幻，一腔熱情，急轉彎要撲向愛神維納斯。但擒住的，仍舊是一個倒影。清醒過來，他感到悵然。興許夢中的折騰，同樣損耗精力，他「咩」了兩聲，透露出大角羊的特徵，又呼呼睡去。

長笛，豎琴，雙簧管之後，到了木管樂和弦樂，這是樂曲的第三主題，悠揚地呈現牧神對維納斯的沉迷。「愛情越虛妄，越甜蜜。」薩沙聽着，有些感動。她妹妹用木琴演奏的，就這個段落。那天他下班回來，窗下聽見琴音琮琮。一樣悅耳，到底有些走板。抬眼，窗玻璃多了個洞，八成是讓什麼擲破了。「咩？」他踮腳去探看屋裡光景，大角卻牴着窗格子，卡住不能動彈。「莉娜，你沒事吧？」心裡這麼問，嘴巴再吐出一聲：

「咩？」

這會子，薩沙確定了，自己那天就一副羊模羊樣；而且，莉娜也習慣了他的莽撞。她抓着一對羊角，扭來扭去解了勾搭，隔着窗戶告訴他，惡鄰的妻女們，拉雜組了一隊弘愛糾察，方才來擾，說見她窗戶讓人砸了，推想是噪音觸犯人，人家不得已，朝她窗口擯了塊石子，着她為了社區安寧，不要再敲那架破琴；不然，下回扔進來火炬，或者，幾枚糞球，她們就不好去排解了。臨去，弘愛隊長還撂下一句：「賣假花的，懂什麼真音樂？」

其實，朝窗戶投石的人，就是圈佔了村口大糞池，獨市賣有機肥料那富戶的女兒。莉娜認得她，這賣屎的，就是弘愛隊的一員。因為總幹事的推崇，賣屎一家，成了望族，對一切不環保的東西，包括不中聽的音樂，都積極排斥，除之而後快。薩沙怒不可遏，羊蹄踏得磚石碎裂。「衝入那些廚房！用大角抄起她們！扯開她們，讓那些洞眼，永遠合不起來！」莉娜攛掇他。肯定受了太多惡氣，心裡憋屈，才說出這樣的髒話。

「拿去！讓那隊賤貨，知道『德布西』的厲害。」莉娜遞過來一對木琴槌，羊毛紗包裹槌頭的棍子，不粗，但長短稱手，量身訂造一般。薩沙攥住這兩根東西，像攥住特大號的紅頭火柴。他腹下充血，蠻勁攢積，感覺上，就要周圍去點火。「一準施了暴，做了傷天害理的事。」記憶又變模糊，見總幹事醒轉，就把他一顆頭扭過來，兀自「咩」了聲，想問出些什麼。無奈他氣息奄奄，心神散渙，薩沙琢磨不冇這玩環保的，情節無法接續，為了有個「下回分解」，一咬牙，又結實地抽送，抽得電梯都一個勁兒亂抖。

《牧神的午後前奏曲》最後以豎琴和法國號的和絃作結，餘音，在薩沙心裡迴盪。他延續了牧神這個角色，用僭建的一條馬屌，彰顯了舊版羊角男澎湃的獸欲，喚起沉潛的記憶。電梯裡，大便的臭味悶着不散。他舞着一對紅頭琴槌，走過教堂前的空場，冇總幹事的咕唧響，讓他想起那天下雨，雨水沒澆得他的陽具軟化，它昂着頭，指出去路。

薩沙一徑到了大糞池旁，在一楹新屋戶外的洗澡間，他發現了莉娜說的妞兒，恥毛上的泡影，如夢如電，那樣的虛無。他討厭虛無，習慣用工作去填塞它，堵死它。當下反應，是要把手裡的塑膠向日葵送過去，說服她，這花插在哪都耐看；而且，花莖圓滑，怎麼插，都不損膚肉。但垂眼一看，攥住的，卻是一對木槌，那兩坨豔紅，提醒他另有任務。他繞過花壇到了她背後，不咩一聲，朝後腦勺敲了幾下，賣屎家的女兒就向前撲倒，不省人事。

他沒使用硬挺的馬屌，這東西，像議會裡做表決的，不怕不舉，就怕舉慢了。要是不影響幹活，他還真由得它旗杆一樣，長年豎立。但莉娜既然交下木琴槌，不拿去懲治這欺侮人的，畢竟說不過去。朝她高門低戶各搗進木槌一根，一順一逆瞎攪了一輪，榨得人白汁黃漿四濺。不審死活，興盡竟抬起來拋入糞池滅迹。

「世界，一個廣大糞池；唯有我，維護你吃屎權利。」薩沙回過頭，看到粉牆上紅漆髹的口號。屋主看來要選村長了，他毀了的，是「朝陽村」準村長的女兒。他怎麼會這樣凶暴？當馬屌勃起，他失去神性，更沒有人性。「我就是個怪物。」電梯和糞池的臭味相投，讓他記憶清晰。不過，短暫的歉疚過後，陽物，在總幹事環保的腸子裡，脹得更大。「承受不了，再擠，真要死了。」總幹事的腔調，像個女人。

薩沙的獸行持續，翌日，他又肏了個弘愛隊的淫婦。處於低位，淫婦就總幹事這一派的婉約，遇硬的，見粗的，滿嘴的「要死了，承受不了」。待爬起來，屎溺吞了，買了個官兒一做就折騰人，嚷着載垃圾用袋，買東西索袋，要徵稅。「徵了稅，膠袋，就不會漂到海裡了。」這話，薩沙聽過，卻不明白箇中邏輯。

於是，他拚命肏這環保官兒，察覺越肏，這廝膠味越重，卻欠缺彈性，有些無趣。翻過來，後門裡瞎搗，馬屌撬了幾百回，撬得「官」字下面那臭口綻裂，才撿起一個膠袋套了她頭，把她悶死。「怪不得睡醒了，那話兒，官衙裡出來一樣晦氣。」他捏一把汗，「咩」了幾聲，暗想：不搞死這賤貨，下一步，插膠花，用膠盆洗屁股，也要繳上罰金。

公司逃過一劫，正感到欣幸，卻聽見外頭有人敲門。「我的小薩沙，你生病了？這些天，過道都是血，你那床單，破綻處處，也不知讓什麼東西摳了？你真沒事吧？」那是亡母的聲音。他很小的時候，母親在工廠吸入含鉛的塵粉，精神錯亂，嚷着自己是一隻長了角的鸚鵡，突然，就撞破窗戶，從五樓跳了出去。她沒有馬上咽氣，等兒子來了，囑咐他：「我的尖角傳你，要……戴穩了，以後，保護你老妹……」說着，整個兒地，從變大的瞳孔縮了回去。

「空氣有毒，鉛粒害人，那年代，全民變蠢，變癲狂，環保分子在哪裡？」心裡咒罵，但母親適時的慰問，緩解了他的躁鬱。然後，換了莉娜隔門催促他：「你老頂來了幾通電話，說這個月，你接不夠訂單，再不回去解釋，擬出個方案，就請你滾到村外去賣膠……膠雞巴。他說，不管什麼『分子』，從沒一個會抵制膠雞巴的。」「咩？咩？」果然是每一天醒來，他都懵懂地，當自己是隻才脫胎的羊；但現實，慢慢逼近，他記得的事情多了，心緒越發不寧。

電梯門，不可能永遠不打開；門開了，他上班該裝出個什麼樣子？若無其事？繼續演一個羊角推銷員？一串「咩咩咩……」足夠把失職搪塞過去？這身旺盛精力，無孔不能入，無堅不可摧，他真會樂意變回原來的人樣？邊着一條馬屌，執着兩束黃花，會不會才是他的本相？他閃過一個念頭，如果不能面對上司，一羊蹄踢死他，起碼踢碎他卵蛋，自己去做「牧神牌」產品代理，名實相副，豈不更好？

本來想諮詢總幹事，見他兩眼翻白，立心保持安靜，彷彿圖釘上戳的一隻屎殼郎標本，薩沙尙不出什麼新情節，拔起他朝他臀部一踹，總幹事額頭撞上電梯表板，一隻手不知按着什麼，驀地，叮叮叮叮，警鐘大鳴。鐘聲聽來不外傳，只是在這鐵箱子裡迴響。薩沙覺得心煩，伸手亂撳，想把這惡音止住。赫然，他驚覺自己置身家裡小房間，鬧鐘吵得不成，等弄停了，人就醒了。

「夢再不好，好在總有做完的時候。」確切的年月回來了，薩沙想起這是個重要日子，妹妹莉娜一會要回學院，跟同學們合奏德布西，他還提早請了半天假，下午去捧場。「哥，鬧鐘你按停了，替我找找琴槌在哪裡？

不見幾天了，會不會前陣子我讓你捎去敲人，敲完壓根沒給我帶回來？」妹妹兀自隔着房門說話。「咩？」

他想起一對紅頭琴槌，棍頭一前一後插在準村長女兒下身，隨人落入世界一樣廣大的糞池。

弄丟了這兩枝稱手木槌，臨急換棍，妹妹的表現會不會失準？總幹事提過的這場演奏，因為他的粗心，要是讓敲出來的強弱不靠譜，牧神在午後磕磕絆絆，變了病牛，他難辭其咎。要抬起頭，這頭，怎麼鉛一樣重？窗外那黑煙囪，仍舊吐着慘白的煙霧，稠得像會黏住飄過的魂魄。薩沙以為這趟醒來，會變回自己。可惜，他早搞不懂什麼是「自己」了。他扶住一對大角往上捋，捋到梢尖，還捋着未乾透的漿血。

「記得早點下班過來。」莉娜囑咐他。「咩！」薩沙用肯定的羊咩回應了，就支着窗台放目。這天，他對那一股扶搖直上的白煙，特別看重。似乎拿定主意，過一會，要沒遇上電梯故障，直升上十三樓，升得比這一股煙更高，他就架上上司的屍體，扔到大廈垃圾槽裡。省了無謂請示，可以徑自把一車最肥大的向日葵，拉到會場。莉娜敲完她要敲的樂段，不等終曲，他就一簇簇豔黃拋擲到台上，讓那一幫裝風雅的鳥人，見識什麼叫不凋零的花海。

人魚的初戀

人魚公主躲在珊瑚的華屋仰望，魚群游過天窗，水澄藍。王子愛夜泳，海灘無人，自然沒想到要去蔽體。公主沒見過男人，一見，就見了個全豹，不禁身子繃緊，臉紅得像火燒，周圍海水連帶煮沸，汩汩冒着浮沫。

觀賞了半月，心跳平伏，腹下卻酥癢難受。王子游背泳，她瞻仰他堅厚的臀部；改游蛙泳，卻怕他潛下來發現她。「該跟他說什麼呢？」人魚公主感到苦惱，說：「嗨！那條小東西，可別讓鰻魚咬掉啊。」會不會太着跡，顯得太上心？「游泳？」這麼問，會不會顯得沒內涵？

乘王子游背泳，她悄悄挨近，胸脯幾貼到他的背臀。舉止的輕狂，着實嚇了自己一跳。他翻過身來，或者，一條胳臂抓着我……那怎生是好？她唯一像魚的地方，就背上一幅斑斕的鰭。這天，珊瑚染了晚霞的顏色。王子沉醉於光影，不意游得久了。「糟糕！腳擰筋。」還罕有地，兩條腿筋一起擰緊。

離岸太遠了，他呼喊，掙扎，徒然猛喝海水。見動作滑稽，以為他鑽研新奇泳術，公主笑得在海葵的軟臂上翻來覆去。「咦？難不成溺水了？」良久，才察覺不對勁。但這麼一條光棍，她好意思先去抱他？大家還沒認識，沒說過一句話呢。救？不救？公主痛苦思辯。

驀地，珊瑚礁竄出一條鯊魚。原來這條餓鯊，一直陪她窺伺王子。機會來了，她要小口吻他，牠要大口噬他。情勢危急，不及細想，她抓起一塊尖石，就衝着鯊魚的肚皮去捅。鯊魚張開血口，那料到肚子裡多了一截石頭？「吞了也要漏出來，吃了白吃。」大鯊魚萬念俱灰，掉頭抗敵。

臨終，牠咬掉人魚公主一邊腳掌，算報了仇。負傷的公主抱着喝飽鹹水的王子，慢慢下沉。天黑了，海一片腥紅。人魚公主的五個姐姐，嗅到血腥味，知道妹妹遇險，都游過來相救。合力推了王子上岸，兩個往他肚皮上踹，踹得他五臟六腑的水吐出來。

「叫你隨大夥去採珍珠，你偏要去看男人。」大姐姐心疼她，一邊埋怨，一邊急送她到海底王宮。游在前頭的，早去配備牡蠣殼等磨成的療傷藥。公主失血過多，昏睡了兩日。母親看護了她幾個月，才慢慢康復，但一隻腳掌是沒有了。「不救他，我就不會讓魚咬。但是，」公主反覆自問：「我能不救他嗎？情勢那樣危急，我又那樣的……愛他。」她終於承認：那就是愛情。

王子遇溺之後，只敢在岸邊游泳。一天，浪聲裡回望，他看到游倦了，淺水處喘息的公主。看到這玲瓏人兒，他呆住了，忘了屁股光着，連游帶跳趨過去。公主不想他看到自己的殘缺，想逃，但沒了腳掌，游得慢，轉眼讓他追上來。

海，藍得好憂鬱。公主和王子藍水裡浮沉，待浮起來，王子關切地問她：「腿傷了，怎麼還來游泳？」「不游泳，能給鯊魚咬？」她苦澀一笑。王子想起上回腳擰筋，掙扎之際，昏迷之前，一張血紅巨嘴噬來，本以為絕無生路……突然，他明白過來：「你是為了救我，才……」「都是報應，你……你別管我了。」

「隨我到宮裡，讓我補償你做的一切。」「有些事情，補償不了。」公主黯然：「我不能離開海水；而且，我只是一個殘廢的公主。」「那……三天之後，請你一定再到這裡來。到時你還不能接受我，就算是來告別吧。」

三天後，王子拄着拐杖，由隨從攙扶來到水邊。他的一個腳掌也沒有了，小腿纏着綳帶，臉如菜色。「你不必這樣做，不應該這樣做。」人魚公主游到礁石旁，握着他伸過來的手。「不能補償，但可以『分享』。」王子苦笑：「我可以分享你的痛苦。」「王子和公主，從此，就快快樂樂地生活下去。」公主也笑了，笑得像哭。然後，她又想起小時候，外祖母說過的，那些沒有血肉的童話故事。

牧神這一條光棍

牧神潘恩長了一張山羊臉，一撮山羊鬚，一雙山羊蹄；最讓他喪氣的，是兜着一對山羊角。長相不討好，嘴皮耍不開，要有同類，或者異性慰藉，同樣艱難。暮色四合，憂鬱的他，林子裡或窸窣散步，或躥上亂岩嗥嘶。舉動嚇壞人，名聲，難免越來越壞。寄身這半神村，有婦女給狎辱，有壯男讓蛇咬，有小孩摔破頭，甚至有殞石砸了雞舍，都歸咎他潘恩。

「不論評價，我服務大家。」他心志堅定。有一趟，遠行至奧林匹斯山。「如此綠茵，怎麼冒出幾撮黑草？」原來五個仙女，赤條條躺着曬太陽；其中一個，正是他喜歡的西林黑絲。「你們好！」潘恩垂着羊眼，找話說：「肉這麼好，老虎見了，恐怕會……」「會給招惹過來，吃掉你這黑羊？」仙女不當他男人，見他瞪着自己看，也不趨避，七嘴八舌地笑謔。

「能不能到河邊，去……去說話？」他走近西林黑絲。「只是『說話』？」西林黑絲笑望着他：「你有法子讓我姐發一聲豬叫，我就跟你去『說話』。」說完瞟一眼分了腿，大大咧咧身邊躺着，要把一個陰戶曬成陽宅的老姐。「你說真的？」「當然。」西林黑絲憋着笑說。哪料到這羊男愛她，愛得昏了頭，聽了指示，立馬坐下右腳一伸，一隻羊蹄，硬生生塞入常開的戶口。

「嗷！嗷嚄——」霎時間，訕笑，果真換成殺豬般長嘷，她老姐整個兒痛得繃直了，餘人除了西林黑絲，嘩然四散。「你……你瘋羊症！」黑絲怕他另一隻腳踹過來，自己門戶同樣不保，撂下兀自豬叫不止的胞姐，顛着光屁股跑到河邊，撲進拉頓河，轉眼不見了。潘恩抽出羊蹄，沒察覺蹄上沾滿漿液，才邁步，就摔了一跤，趕到河邊一個勁兒亂撈，心盼拉住他的西林黑絲。靜下來凝神看視，抓住的，卻只是風裡歎息的一把蘆草。

「女人說話，哪一句才是真的？」前不久，他就遭遇相似的挫折。話說一個高級山精，報考「仙女」之前，凡塵裡走了一趟。開眼之餘，還捎回來稀奇物事，其中兩個豬大腸般的套子，頭圓身厚，山精說，那是人類的新發明，叫塑膠。塑膠製成管狀，或者兜形，取來使用得繳稅。山精不想拿鋼鏰兒去餵狗，只攤檔裡牽了兩個手指套回來。

「做成腸衣模樣，又不索款了，就十個全戴上中指，那一黨『環保賊子』，見了不吠。」山精暗罵了句孬種，掏出她說的膠中指套，一紅一綠，表面佈滿疙瘩。「莫非地上也有巨人族？」潘恩嘀咕：常人套腳趾嫌大，也偏長，不知幹什麼用的。「送你的手信。」山精替他想好了，他這一雙大角，拐彎拐得順溜，就頂梢尖了硬了些兒，「左角套一個紅的，右角套一個綠的；路口見紅，人家禮讓你通過，不牴觸。」說着，紅膠綠膠，分別往潘恩角上套。兩邊箍實捋順，扶着簪了花似的一顆羊頭，賞了半日，嘖嘖連聲：「要的，就這效果！」

滑稽，取代了牧神的古肅。霎時間，他變得可笑地可親。「仙女們怕痛，防着你，人緣哪會好？我吃點小虧，膠套你戴了，看攮進來我能不能生受。要不破壁，不穿腸，以後多捎帶回來廣傳，也是功德。你覷準洞眼，盡量輕一點，先犁進去一兩寸，等順遂了，再……」她撩起裙襬，趴下來撅起屁股，吩咐他：「記得羊頭側一下，綠的進前院，紅的去摳後門。後門讓挖翻了，一截膠紅，喜洋洋再前頭去搗騰，那不合……禮數。」

潘恩的大號眼珠子溜轉，兩旁亂紅繚綠，他早就懵了，再看高抬一座圓臀，高門低戶，分得出上下，可沒一個前後。他不好違逆，扭着脖子抵住山精的屁眼，不分紅綠，湊合撬進去一隻食指長短。但頸筋擰痛，又聽她嚎得淒厲，不旋踵褪了出來。頭猛甩幾下，把兩個膠套甩到雲外去了。山精正覺銷魂，閉目等他直頂心肺，哪想到下身一陣空虛，經營通統白費。她僵坐地上，瞪着潘恩潑罵：「你去串門，會一進屋就退出來？裡面蛔蟲比蛇大？怕咬了你祖宗卵袋？」

她陡地變了臉，潘恩有點茫然。不是說動作要輕？進個一兩寸試軟硬？已經深入淺出了，怎的惱成這樣？難不成擠破了肚腸，才稱她意？他搖着一雙大角，悄悄去遠。前車可鑑，這會受了西林黑絲攛掇，想到該用死力，來硬的，一踹子深入，卻又不對了。「女人，口是心非。實在讓人頭大。」思前想後，越發的悵惘。

嗟歎過後，為了不背離所謂的「文本」，他拔起七根蘆葦，截成不同長短，斜斜地並排着，用蠟黏製成蘆笛。蘆笛他命名為「西林黑絲」，思念起時，就在山林間，吹奏他清越而哀傷的曲子。時日過去，光棍牧神還是不明白，他一對盤曲大角，女人見了，無不竊喜；可恨缺乏緩衝，不宜直接使用。而他，因為拒絕桃紅柳綠，凸點螺紋一雙膠套的眷顧，也只能留下吹吹蘆笛，這副文藝賣相。漫長的戇直，堪比童話裡的一種呆鳥，俗名戇鳩。

黑馬的情欲旅程

貝莉愛馬。一天，在奧林匹斯山，遇上一匹毛色黑潤，還是未閹的，那話兒，鼓槌一樣盪着，敲得滿徑的山花瓣瓣飛紅。正興奮得全身發麻，黑馬見了她，停下來，伸出大舌頭舔脖子，再順勢撩她耳窩。貝莉立時軟倒，攀住馬鬣，踉蹌站穩了，咕噥說：「讓你日夜騎着，就……太爽了。」她意亂，忘了馬騎人，不合語法。

而且，這是美杜莎的坐騎，蛇髮女刻毒，沒聽聞肯讓出好東西的。這大屌長舌馬，尾巴撻了她屁股一下，揚長去了。貝莉決定向雅典娜求助：「擺脫得了蛇髮婆娘的肥臀，對那黑馬也好。」她承諾：「成得了事，為表感激，你那『祭壇』，我保證獻上一條硬漢，兩件壯丁。」禱告完睡下，雅典娜就出現在夢裡，這位守護神放下一副足金馬嚼子，赧然一笑：「你說話要算數。」

貝莉醒來，床邊果然多了一副馬嚼子。她也不披衣，把那鐵條舉在窗前，迎着朝暉，就一槪金棍子。心裡盼待，那黑油油大屌長舌馬，竟真的咯蹬咯蹬，一路顛着奔近。越近，顏色越淡，越耀眼，到了面前，整匹馬燦然有光，連馬屌，都變成金色了。「以後，你就叫黑金剛。」她說。黑金剛長嘶一聲，銜了那副嚼子，以示馴順。

「鍍了金，美杜莎肯定認不出來。」她跨上馬背，冷屁股貼上熱馬脊，一顛一頓，快意莫名。一連半月，草原林壑，都留下蹄印和她的汗汁。「糟了，忘了替雅典娜去辦事。」貝莉不敢耽延，帶着蘸了迷藥、專門打野豬的箭矢，下山去捕獵男人。進了一條小村，河裡就有一條大漢游泳。她躲到樹後，舉弓弩瞄準，大漢已赤條條出了水，陽具涷得龜縮了，卻還有香蕉大。

貝莉瞪着眼看，忘了放箭，吞口水，還連帶吞了對雅典娜的諾言。她任務擱一邊，赤身上了馬，用一個陰戶碾那馬背，兩乳撞那馬脖，要黑金剛載她過去。馬不肯寸進，她心癢難耐，竟踢牠肚子催促。黑金剛搖搖馬頭，金鼻孔噴出肺腑裡一陣黑霧，不情不願，還是趨近那條大漢。

「好姐姐，你還行吧？」大漢，就聲線幼細，毛手毛腳的，逕去推醒馬背上裝死的貝莉。「林子裡四個……不，一個男子污辱了我，把我……」她扭轉身，瞟一眼磨得起繭臀肉，一臉的悽惶。大漢會意，見狀也是暗吃一驚，尋思：沒焚膏繼晷，日以繼夜地研磨，這屁眼周圍，能有這番慘象？義憤油生，問道：「那『一男子』長怎樣？」

「就長你這模樣。」貝莉說：「下面也……這副饞相。」「罪過。」大漢管不住雞巴，由着它伸向她腹下災區。兩人這一見，是肉帛相見，見了自然不拘小節，就地行淫。直搞到黑金剛背上，當牠一張春凳，老馬可不樂意了。但貝莉趴在自己背上，大漢卻騎在她臀上，勢難只把公的篩下來，卻不傷及母的。

這夜，月暗星稀。黑金剛奮拉着馬頭，終於吐出羈勒牠的馬嚼子。然後，四蹄放開，跑得能超過燕子。硬漢不硬了，死抱着貝莉，恨不得東西長了倒刺，能夠牢她腸子。貝莉也是嚇得三魂落在馬尾後，兩腿只箝住馬肚怪叫。她一直沒察覺，或者說，沒想到馬嚼子，是黑金剛自願去銜住；這匹馬為了她，自願去獻出精力和自由。

貝莉像塵俗人一樣，着眼馬屌，卻忽略了同樣又大又熱的一顆馬心。金黑剛一路狂奔，每邁一步，就褪掉一點耀眼顏色，直褪到完全融入黑夜。畢竟馬力太大，跑速太快，一對肉蟲不敢跳下馬背。貝莉知道黑馬翻山越嶺，正奔回蛇髮女美杜莎的城堡。天亮時相見，為免尷尬，她真要想出一個這麼「疊馬」的理由。

薛西弗斯的石頭

薛西弗斯自覺不是人，是神。為了活得神氣，活出聲色，他發動民伕在兩座大山之間，築了一道青銅橋。這橋人踏上去，會發出敲木琴的聲音。某夜，他橋上驅車，覺得五音錯亂，心裡煩惡，就點燃稻草，投到橋下。附近住的，每夜受雷火轟頂，火球落下來還配了樂，大夥像活在一齣災難劇裡，沒有不失眠心悸，或者半夜驚起罵娘的。

「你條仆街，睇你幾時畀天收！」橋底有外來露宿的，罵得最起勁。宙斯就是「天」，見下界鼓噪，當他撿破爛的，要他去收東西，惱得拍崩神山一角。「薛西弗斯，你狗日的，我要你提早挺屍！」宙斯急降十八層到了黃泉，直奔冥界一號屋。門楣上，十幾個羊皮燈籠，豬尿泡一樣盪着，沒一個亮的。黑門踢開，青靚白淨一個死神，卻在爐邊讀書；讀一頁，撕一頁扔火堆裡助燃。他翹臀墩在一摞厚冊子上，看來冊冊有待清賞。

「嘖嘖，還是個讀書人呢。」宙斯笑說。「苦差事。」死神見老頂臨門，寒暄兩句，告訴他：「最近屁文家多死，押下來十幾縷鬼魂，都夾帶屁氣，羊腸衣裡一裹，個個鼓盪得比腎囊大。您老巍峨，方才進門，沒讓那些腸衣泡泡磕着吧？」宙斯聞言一楞，沒磕着，那是他不夠高聳；但讓裝屁氣的卵袋磕了，更是倒楣透頂。暗惱這廝不會逢迎，牛鼻子只噴出個「嘿」字。

冥界昏昧，生人死者，一律面如死灰，死神自不覺宙斯臉色有異，兀自續上話茬：「那一排腸衣封住的，生前文名，長居三甲。為防有枉死，我總得讀幾頁，看有沒一兩句人話。真沒可取，再糞漿裡戳破了，等他們鬼魂歸到出處。這些三甲屁文家，直接攢地獄火裡，那可不成……」死神賣關子，以為會聽見追問，見宙斯扭頭去玩他鐮刀，生怕他玩出癮頭，自己沒活幹，連忙補上後話：「那『三甲』的甲，我後來查明了，是甲烷的甲，是沼氣。羊腸衣充了沼氣，投到火裡，會爆炸。」

「爆炸，我喜歡。」宙斯聽說屁氣，炸得崩地獄，精神一振。轉念想起來意，猛拍死神大腿，罵道：「我像來討論『屁文』的嗎？」他直入主題，明言要他去索薛西弗斯的命。「你不去勾他魂魄，他無事去敲橋鑿地，弄得雞犬不寧。我輩大神，不嗑藥還睡不了覺。這事緊急，你好歹把他一顆頭割了。」「那西……西什麼斯，五大三粗，陽氣足，除了拋火球，沒太多不良嗜好。時辰未到，這會兒去弄死他，恐怕不容易……」死神臉有難色。

「容易，我還要你去辦？」宙斯心生一計：「五大三粗，自然性欲旺。我變你做女人，你用身體去榨乾他。」

「這怎麼成？我……我沒讓男人作踐過，怕痛。」宙斯不理他抗議，「前凸凸後凸凸……」唸過咒語，紅煙竄起，死神果真變了個腰細臀圓的尤物。他俯身油鍋裡自照，也是吃了一驚：「簡直就一個姣婆！」

「絕對的人見人肏。」宙斯多看幾眼，也起了淫心：「不是你底子好，我還真變不出這款騷貨。」說着扒掉「她」不稱身的男裝，按倒了，信手陶甌裡摳了坨「燒人油」，往臀溝裡抹了抹，硬生生一根大神級雞巴，就直貫了進去。死神小腹挨貼石凳，無處卸力，宙斯卻一來就後路上衝突，撐得「她」殺豬般慘叫，筋肉失控亂抖。死神捱肏，是第一次，更是神話史上第一回。等宙斯抽身，「她」有點茫然，覺得陰風吹進豁開的洞眼，有些回聲。

「女人受肏，一般先痛後快。你破了身，體會女兒家心事，以後鼓起騷勁，如長虹吸水，吸得薛西弗斯精盡血枯，眼球縮入髗腔而死，那是指日可待。」宙斯拿「她」經典的黑兜帽擦着陽具，循循善導，滿懷期許。「按理說，不是該破前面嗎？」死神成了騷婦，對那陌生的痛，不無憧憬。「不為辦好公事，我自然再吃點虧，犁完後院，把你前庭也開墾了。」他搖着頭慰解：「就怕那薛西弗斯，不像我宙斯，什麼都肏。萬一他只搞處女，見你前門大開，一副等人送禮模樣，他龜頭一耷拉，我栽培你做一條吸管的心血，那就白費。」

宙斯着「她」找些草藥，敷屁眼上消腫，養好了速去辦差。「事成能全身回來，我再補肏你一個陰戶生煙，火冒褲襠。」說完，一拍死神屁股，揚長到了門前楣下，十幾枚「豬尿泡燈籠」，兀自盪來盪去；而且，篤眼篤鼻。他不好文事，偏重武鬥，想到這撥甲烷腸衣球，成排掛身上，簡直是遇神殺神的全手工榴彈。「敵人不讓炸碎，也要給臭死。」臨去，他沉浸在無敵的夢裡，把臭蛋一顆顆摘下來，恰似五百年後，一個個瞎眼文青，採擷爛了心的文學果實。

「怪不得都喊他『老頂』，老知道頂，什麼都讓頂壞了。」死神抽抽搭搭的，竟多了幾分嫵媚。過了幾日，腸頭神隱回身子裡，摸着，算個花好月圓。痛定思痛，不情不願，還是換上貼身衣裙，一扭一擺上了船。鬼差八槳齊發，轉眼過了黑水河，送到人間渡口。「半月後來接。」打發了撐船的，市集上置了幾十樣助淫神器，就到響噹噹的青銅橋上，等薛西弗斯上釣。

橋上月滿，橋下翻湧着雲霧。驀地，橋頭轟隆聒耳，兩點紅光繞近。死神知道，為任務獻出神戶，時辰到了。「她」身子搭住欄杆，適時地，短裙讓鐵釘扯破，現出大半邊臀肉。「怎麼有個姣婆在橋上？」薛西弗斯見了，拽停八馬拉的鐵皮大車。「大哥，我……迷路啊。腳扭傷了，腰閃了抬不起，這才《屎窟高過頭》……」死神話裡嵌了屁文家書名，用了典。

薛西弗斯質木，少涉獵，卻覺得「屎窟」出自這白淨婦人之口，有些脫俗。「你這傷，傷得合時。」他笑着伸出大手，往死神臀下一抄，兜攬到了身邊座上。「趴着歇歇。」橋上夜景好，薛西弗斯乾脆停了車，趁着月色，替婦人做做推拿，疏鬆筋脈。「大哥，手勁輕點。」死神沒想到變了女兒身，不需施展什麼上乘媚術，薛西弗斯十指箕張，或搓或擠，或摳或捏，熱情招待自己腰下兩團白肉，幾乎把上下縫眼，揉得糊在一起。

「你鬆泛了，給我小兄弟親口道個謝。」薛西弗斯抽回手指，解了褲帶，掏出大過宙斯的陽根，敲「她」面頰。

「不要……」死神閉着眼，屎窟由他發掘，也有些快感。但那「小兄弟」頭大如斗，棒槌結實，要舔吮這樣的醜物，那是做夢沒想過的，死活不肯就範。「不肯也得叼着！」薛西弗斯惡相畢露，往「她」兩邊臉頰一掐，死神嘴巴不能攏合，眼睜睜讓他兄弟硬闖進了喉嚨。

鐵皮大車滿載哀號，顛簸着馳入山林。不論晨昏乾濕，薛西弗斯興到就把「她」當馬騎，騎了半月，死神形容枯槁，花容褪色。本以為三天兩頭，就榨得他乾成蔗渣，哪想到出師未捷，自己腹痛得不成，下面那傢伙，更磨出了老繭，不得不託詞開溜：「等賤軀回家調養好了，補讀些房中書，再來任大哥烹宰。」

「你讀壞腦子不回來，我那話兒沒滋潤，豈不枯死？」薛西弗斯不笨，瞧婦人萌生去意，乾脆關起來施暴。前面變鬆變糙，就轉攻後頭，一門深入。死神明白宿命難違，嘴上卻憋不住呱啊呱啊慘嚎，悲音直上九天。宙斯聽着，也覺糞門火灼，生出共鳴。既然事敗，不去搭救也是不成。他趁薛西弗斯不在，潛入他老巢，一個帶高壓電響雷，劈開禁錮死神的鐵牢。

「狗日的！那廝怎麼個玩法，玩得你屄毛頭毛都沒了？」宙斯盯着烏眉灶臉，渾身焦臭的死神，心中駭然。

「頂……頂爺你劈門，我……觸電了。」死神顫聲說。「下回，變出條鑰匙開鎖，更省事。」宙斯攙了這炭頭一程，到了黑水河邊，撐船來接的，見老闆給折磨成這副模樣，都驚歎人間，才是真地獄。

「軟的讓你搞殘，我給你這貓西狗斯，來一鋪硬的！」宙斯守在青銅橋頭，鑑於死神那狼狽相，自不敢輕敵怠慢。他神威凜凜，把十幾個豬尿泡，就是那些屁氣充盈的腸衣，用牛皮帶勾住圍在腰間，打算一見那鐵皮車來了，就朝車廂裡扔進臭彈。到時再施法引爆，遠比自己噴火，燒這薛西弗斯，不那麼虧損元氣。然而，橋上風急，攢一個進去吹一個出來，屁豈不是白放？「倒不如扮矮子，在這兒迎他，給他上套。」

宙斯暗忖，還是智取穩妥。誘得他下車，臭彈連皮帶，當個花環一嘟嚕掛他脖子。「到時轟的一聲，諸彈齊鳴，你貓西狗斯一顆頭，能不粉碎？」正想得心花怒放，薛西弗斯，似乎已在面前爆炸。驀地，銅橋嘎吱嘎吱響，來的卻是水神阿普洛迪。眼見宙斯要解下皮帶，水神以為他便急，要脫褲子向橋下拉撒，連忙過來勸止：「你是大神，一坨屎砸下去，滾到坡下，要塌好多屋舍的。」

宙斯暗罵：「沒你的大屁眼，拉得出這斤兩？」問她：「你來這兒幹嗎？沒事躲開，別壞了我鋪排。」「我來，就是助你排得順暢。」阿普洛迪說。她對這宙斯，早懷有情意，見了他全副武裝，要爆石撼山的賣相，更是難掩心中騷動。她探知宙斯意圖，知道兩斯相鬥，勢必橋摧車毀，禍延蒼生。於是，她搶在前頭，橋塊半里外變出一座茶寮，自己赤身只穿一條圍裙，扮成村女模樣，等薛西弗斯坐駕馳近，就攔下車來邀他吃茶。

薛西弗斯瞧她圍裙沒反穿，腰臀大腿袒露，一看就是個專業戶，放懷喝了幾海碗，終於不省人事。「我把『癡迷藥』攙和到茶水裡，他再強橫，到底是人類，人類吃了這藥，心神錯亂，無物可解。昏迷後醒來，會愛上第一眼看見的東西。」阿普洛迪說，即使他宙斯不是東西，見了，照樣源源送上愛。「我不要他愛上我，我要他伸脖子讓我砍，我要他釘蓋。」宙斯說。

「他愛上你，你要他釘什麼，還不容易？」阿普洛迪以為宙斯有了愛，受到感化，會少些乖戾，對她多點眷戀。循她指示，宙斯找到鐵皮大車，薛西弗斯就轅下躺着。「這樣一條大漢，讓他『愛』一下都嫌多。」越想越不對勁，瞧他似要醒來，連忙躲到又大又圓一塊花崗岩後。

薛西弗斯睜開眼，眼前，橫着一塊大石。他愛意油然而生，款款地說：「石頭啊，你肯嫁給我，要我做什麼，我都願意。」「那就推我到山頂去吧。」宙斯壓着嗓子，扮死物。然後，蜜運中的薛西弗斯，就日以繼夜，推這石頭上山。花崗岩和愛情，一樣的沉重，每趟快要到了山頂，照例轟隆轟隆滾下來；有時候，還碾死山下一些村民。「我累一點無妨，石頭沒摔痛了就好。」諸神拾掇不了的惡徒，的確變了，為了吃過的一碗迷湯，甘願推着石頭，直到白頭。

人身蝴蝶和金拳頭

阿史在林子裡逮到一隻蝴蝶，細看，這紅黃色「蝴蝶」的軀幹，竟是一個女人；嚴格來說，是沒小指頭大一個女人，長了豔粉蝶的翅膀。阿史沒把所獲，送他鄰居達爾文檢視。達老頭認了猴子做祖宗，老來返祖，迷糊間，會拿一疊蝶翅拉屎。

阿史養豔粉女在大腹玻璃瓶裡，擱窗台上，拿放大鏡覷眼看了半天。「真是滴溜溜一條粉豔！」摳字眼兒他還行，就惱恨沒一根牙簽陽物，去摳她那小門小戶。「明兒賣了她，再買一個容得我大雞巴的騷婆娘。」翌日，醒來見玻璃瓶外伏了一隻藍蝴蝶，正隔着玻璃傳話。蝴蝶個小，聲音也小。阿史湊近看，藍蝴蝶長了男兒身，見了人不逃，根本在等他攫捕。「我成全你。」阿史把蝴蝶男扔入瓶裡，紗布蒙了瓶嘴。

瓶子裡，晨光閃爍無定。人身蝴蝶相擁旋舞，玻璃瓶，儼然一對有翅肉蟲的水晶宮。阿史餵他們樹葉，蝴蝶睡在吃剩的葉片上。「活得美，可難為我光棍一條。」他感懷身世：「賣掉你倆可惜；不賣，老婆本沒着落。好歹替我操操心，給我生幾隻白嫩小蝴蝶，去換幾個鏰兒。」

蝴蝶男會意，朝他勾勾小得難見着的食指。阿史貼耳玻璃瓶，聽他說：「你把咱倆放了，我領你去一個叫『含春窖』的地方。你們人類最想要的東西，都藏在那裡。」「是什麼東西？」「千足純金拳頭，一百條連着前臂的拳頭，一百條全豎窖裡，重兩三噸。」「純金兩三噸？」阿史不敢相信耳朵，兩三噸，夠他去銷金窩冇一萬個好屄，有這天掉下來的好事？為防有詐，他問得仔細：「幹嘛是金拳頭？造成金枕頭，不更好？」

「金枕頭，枕的是死人；金拳頭，寓意『大權在握』，那是活人都喜歡的。」「這大拳……」阿史心想：握住四出碾磨人，尤其碾女人，碾出米漿來，夠過癮的。他養雞飼鴨，生活像頭腦一樣簡單，大拳未到手，卻生出遠慮：「拳大，人家眼紅偷襲，反害我命短，划得來？」

「何止划得來。」蝴蝶男說：「窖裡另備續命藥，日進一甕缸，腸胃清了，肝好，就日日遇襲屙血，尊容一百年不改。」「那我放心入窖。」阿史拍胸口保證：「等我執掌大拳，我不搥扁你這一對就是。」他把玻璃瓶抱着，循蝴蝶男的指示進了密林。

捧着大瓶子濕草敗葉上走了半晌，紅木參天，綠蔭蔽日，越走越幽深。阿史忐忑：「怎還沒到？」「不遠，就沼澤那邊。」蝴蝶男引路，要他避開大片浮沙。黃昏，樹根纏搭的一堵破牆，橫在面前。看來是一座皇城的廢墟，廢墟上，飛滿成千上萬的人身蝴蝶。

「寶藏就在地窖，還不放了我們？」豔粉女心裡有氣。阿史眼見迎人是一族珍罕蝴蝶，腳下地道，分明通向『含春窖』這金燦燦一個洞窟，再囚着兩個小人質，反顯得不夠大度，乾脆把玻璃瓶砸了。一對蝴蝶飛出來，飛到牆頭上，同類紛紛圍過去，彷彿那是他們的公主和王子。

阿史搬開洞口石板和磚瓦，點了火把，小心翼翼入窖。階石下通暗室，火光掩映，石室四隅竟都是骷髏。「太磣人了。」細看，每一副白骨都挨土牆坐着，骨盆腔裡，同樣塞了鋥亮的一根連臂金拳頭。不問而知，大拳入體，是飽死的。

正萌退意，瞥眼間，土牆門洞閃出金光，裡屋竟真有上百根拳頭豎着，明晃晃十分耀眼，似乎無日無夜，一致舉手通過：大拳在握，千年不撒手。「沒想到我阿史發財，發得沒一人反對。」再看牆旮旯，一個大瓦甕墩着，蝴蝶男說的續命藥，黃紙紅字標的是「拳拳到肉潤腸緩痛續命膏」。他揭蓋探手一掬，好滑膩的軟膏，那味刺鼻卻不似內服藥。

頭腦短暫澄明，他忽然明白，純金拳頭，都是塞屁眼堵直腸用的，塞不進，就靠這缸續命膏滋養着推送。這含春窖，壓根是湮沒的性欲大城裡，一座性商店倉庫的遺址。驚疑之際，頭上轟隆一響。阿史知道，生路堵上了。人身蝴蝶送他一窖黃金，卻沒打算讓他帶走，更不能讓他透露，塵世有這一塊屬於蝴蝶的淨土。

大拳，閉鎖在黑屋裡，愛攬拳的撐死自己，那是活該。阿史求財，糊里糊塗陷這絕境，心中叫苦，卻也無可如何。火炬熄了好久，人餓得不成，摸到大瓦甕，覺得續命要緊，捧起一坨只埋頭吃。吃着，土房外，傳來幾隻屎窟鬼的喃喃，那些盆腔嵌足金的腐骨，像分據四方的王，交換着弄拳的心得。阿史犯嘀咕了，死到臨頭，是不是屁眼也塞一把軟膏緩痛，認真體會大拳獨享的滋味？

人面蟲

「過了河，就是人面蟲森林。」胡鰈說。對岸，雜木林浸漬在藍調裡，水草一樣搖動，她有點不安：「還是回吧。」「日落了再走，蟲飛不到橋上。」阿鰩兜攬着她，慢慢上橋。看日落，是戀人們的專屬節目，分手之後，記憶裡沒一丸斜陽滋養，這段情，就太蒼白。落日，點紅了樹林；阿鰩給胡鰈一個吻，點亮了她的心。

「哎唷！」阿鰩慘叫，埋怨她情動，掐他的臉。「我沒有……」胡鰈見他頰上貼着襟章大一塊女人臉，驚喊：「人面蟲！」人面蟲，鞘翅合起來，像極一張人臉，眼耳口鼻，鬚眉鬢髮，一應俱全。這甲蟲像人臉，也專咬人臉；咬後，疤痢不退，元氣大傷，讓咬一口，人衰老一歲，減壽一年。

毒蟲險惡，但據說壯陽；壯陽藥，是大買賣，國家禁止捉蟲，嚴拿私抓濫捕；蟲，公權庇蔭下，恣意為害人畜。阿鰩忍痛把深「吻」他的蟲扯下來。蟲背上那臉，竟十分俏麗。他強作鎮定，苦笑：「這蟲像你一樣美，一樣善妒。」「少說話。」胡鰈瞧他黃臉轉白，白臉變黑，暗叫不妙：「回去找藥。」她攙他走出幾步，阿鰩就癱軟倒在橋頭。

「鰩！」胡鰈察覺他沒了鼻息，大驚，蹲着茫然四顧，大地忽爾陌生，荒涼。「蟲咬不死人，你別裝，別……」她哭喊，驟暗的樹林，送回來就幾星螢火。沒能扛阿鰩回家，她唯有守在身旁。星光燦爛，一如昨夜。

昨夜，他耳語說：「我要和你到世界盡頭，看太陽入海。」「世界盡頭在哪？」胡蝶側過頭問他。阿鰩曲着食中兩指頭，走過她兩乳的峽谷，越過圓臍，直抵腹地，然後……

「這滑潺潺小穴出來，一直走，下床穿過窗戶，朝星光聚處走上七七四十九天，面前一座臨海斷崖，那就是世界盡頭。」他一邊說，不規矩一對手指縫眼裡撩弄，見她緊張得腳掌拳曲，小腿上揉捏一輪，她才迷迷糊糊睡了。醒來，阿鰩卻在畫架前看她。「畫什麼了？」她問。「睡相。」他答。她起身搶過架上畫紙，炭筆描畫的她，赤條條，那樣婉孌，溫煦，彷彿做着不完的好夢。「真壞，連那見不得人的，都畫出來。」胡蝶笑着藏起那幅畫。

日出了，阿鰩臉上黑雲消散，卻仍舊沒脈搏氣息。「死而不化，是有心事未了。」醫師束手，巫師，倒有意見：「咬你情郎的，是人面蟲的蟲后；一族人面蟲，就一隻蟲后；蟲后鮮有咬人，但咬人，人即死。」「阿鰩能活，我……」胡蝶央他解救。「辦法是有，不過……」巫師眼饞饞瞅着她，要吃她的肉。「乘人之危？那好。」她悽然一笑，黑布條蒙了眼，躺上巫師的祭壇。

「人面蟲有一萬隻，人臉，就有一萬張。」巫師享用完白嫩祭品，抹了嘴，總算守諾說回題旨：「那些蟲臉，都和活人的臉相對應。你只要逮到『阿鰩的臉』，研成粉末，餵他吃，他就會活過來。」巫師假惺惺：「林子裡捉蟲，有如大海撈針。你命大沒遇上蟲后，讓一眾雄蟲叮着，叮上幾十口，也會變老變醜，轉眼殘敗。你這麼甜，這麼滑，汁水吃着潤喉，平白犧牲，不值得。」「交過你，蟲沒好怕的。」她痛恨巫師的狎辱。

避開守林人耳目，破曉，她都去雜木林捉蟲。人面蟲難逮也難防，第一趟讓蟲咬，痛如火烙，她摀着臉，跪落葉上哀號。「就咬死我，也得見『臉』。」白白讓蟲咬了，她不忿。十天過去，臉上留下十個傷疤。試過拿簍子罩頭，蟲沒看到人臉，懶得來噬；主動去攫捕，卻總撲空。看過上百副蟲臉，始終沒一張長得像阿鰩。

她橫了心，衣服剝光，「大」字形躺紅葉上。「來，來吃我啊！」語畢，招來一隻伏乳暈上，要咬，她抓起檢視，兀自捏死彈開。一隻來了，兩三隻緊隨，驀地，人面蟲紛落，有往她陰肉上撕扯，更有生性就摳門的。七手八腳，邊看邊甩，轉瞬還是給咬了十幾口。翻身壓死大半，但腰背暴露，屁股捱了空襲般炸開。

地上翻滾片晌，蟲沒附體，匍伏着逐一檢視蟲背。長什麼鳥樣的都有，股溝夾着一個，認得是班主任，包攬採辦課外書的。「就一幫淫蟲！」胡鰈虛弱，沮喪，痛得昏睡過去。天亮醒來，勉強站起，眉心一陣灼熱。再讓蟲咬，真不能活着捉蟲了。心下慌亂，但揭下一看，大喜過望：「鰩，你終於來了！」信手掐死藏好，蹣跚循來路回去。

阿鰷睜開眼，守在床畔，卻是他老母。「阿鰈遭罪了，人老了，怕你嫌她寒磣……」他媽告訴他：胡鰈早離開了，逮到蟲子，換來一身殘損，她不想用這副身子面對他。「就變成鴉烏，我都要找到她。」阿鰷苦思終日，生命終結之前，他想，她沒準會去一個地方，他瞎編的，斷崖上能眺見的世界盡頭。

「得趕過去。」循睡房小窗方向直走，走了約莫五十日。黃昏，阿鰷站在山岬高處，綠茵上張望。「沒想到真有這麼一座崖。」他有點錯愕，海濤呼嘯，亂岩旁，入眼幾幢廢置陋屋。小磚房內，椅背搭着女人的衫裙，飯桌上，半截長麵包鎮着一張字條：「你說的沒錯，世界盡頭的夕照，的確很美。這是陪我沉溺的，最後一趟落日了。謝謝你，阿鰷，我覺得很幸福。」他抬起頭，淚眼迷糊中，只見破牆上，掛着一幅炭筆畫像，畫中胡鰈睡了，赤條條蜷縮着，彷彿胎裡熟了，透着甜香，就要脫出來會他似的。

死人頭

一顆頭，斷頭台落下，沒掉承接的鐵桶裡，也沒流血，只沿斜路往下滾。街角露天咖啡座，抖着腿吃牛角包的，蠟亮意大利皮鞋，讓頭顱磕着，卻以為一條狗桌底下竄過。「又來撒尿，早晚把畜生們宰了。」一摸襪子，濕得帶稠。隔壁賣花女，撂下一束藍毋忘我，抬頭看見那顆頭，她走到旁邊服裝店，尖喊：「你家模特兒頭掉了！」頭顱滾過階石，蹦得高了，但玫瑰花槽消了落勢，臉皮也厚，沒損傷。石板街兩側商鋪沒營業，坡道上毗連的配匙開鎖小店，有幾家開得早，女人胯間多擋着一副貞操帶，邊界戰事頻仍，開鎖生意就興盛。

那顆頭撞上錫皮門，「龐」一響，狗照例亂吠，貓追着頭顱，橫越十字路。頭滾過去，一隻肥貓步小，幾乎讓馬車輾着。向聖母教堂緩進的唱詩隊，耽誤了禮拜天小獸們的狩獵。滾了半晌，路變開闊。晨光裡，青石金子般鋪向坡下漁港和碼頭。梧桐樹旁，小磚房二樓陽台，女孩望着昨夜沒收拾的褻衣，又一條通花內褲不見了。坡上來風，陽台一排鳳仙花，紅瓣紛紛朝一顆頭飄過去。女孩叫灰二姑娘，她看到那豎着小麥色短髮的頭，花瓣像脖上噴灑的血。「要真是一顆頭，真希望是那偷底褲的。」她心裡默禱。小麥頭磕磕碰碰，擦着燈柱改向，遇上製冰廠滑梯衝下的冰磚，一撞飛向海濱一幢棄置石屋，不偏不倚，從小方窗直掉進屋裡。

話分兩頭。過了幾日，有貴族暗中辦平民舞會，要揩油水，灰二姑娘興酣，子夜過了才回家。一路上，尾隨着一個男人，到了海濱林蔭路，腳下瓦礫必剝，她心慌步急，那廝卻窮追不捨。「救命！有人要炸我前門，爆我後院……」才喊出男人企圖，就讓樹根絆倒。灰二姑娘讓一把按住，昏燈下，見他頭髮蓬亂，八字鬍蓄得猥瑣，驚問：「不『含』成不？」「不『含』，用『包括』啊。」男人覺得摳字眼兒，不是時候，卻沒去摳屁眼兒，三扒兩撥，只顧撕她薄裙，撕完，倒騎着坐她肚子上，抓陰戶，扯褲衩，把汗津津一條底褲褪下來。

「嘿嘿！終於到手有人味的了。」他樂昏了頭，內褲捂住鼻頭猛嗅，嗅得入魂，驀地後腦勺轟的一響，讓灰二姑娘撿磚頭偷襲了。推開還在賞味期的男人，她光着下身，直奔兩個路口外住處。男人沒暈死，只惱得甩着褲衩趕上。灰二姑娘走近一幢破石屋，感覺那褲頭的橡皮筋，快套她脖上，情急之下，俯身竄進屋去，反鎖了門。那廝撞不開門，牆上雖有隻小窗，但人粗蠢，頭進得了軀幹擠不入，只瞪着眼惡叫：「不出來，我一把火烤熟你！」

雲破月來，一室亂影。灰二姑娘抱膝坐草堆上，氣喘定，想到這傢伙變態，真會烤了她不吃肉，只聞煙氣。她捧起禾草只朝窗外拋擲，擲着，去捧一綑草竟捧了一顆人頭，昏昧裡，揪住那頭顱雙耳，一對牛眼，正盯着她鼓脹的乳房。灰二姑娘着實吃了一驚，但半山皇家賓館，門前天天鍘人，死人頭滿城亂滾，也是見怪不怪。她沒把那小麥頭擲下，擰轉了，信手塞到窗前，不防跟那變態打了個照面，那還嚷着要燒她七成熟的，忽然兩眼圓睜，殺豬般嚎着，仰面倒了下去。

「這麼不經嚇啊？」恐防有詐，踮着腳外望，那變態死翹翹躺着，她舒了口氣，撂下人頭，要去開門。「我替你解圍，嚇死他，總可以也幫幫我吧？」屋裡分明沒人，誰在說話？灰二姑娘瘮得慌，腹下柔毛直豎，顫抖着回望，地上小麥頭，竟親切地，對她微笑。「你……」她退到門邊，搗着眼蹲下來。「方才，我對那傢伙擠眼，伸舌頭，打了個招呼。」小麥頭說：「我好眉好貌，沒好怕的。脖子是捱刀了，朋友害的。」「你……你這算死了？還是嚴重……傷殘？」灰二姑娘聽他語氣溫柔，驚疑少了幾分。「不好說。這幾天不覺便急，不會肚餓。就滾得多，有點頭暈。」

「我怎麼幫你？」她問。「帶我去見我未婚妻，我得提醒她，要提防那誣陷我的文友。」小麥頭脖子斷口平整，立在地上，正好直視灰二姑娘陰戶，建議她：「你先站起來，我想流鼻血。」細節不贅。翌日，灰二姑娘用老藤編的，載貓兒的一隻小箱子載了小麥頭。藤條的縫眼外望，視野無礙，外人卻看不見箱中這頭顱。灰二姑娘衣裙素白，挽着烏黑藤箱，走過一條條青石路。曉色幽藍，幾家人空場上自焚，把天地點得晃亮。按小麥頭所示，找到他未婚妻寓所，待要敲門，屋裡卻傳出男女的浪笑。

「等一下！」他要灰二姑娘把藤箱貼近門縫。「那天去收屍，你小麥奴那一顆頭，就是沒找着。沒準讓狗叼去了，吃掉腦袋。這也好，省得死了，還想着是我一個人下的毒手。」小麥頭一聽，認出是他圍爐詩社社長，他文友的聲音。「不是你攛掇唆擺，我會把一部禁書，楔他床底下？我會舉報他，邀人去鍘他？」門內女人說話。「好，都怪我。不是你嫌他腚幼，要除掉他。你屁股給我抬起來，等我毒手掰開你，把你壞肚腸的髒東西吸乾淨，還你清白。」文友絮叨着。小麥頭只恨沒一雙手捂耳，他聽到大嘴巴吸啜未婚妻腸頭的咂咂聲，聽到她大喊：「Encore！Encore！」儼如昔日兩人偎依着看歌劇光景，他沒有心，卻覺得心如刀割。

「走吧。」他着灰二姑娘帶他離開。小麥頭貓籠裡顛簸着，到家了，屋裡只有她媽，她媽終日閉門接待各色男人，也無暇理會女兒。灰二姑娘和小麥頭日益投契，他的話那樣甜蜜，遭遇是那樣的詼諧，她愛上了他，愛上了他過人的頭腦。

晴朗日子，她仍舊載他藤箱子裡，廣場去散步。「養貓了？」遇人問。「狗，沒閹乾淨，去補閹。」她虛應着，急步走過人叢，攞他碼頭去看海。海好藍，像他的眼睛。冬天來了，那些寒冷夜晚，灰二姑娘會把小麥頭塞進被窩，用大腿夾着他。他脖子鍘斷了，舌筋鬆弛，舌頭可以伸得好長，有一回，開瓶器似地，直攪進她臀眼，攪得好深。她霎時懵了，上下兩口子豁然張着，再合不攏。灰二姑娘好感動，好快樂。「我男人是一個美食家。」好多年過去，她還是對人這麼說。

大兵伍采克

「做人做事，要注意紅線。」賈上尉說：「要記得有條紅線，劃在腳前，橫在脖子前。」那時，當過理髮師的大兵伍采克，正替他刮鬍子。「衣服破了，『紅線』補得了？餓癟了，咽得了？」伍采克發牢騷：「人嚼不動紅線；這紅線，牽人腸斷。」他一張剃刀，脖子上狠批。颼颼風過，上尉血痕斑斑，怒道：「罰軍營站崗三日，不得飲食！」翌日，日出，進行曲響起。伍采克妻子瑪利攬着五歲小兒，憑窗眺望。銀樂隊河岸操來，地動樹搖，群鴉亂飛，那聲勢，一個良家婦女，好難抵禦。「阿克嫂早！」銀樂隊頭兒，還是那賈上尉。他舞着指揮棒，離隊邁到窗前，饞眼看瑪利白雪雪的胸脯。

「臉怎麼了？」瑪利問傷痕纍纍的他。「狗咬的，大狗。」上尉豎起棒頭，涎臉說：「我老婆早死，就你關心我。」瑪利瞧他一頭虛汗，笑問：「要不進來喝杯茶？」「茶要，奶也要。」他後門進了屋，路早摸熟。軍樂隊沒了指揮，潰不成軍，長笛短號，銀鈴金鼓，滿城亂響。百姓籠罩在可怕的喧噪裡，有神經病發，撿來爛鐵皮替痲瘋病人授動，有用刷鞋油炒菜，有爬到屋頂吠日。藍天下，異象紛呈。

伍采克軍營裡枯站，頭一天，進行曲的轟響教他頭脹，眼凸。同袍用水松塞堵他耳朵，算熬過兩天。「我就那話兒一樣，硬繃繃挺上三天！」他犟勁發作，無視日曬，雨淋。第三日，腦漿蒸發了些兒，有點盲，有點聾而已。入夜，他硬繃繃的，讓人抬進醫院。住院十日，瑪利沒去看他。「孩子嚷着要入軍樂隊，我得送他去學打鼓。」她說。「人小志大，我幹死了也值！」伍采克望着賢妻，笑開了花。

伍采克去兼的職事，是當實驗品。「這『催人老……實藥』，犯人吃了，糊里糊塗，心底話一古腦兒直吐，省了刑求，最人道了。不過，」研究員盯着伍采克：「還差一點，才算成功。」「還差哪一點？」他心裡發毛。「每天一顆，吃了，舌頭沒變硬，就沒問題。」研究員說。「變硬會怎樣？」伍采克越想越怕。「變硬，女人愛死你，更沒問題。」「那乾脆一硬到底。」他張口吞了五顆藥，省了天天來。走出七步，藥力發作，含糊喊出妻子名字，供認：「我老婆汁多肉滑，賢淑，又貞潔。我好愛她，想日夜肏她，肏她……」嘮叨着，到第九個「肏她」，舌頭變大變粗，擠壓住氣管，缺氧昏厥。

「知道這廝缺心眼，就沒想到……」賈上尉走進來，拍拍他酒友，就是那研究員胳膊，大笑：「我搞他老婆三日，他乖乖扮木頭三天。然後，躺倒了，等你餵他毒藥。」「這藥，未必毒得死他。」他慮得周全：「人死在這裡，也不合宜。」伍采克吃了「催人老實藥」，眼前昏黑，渾身癱軟，但沒聾，賈上尉蹧蹋他瑪利，他聽着怒火中燒，苦於動不了，唯有啞忍。「他這德性，老婆沒見着，可惜。」上尉把他翻過來，鋼床上俯臥，倏地扒掉褲子。伍采克大駭，以為大禍臨門。不想他擰完他臀肉，卻把一錫杯開水，擱他屁股上。「他老婆可沒他馴順，左推右托，死活不肯開放後路。」賈上尉見丸藥管用，要了幾枚，望風淫笑：「等哄那騷貨吃了，我破門轟入，不把她屁股眼兒，搗成個濕柿餅，我改名『賈上吊』。」

伍采克心中叫苦，躺了一夜，翌日手腳有些知覺，披塊桌布，跌跌撞撞回到家裡。瑪利出去了，他屋裡死睡，睜眼，是第二天清晨。推想是開門聲驚醒的，起身見妻子衣衫不整，頭髮蓬亂，涼鞋只穿一隻就回來，他再愚鈍都知道：賈上尉遂了願，肏了他女人堅持只用來拉屎和放屁的地方。他百感交集，不知道該安慰瑪利，還是自己，頹然仆在褥上。瑪利挨近床沿，臀眼腫痛得不成，塞了撮指天椒似的，趴着要他拿把蒲扇，好她破窟窿上搧搧，卻見他屁股上，燙了個紅印，起水泡了，信口問：「馬蜂螫了？」「是個勳章，上尉頒的。」說時，眼裡都是淚。

伍采克吃了毒藥，更「老實」了。除了眼球不溜轉，舌頭沒變硬，卻變長變軟搭在嘴巴外，副作用不大。讓人「臨床觀察」，是這活分內事，他臥床一月，難得瑪利一反常態，守護左右。卻原來那夜她吃了麻痹藥，硬生生地，讓賈上尉壞了後備的貞操，心下懊惱，覺得十分屈辱。「『出口』照樣擅入，有這樣不講秩序的？」瑪利埋怨，說她那腸子要是一條隧道，他早遇上對頭車，撞死在泥濘裡。那個月，她護養穀道，順便守住了婦道；對幻想的一場交通事故，心有餘悸，她的確窩着，燒飯浣衣，還讓伍采克用大舌頭舔了個通透，憋着沒去見那莽撞的賈車伕。

伍采克因禍得福，夫妻倆裡外全好了；腫消了，痛忘了；這福，也享得差不多了。某天，士官們辦聯誼舞會，賈上尉回味瑪利耐用，經得起折磨，諒她後竅開了，心竅也沒閉塞的道理，一株玫瑰連請柬送過去，直插入瑪利門首潤紅小鐵箱。「真的要去？」伍采克忐忑。「就跳隻舞。」瑪利說：人家滿堂吉慶，上尉就獸性大發，堂上總不好按倒人施襲。她建議：「你擔心，怎不隨我去？」「都邀的女人。」說到底，上尉和他有主從關係，還是「讓人人更老實，天天講道德」這研究項目主管，他不好違拗，阻撓妻子去履險。正感到為難，瑪利又有了主意：「你當兵，不是當成了剃頭匠嗎？那幫人去跳舞，舞前舞後，總得要理髮刮鬍子，你捎帶上傢伙，到時找個旮旯兒，安生待着，有人過來就亮出剃刀，裝個樣子。」

轉眼間，聯歡舞會結束。翌日清晨，陽光溫煦。進行曲又響起了，這天，賈上尉沒走在前頭，反而伍采克的五歲小兒，脖上掛一張小鼓，晃着兩根小鼓棍，做了領隊似的，嘻笑着向海濱紅影趨附。銀樂隊陣容，樂曲節拍，倒沒因為一個小毛頭摻雜，損了諧和。然後，夾道人叢裡，忽有聲音喊起：「賈上尉死了。糞池裡醃着，臭哄哄死了！」

原來昨宵那賈上尉，兜攬着瑪利親暱慢舞。她暈頭轉向，轉了幾十個螺旋，旋回伍采克身前，她說，打算到上尉府，去住個十天半月。上尉變良善了，答應她，再幹那種可怕勾當，會先用油膏填塞她，潤澤她。「遇事放鬆面對，錯不了。」她頗有感悟：「你眼界放開一點，別犟拐拐的。上尉眷顧，要連升你三級，以後杵他屋前崗亭放哨，也保我出入平安。肯接受差事，就朝他擺一擺舌頭。」伍采克搖頭拒絕，但頭搖得急，耷拉着的長舌，反一個勁兒瞎擺。

賈上尉笑瞇瞇走過來。「舞跳多了，鬍鬚長得快。沒事替我刮一刮。」牆邊大椅子一靠，鼻孔朝天噴話：「吃了藥，口水長流，正常的。以後，不結巴了，記得多留神周圍的紅線。越了紅線，連肏屄，都要多付小費。」賈上尉說着，脖子一涼，喉嚨，讓剃刀割破。紅線乍現；血，嘩嘩瀉下來。

曲終人散，舞廳裡，原來已剩他們仨。除了瑪利受驚失禁，嘟噥着，四圍別無噪響。伍采克對「紅線」這詞兒，天生敏感，一聽渾身出疹，頭腦發熱；這會子，藥物催動，更是半點不拘泥，手起刀落，直把上尉當一隻雞宰了。迷迷糊糊的，屍體拖到了屋後，繁星下，一片良田，田間糞池棋佈。伍采克把紅線綑死一團肉，扔入池子，炸起千堆屎。「真倒楣！」總結完人生，他回望瑪利一眼，心裡空落落的。「真倒楣。」換成句號，再說了一遍，黑魆魆的林子，就招攬他，用風聲催促他一路走過去。

大腳趾

豬玀國有農民，人稱梅菜心，菜心腹下垂一條小菜蟲，那是他的陽物。「那話兒邪惡，越小越好。」梅菜心說。「你不是小，你是幼。」有妞兒告訴他：幼，才是最大的惡。某天，菜心田間遇雨，槐樹下避雷，反招了電擊，一個霹靂下來，昏迷了幾日。鄉人辛苦刨了坑，要埋他，他卻醒過來。除了眼凸，皮膚焦黑，沒見異樣，就精力遠勝從前，驢子拉磨的活，他奪了親自幹。

過了十日，鄉里納妾，空場上宴客。「不穿雙鞋赴會，不體面。」梅菜心尋出舊布鞋，硬擠不入，才發覺左右兩隻大腳趾，都長粗了，變長了，只得鞋頭各挖一窟窿，讓大腳趾洞眼裡鑽出來。凸趾鞋穿着遛達，見者以為時尚，席散，爭相倣效。大腳趾越長越長，三個月過去，長到七八吋，總算止住。腳趾粗壯，除了入水招魚咬，走路惹狗追，耕田總把土犁亂，也沒什麼蹇滯。這天，遇皇后出巡。車隊過時，他隨鄉里肅立路邊，眾頭低垂，就他一個趾頭昂立。

豬玀王勤政，夙興夜寐，專心害民，再無餘裕滋潤皇后。皇后閒慌了，就出巡，巡到山旮旯，眼前陡然一亮：「這什麼東西？」人世間，最好的相遇，不過是卯眼，遇上最相配的榫頭。她喝停車馬，吩咐隨從：「這廝放肆，用貼地的雞巴，侮辱本宮。押回宮去，讓我仔細剝皮。」

梅菜心給五花大綁，囚車上，顛簸數十里，直送入後宮，滾進一座大澡堂裡。十幾個光脫脫宮女，替他鬆了綁，按倒了一輪刷洗，毛髮趾甲，修短剉平，毛毯一捲，即送皇后寢室。「毛不留我一條，也忒狠心。」菜心瞪着摘剩皇冠的女人。「狠心不好嗎？」皇后推倒他，捧起他一隻腳，床邊端詳了半天，忽然，朝大腳趾一口噬下。菜心呼痛，她嘴巴褪出來笑道：「這腳趾有知覺，你福氣大呢。」說着，趁涎沫濡潤，一屁股坐上去套弄。菜心僵躺着，見皇后張嘴翻白眼，才驚歎大腳趾神威。

「踢我！用這硬骨頭踢爛我……」皇后肚皮貼住床沿，臀部聳着，堅定傳下懿旨。梅菜心不敢違命，對準兩個洞眼，咕唧咕唧，踢了一個晚上，幾乎氣絕累倒。皇后下面，腫成了個壽桃，滿眼的吉祥喜慶。她過了癮，顧念宮女操勞，推菜心入後宮消毒撲粉，分明當小費，分送群雌享用。

大腳趾耐磨，不軟耷，不會給宮女種下禍胎。兩女同時共用，用完，心安理得：「遠離萬惡的陽物，就是對豬玀王忠貞。」梅菜心肉林裡快活，大腳趾，飽受尊崇。人憑趾貴，早不知晨昏。然而，好景不常，豬玀王搞宮娥，臨幸妃嬪，事後，那話兒竟染了腳癬，龜頭長出細鱗，包莖遍是皮屑，發紅發臭，癢不可當。後世稱「香港腳」的頑疾，遇上豬玀王，卻雞巴上鬧騰。他搔着卵袋，逐房探查，終於抽出罪魁梅菜心。「用鹽醃死他。」豬玀王宣判。后妃們說情，豬玀王心軟：「那砍去他一雙臭腳趾，逐出皇宮。」

菜心腳傷痊癒，登山涉水，再無妨礙。然而，他無心耕作，鎮日緬懷皇宮裡歡樂時光。「寧願死，我都要變得不正常！」每遇閃電破空，菜心就站到大樹下，等雷劈。雷劈死了身邊遛狗的，就沒劈中他。

過了幾年，一台新發明的發電機入村，是專門孵蛋用的。梅菜心憋不住了，他悄悄潛入雞棚，把電線纏到身上。到底有點常識，知道線頭扯出來兩股，一股咬住，一股塞屁眼裡。「電流越強，越刺激東西暴長。」心裡嘀咕着，扳下電掣。他慘號，抽搐，蜷縮的身體迸濺出火星。不過，待濃煙，焦臭散去，說也奇怪，黑墨墨一團烤肉上，竟真長出了兩隻大腳趾，長八吋許，色淡質嫩。「這狗日的世道，就這玩意，黑白分明。」

女人見了含着，沒一個肯鬆口的。

開蝙蝠車的小丑阿武

尋常小丑，抛接三個木瓶，算不錯了。阿武能抛四個，紅黃藍綠，手上幻成霓虹。這天，菲奥娜大帳篷裡看馬戲，她是公主，御准逢禮拜日，可以當一下平民，吃吃糟糠，做做蠢事，條件是待到成年，得下嫁鄰邦豬玀王兒子。十八日後，菲奥娜十八歲。阿武早發現這女孩，總前排坐着，來最少三趟了。他望着她，賣力地左抛右接。幾年前一場火，燒焦了他父母，燒毀了他容貌。當小丑，臉上濃墨重彩，正好掩蓋他的貌寢。

「那張舊臉皮，人見人愛。要沒燬壞，她敢情就會……」他收懾心神，木瓶翻飛，讓台下的她欣喜，報以微笑；但那笑，透着苦澀。遇糟心事了？上回瞧她鬱結，能做的，只是四個木瓶上，各畫了一圈笑臉；可惜，動作緊湊，笑臉北風裡打旋，都化成連續的歎息。

「火燭啊！」驀地，有人奪路而逃。帳篷一角，火舌舔動，觀眾呼天搶地亂竄。阿武躍下來，要領菲奥娜脫困，幾十個裝看戲的，早擁過去迴護，逢凳掀凳，遇人踩人，磕碰出一條生路。阿武銜尾出來，煙霧裡，巨物聳動，兀自向帳篷噴火。「噴火長頸鱉？」他目瞪口呆。那長頸鱉，其實，是龍頭會噴火一架鐵甲車，車掌戴了鬼面罩，擎着蛇頭權杖，正操控那滿肚子煤油的東西，四出肆虐。

阿武一塊石頭擯過去，沒擲中人，瞥眼間，菲奧娜和一幫護衛，已倒在噴火車一側，煙囪的廢氣裡喘着。「迷煙！」他金星亂冒，也昏了過去。天濛濛亮，阿武甦醒，帳篷和戲台燒成焦土，團員散了，猛獸沒燒死的逃遠了。「四個木瓶，給你找回兩個。」灰堆裡，爬出來馬戲團長，他把熏黑了一對木瓶塞給阿武，抱着他直哭。「昨夜燒壞的，有猴子阿錦，我就不祝你『前程似錦』了。好自為之吧。」團長說完，提了破皮箱，隱沒廢墟外枯草叢裡。

「公主呢？」有護衛醒來，張惶四顧。「她是公主？」阿武問出女孩身份，更感形穢，硬撐着發話：「我要毀了那火龍，救公主回來。」「就救回來，還不是……」「還不是怎樣？」「總之……」護衛支吾應着。王城裡行走的，心裡明白：過不久，公主出嫁，夫婿豬玀國王子，是出了名的性變態。聽說，也像菲奧娜一樣，愛看馬戲；而且，只愛看穿緊身衣的女飛人。飛人頭頂上劈腿，他抓起橘子，對準三角褲衩，就接連擯過去。一個滴溜溜妞兒，試過連中倆橘子，掉下來癱了。女人趴着不動，王子的興頭，才真來了，沒人阻得了他闖入獸檻，去姦污各種動物。

豬玀王子的底細，阿武不了解，也沒工夫深究。他怕火，這時，卻一心想着去對付擄走公主的傢伙。「四個大車輪，我卸掉一個，等它原地打轉，龍頭噴火，我就用水去澆。」然而，哪來充足遠水，撲熄這近火？沮喪半晌，想通了：「那就以毒攻毒，來個火上添油！」這油，當然不是燒豬油，是煤油。提油去找那紅面鬼巢穴，不難。噴火鐵龍沉重，一路留下轍痕，分明是招人去剷除它的。

那邊廂，紅面鬼城堡塔樓上，菲奧娜睜開眼，發現四肢，綁牢在椅腳和扶手。難得脖子纏了紅繩，椅背上繫好，人坐得端正極了。紅面鬼搬了杌子，坐她面前。隔着凸出檀木長鼻的紅漆面罩，她知道，他正盯着她啄人的乳頭。他沒扒掉她衣服，盤玩完權杖，包漿櫻桃木蛇頭，厚抹了油膏，按理說，輕易長驅直入；納悶的是，杖頭，偏沒伸她裙子裡攪擾。

「我是一個講道理的人。」紅面鬼說：公主既然和豬玀王子有婚約，他後來居上，縛了人去開苞，或者，準備開苞，都是他的不對。「那會製造矛盾。」紅面鬼自責。「你解開我，不就解開了矛盾？」菲奧娜提醒他。「道理，不是這樣的。」他解釋：「天地間，只有一種矛盾，就是『敵我矛盾』；你不是我女人，就是我敵人；你爹不是我岳丈，就是我敵人；你嫁了豬玀王子，豬玀國所有豬玀，都是我敵人；敵人，是要消滅的。」

「你打算……怎樣消滅我們？」她額頭沁出冷汗。「明火烤啊。這太可悲了，沒必要這樣。這城堡，方圓兩公里地皮，羊皮，還有人皮，沒一塊不是我的，築幾面牆圍起來，開道門，納賄發護照，就一個國家。我國和貴國聯姻，滅了豬玀國，到時候，剩你爹，我老丈人一個敵人，我斬碎他，合三國成『紅面鬼國』，矛盾就通統化解。」

為免道理發酵，把頭殼脹裂，菲奧娜慌忙帶開話茬：「貴……貴國這會……蟬鳴荔熟，不如溜……溜達溜達，再作計議？」「這話在理。咱倆先去『遊車河』，我燒幾棵樹你瞅瞅。要不樹幹綁個妞兒？連荔枝木一塊烤，帶果香。烤有雞巴的，也成。林子裡逮到好多『學者』，酸餿味燒得掉，要不挑吃，給你烤兩個；『學術味』是攻鼻，但骨軟，比燒野豬高檔多了。

這天翳熱，不好一路縱火。龍頭座駕，轟轟隆隆，噴着黑煙行進。為防菲奧娜跳車逃逸，衣衫剝光，繩子繞駕駛盤後一根柱子反縛了，紅面鬼才絮絮談掌故，說舊時風物。那鐵條傳熱，她臀肉燙成了桃子，左挨右擦，拿話虛應着。「再不消停，我屁股要報廢了。」她埋怨。「報廢了，前面湊合用。」話雖這麼說，還是體貼問道：「前面有『詩人村』，貓狗嗓門大的，都稱詩人。真不要燒幾頭嘗嘗？」「改天。」菲奧娜說：「多捎帶些薄荷葉辟味，再連村子燒了。」「說的是。這天兒吃詩人，易積內熱，大便乾燥。」紅面鬼乖乖掉頭，逕直開回老巢。

「面罩老戴着，不氣悶？」她套近乎，伺機脫身。「沒法子。帥氣，太招眼不好。女人，男人，見這皮相就愛上我，要肏我，要我去肏，這有什麼意思？太膚淺了。我就照鏡子，都想繞到鏡子後面，往那廝屁眼裡抹油，虛則實之，肏他一個同歸於盡。帥得自己想肏自己，一想，真就要吐。要露臉，讓歪瓜，讓裂棗們，去拋去露。我要展現的，是能耐，是處事分寸。我要人覺得我有道理，就打風落雹，道理照樣奴僕一樣，跪我這邊。我要大家感佩，從而歸順，誠服……」他一篇話未完，回頭路走了大半，瞟一眼菲奧娜，早奄奄一息，挨着鐵條昏死過去。

城堡旁有小石山，高不過一座教堂，黑魆魆兩個岩洞，是紅面鬼車庫。龍頭車軋軋軋開過去，到洞口了，只見陰影裡杵着一個人。原來小丑阿武，遠道來尋釁，他紅面鬼沒見着，提了盛煤油兩隻小酒桶，要去燒車，洞裡泊的，通體烏黑，塵封得暗淡，總不似火攻帳篷那凶器。「不會摸錯門吧？」躊躇之際，噪響傳來，紅彤彤一座怪物，已嘎然橫在十步開外。

「有理無理，先燒死你！」紅面鬼仇家四佈，也不細審來者是誰，龍頭對準自家物業，求一個玉石俱焚。阿武手快，一隻酒桶扔向車上鐵柱，桶身磕破，煤油潑了紅面鬼一身。「點火啊，看誰先『一鑊熟』。」瞥眼間，阿武見公主也在，撒了手，撂下燃料勸道：「下來再說，別要傷害無辜。」紅面鬼濕涩涩，浸漬得心煩，抽了根鐵條，背後藏掖着，就跳下車，堆笑向前邁去。那笑，燦如夏花，可惜面罩遮沒了，阿武但覺罩上長鼻，咄咄威脅人，連忙撿起一枝冗長鐵筆，攥住了迎敵。

紅面鬼客套省去，亮出鐵條，即兜頭兜臉劈來。他擎筆擋格，攻守之間，能稱鏗鏘有致。但紅面鬼毛躁，斬！

斬！斬……吆喝着，鐵條當刀使，砍伐越發猛惡。阿武左撩右撥，哐！哐！哐……棍棒每一相接，廝磨，都磕碰出火花。火花飛落，紅面鬼殺紅了眼，沒在意，忽然一串流金撲他胳膊，「伏」一聲烈燄竄起，沿臂而下套牢了他。他嚎啕着，手擺着，繞龍頭座駕奔了三匝，奔回阿武腳邊，終於頹然仆倒。

菲奧娜掙脫縲絏，車上下來，見挾她作「導賞遊」的男人，轉瞬間，冒着煙成了燒壞的一塊瘦肉，也是悵惘。「揭了面罩瞅瞅，沒準還有救。」她說着蹲下。那紅面鬼蜷曲着，檀木鼻頭斜指向上，只稍為熏黑。阿武不敢逼視她細皮白肉，跪在對面，瞇縫了眼趁熱扳那面罩。甫摘下來，菲奧娜霎時呆了，瞠然說不出話來。男人軀幹燒糊，頭臉竟半分不損，同樣地，張嘴結舌，直勾勾瞪着她幾餵到唇邊的陰戶。

「怎麼會……」她心裡哭喊：真是帥爆了！竟真有這般好眉好貌，人見人癡醉，醉了想狂肏的！要說缺點，就廢話多，絮絮的教人頭痛。廢話多，犯得着明火燒死？暗忖：早摘了這罩子，我瞜他半眼，一股溝渥潤，事情能不順遂？要親要咬，要變着玩詭奇花樣，就耗盡國力，採辦外邦淫器，能不迎合安排？回過神，她悲憤抬頭，戟指罵道：「你大花臉，毀我男人。你賠我個一樣的！你瞅，你瞅他……」揪着死人頭一雙耳朵，趁他剩半口熱氣，趕忙用豐唇，封了他嘴。

以為公主對一個炭頭，施展舶來「心肺復甦」神技，不想她腰板一伸，沒擋住揭掉面罩的臉，卻輪到阿武懵了。他心神惑亂，有一刻，覺得這燒剩一顆頭的，是他自己；確切說，是過去的自己。這張臉，就是他三年前的臉。怎麼同一個餅模出來似的？三年前，他燒糊了臉，留了這身板；這會子，卻怎麼有個拷貝，或者烤貝，烤焦了軀幹，空餘一臉惶懼和他相覷？

如果紅面鬼不死，涎着他過氣的臉，去娶公主，去舔公主奅公主，會不會是最相宜的結局？再深究，童話世界，恐怕要給掃入哲學天地，收攝了心魂，對菲奧娜說：「要不……先到塔樓上歇歇，找件衣服……」他耷拉着頭，只對着她膝蓋說話。即使這樣，忙亂間，還是提起未投擲一隻酒桶，信手掛褲襠上。走出兩步，察覺不對勁，才尷尬地撂開負累，躬身尾隨。到塔裡拾級，他抬頭偷瞄了一眼，僥倖一條鬆垮垮短褲，減了他走火勢頭；不然，一洩濃稠直射上去，公主真要應聲墮樓。

菲奧娜沒找回衣裙穿上，累極了挨窗邊椅子一歪，差一點斜擱着的包漿蛇頭，就竄進她光腚，壞她童貞。笑着一伸舌頭，權杖信手遞給阿武。「帥的燒沒了，醜的就頂替了，做鬼國大王吧。」她說。阿武體格和紅面死鬼相若，蛇頭杖上手，簡直同一隻蛋孵出來似的。

待心情平伏，顧念他不避凶險，孤身來搭救她，是鹵莽誤殺了人，還嚇得尿了褲襠，事情到這分上，悔青了腸子，這悔也是白悔。她看着他，看順眼了，溫言道：「你住了城堡，佔了田地，是體面人了。過幾天，你把那龍頭車，開到我家門口噴火，朝那宮牆上熏幾個大字，譬如，『反對送走娜娜！』『打鳩豬玀王子！』我父王受驚，沒準會變卦，招你做駙馬，讓我騎你……」

菲奧娜暗想：雖然他臉頰顏料下，似乎是塊橘子皮，但悲喜形諸色，還是比鬼面罩可親；而且，他臍下有個把柄，看來粗實，以後出遊購物，不真當他坐騎，隨手掛東西也氣派。「知道公主快活，見到你笑開了花，我就……瞑目。我就做一隻牛，做一匹馬，也是一樣的磕磣，配不上公主……」阿武虛怯。菲奧娜驀地招贅他，要他去倒插門，他怕門一邊插，顏料一邊溶解，真相暴露了，對誰都不好。

「你就忍心，由得那小豬玀作踐我？據說，他像他爸一樣，雞巴長了腳癬。」想到讓傳染了，下體要瘙癢一輩子，她有些哽咽。「腳癬王子，畢竟是王子；我是個小丑，在台上，在塔上，都是一個小丑。」她越親近，他越是自慚。「我屌——」菲奧娜爆出這一句。她不諳這外來語深意，但其聲綿長，餘音確能澆胸中塊壘。事實上，除了這一聲長屌，也難有門面話，抒發當下憋屈。然後，再一個：「我屌！」短促些，但決絕；屌完，一拍大腿，悻悻然，推門急轉直下，噙淚出了塔樓。遇火龍車擋路，她惱得爬上去，閉眼掛個全速檔，摧枯拉朽，回程一路撞死人；好在貴為公主，賠錢了事。

阿武嗒然若失，公主去後，塔下極目萋萋，就一塊烤肉，夕照裡，觸手有餘溫。「總不成撂他在我領地上，讓豬狗吃了。況且……」況且，他過去這臉面，這瞪着眼，張着大嘴，要吮吸他陽氣的德性，相呴以濕，掏出陰莖讓他含着，是來不及了，卻到底該好生安葬。待要把屍骸扶起，幾下甩動，不想脖子燒得酥脆，一顆頭離骨，竟已捧在手上。「栩栩……栩栩返生啊。」怎麼能草草埋掉？要找到縫線，他巴不得鋸了自己爛額，接上這未焦的好頭。

他有些惝恍，揪着「昔日變美時光」的雙耳，走到石山車庫前，斜暉照進去，洞裡泊的黑車，細節漸現。紅面鬼這座駕，較紅車略小，兩側一對護翼比人高，是防駕駛員中彈的兩塊大鐵皮。龍頭長脖子裁短了，更像個鼠頭，琢磨要鑄一座飛龍，有副騰雲駕霧模樣，但乍一看，儼然一隻大蝙蝠。開這黑魆魆一架「蝙蝠車」出去，徒招人白眼。

約莫過了十天，阿武接到喜柬。「我要去遭罪了。你來，那可怕儀式，才有些情趣。」菲奧娜附言。「小丑，適宜出席王室婚禮？」他搔首踟躕。過了幾日，豬羅國全國掛綵，盈千乳豬浸熟了，撒鹽備烤。只等確認了公主完璧，遠近店肆有積薪的，就同時點火開爐。吉日臨到，阿武內心麻亂，卻還是備了賀禮，一個猩紅漆盒載着，鮭紅緞帶束結了，沉甸甸一篋，捧上那縮頭黑車。不忘一條繩子，縛住兩個焦木瓶的瓶頸，腰間繫了，就趴躂趴躂，岩洞裡開車出來。

那車耗油，喧噪，豬玀國路遠，還好到了城下，才油盡燈枯。不等向高牆噴火，城樓下，小門茅塞般頓開，鑽出來一個獐頭侍衛招他過去。「公主吩咐，見有大花臉開黑箱車來了，先直送寢宮，再行發落。」獐頭說。阿武沒糾正他，說那是蝙蝠車。回頭把大漆盒搬下車，只捧着跟在後頭。有那麼一刻，他以為要去侍寢，肉身雀躍，三魂卻兀自龜縮。冷熱汗雙流，終於到了那寢宮簾外，菲奧娜浴畢，披了紗袍早陽台上候着。「要不要我……先淨個身？」他問。「你來演雜耍，去淨身幹嗎？」菲奧娜告訴他，辦婚事，她佯稱要邀一個小丑助興，豬玀家才答應讓他來。

「一點心意，希望公主喜歡。」東西太重，他擱上一個瓷墩，就去解那紅緞。「哪有給人送禮，自己拆封的？」她說。阿武賠過不是，讓在一旁。漆盒揭開，是個玻璃圓筒，裡頭泡着一顆頭；日影下，光彩煥發。蠻夷聚處，拿蜥蜴、蜈蚣、毒蛇等浸酒常有，用人頭倒是罕見。再一看，竟有些面善。「紅面帥……鬼？」說着，已認出是個熟人。防腐做得好，藥水清澈，容色是有些蒼白，神情倒較生前寬和。對生命的無常，菲奧娜感到無奈，而且悲哀。「這……禮物，以後就代我去陪你。」阿武說。

「我不缺什麼禮物，就盼你硬起來，結結實實，結束這豬玀一家，省了他們蹧蹋我。」她把話挑明了，他卻沒接茬，一個勁兒解結，要把褲頭縋的兩個木瓶卸下，以利拋接。時辰到，肥頭耷耳一圈圈賓客，齊集大堂聒噪。阿武給安插在豬玀主家，最大那豬圈裡獻藝。王子瘦小陰鬱，垂眼不看人，一手兜着菲奧娜臂肉，只管抓捏，看來隨時會取消既有儀節，就近拽入茅房，直接脔死。「讓我招呼過，癬疥頻生，保證『屎窟痕』。」他扯高嗓門，要其他人聽見：「但放心，痕癢一起，總有大屌在附近。」

「屌——」陡地，眾聲齊起。原來菲奧娜嫁過來，府衙裡「威武——」這類懾人吆喝，全受感染，一律由長「屌」取代。連串屌聲，沒破壞行文節奏，終究讓受困氹心的阿武張惶。他的演出異常差勁，兩隻焦木瓶拋高了，拋亂了，半空裡相擊，咯！咯！竟敲落自己頭額。兩隻木瓶掉地毯上，菲奧娜見瓶身各畫了一副嘴角下垂的苦臉，那焦黑襯映的蠟白，那樣搶眼。「一個是我，一個是你。」想到這關係，她笑了，笑得開了花。「廢物！押出去，破瓶子釀他腸子，扔河裡餵鱷魚。」豬玀王子怪他破壞婚禮莊嚴。「放了他！」菲奧娜勸阻：「用不着為難他，為難一個……小丑。」她抱起木瓶送還阿武：「回吧，表演完了。」這話帶哭腔，不帶嗔恨。

月亮回到了天上

某年，陰曆八月十六，破曉，滿月落下了，就沒升起來。月亮隱沒的山坳，某家人忽添了男丁。娃兒皮膚清白，看着瑩潤，通體透出亮光。莊稼人晚上扒光孩子衣服，禾草堆上一擱，省了去點燈。娃兒體質好，冬天為闔家照明，照樣不傷風，不打噴嚏。這薄皮燈籠，大家喊他「明白」。明白十六歲，進小鎮鐵路局，當訊號員。那年，鎮上來了火車。人們驚詫，覺得一排鐵皮屋，串連成了村落。每隔七天，鐵皮村讓黑漆漆一個鐵盒拽着，拖着長長白煙，呼嘯而來，幾百人早聚在站頭，爭先撲入新時代的迷霧裡。明白入黑放光，赤膊在路軌旁搖紅旗，車掌遠遠見着，就知道停下。

「十六年前，月亮還在，萬物籠着銀光。大夥車廂裡看山川變換，撫今追昔，那真夠意思。」車掌說。「希望有一天，月亮會回到天上。」明白隱約覺得：月亮的消失，自己脫不了關係。過了一年，越來越累贅的火車，載來一個女孩。明白第一眼看見她，就愛上了她。「你陪着，我不怕黑。」女孩說。繁星滿天，沒月亮的盈缺變化。女孩和明白，還是越挨越近，洞房那夜，火車，闖進黑濕山窟窿前，撞上一塊大石頭，出軌了。鐵皮村傾塌，死了好多人，牲口沒壓扁的，逃出來野地上竄突。

「石頭要滾上火車軌，你能站在每一塊上面？」妻子開解他。「我爬高一點，峰頂上蹲着，使勁亮着，照得丘壑發白，意外準可以避免。」明白自責，覺得失職，縱容黑暗害人。再一年，兩口子添了女兒，取名如晦。如晦很白，很美，不發光；但笑容，讓人感覺溫煦。畢竟，黑暗日子多，鼠輩猖獗了，成群隨飼主橫行。無月鎮，長年陰濕，早沒一條乾淨巷弄。

那夜，鐵皮村磕上巨石，幾節直送屠場的獸檻車卡，摔出來一撥畜生，除了綿羊三兩，是逾百頭豬，豬臀多鈐了藍印，課本大小，藍框裡還附了圖文。這些有來頭，有履歷的豬，要沒讓人逮住做紅燒肉，八成遁入山林，圍讀同類股上墨印。唯獨一隻公豬，逃至一座醬園，園外長渠溷水流淌，色赤，鹹澀口味重，豬公低頭牛飲，竟爾成癮。連吃十餘日，長獠牙，眼球轉紅，豬皮變粗，軀幹大如犀牛。那豬鞭，原本像一根筷子，鎮日充血，紅彤彤，竟脹出藤條一般細長，堪稱教鞭了。

豬公擅配種，吃飽鹹溷水，獸欲再旺百倍。醬園工人幹完活，院牆外沖洗，豬公藏身矮樹叢，趁夜暗伸出鞭梢，甜醬辣醬，醬汁淋漓之際，認準是個洞眼，一挺而前，進半截，洩了即退。事情順溜，醬人但覺屁股撩進去東西，摸着一股潺滑，卻不知給侵犯了，種了禍胎。豬公精氣盛，直如錐處囊中，不出頭把人攮死，活着乏味。不旋踵，膽氣壯了，乾脆不等天黑，遇落單的，即推倒按住，盡根直入。

醬園多僱男丁，豬公就近施襲，算是便宜行事。但一條教鞭，硬生生戳進去，受業者腸頭幾穿，當場難免大駭，驚呼：「豬肏人了！」事後回思，讓豬公狂肏，毀了糞門事小，壞了家聲事大，只得吞了聲，更別說張揚，圍爐分享。誰料到受這一肏，連帶染恙，奇毒深入肚腸？一旦病發，兩眼赤凸，龜頭腫大如拳，夜發紅光。每到亥時，陰莖更硬挺如鐵。子夜前，不洩掉內藏欲火，動輒血管爆裂，也有連卵蛋炸掉的。

於是，各路紅龜頭病號，得按時出擊。受襲者，不出三日，龜頭一概腫成同款紅皮燈泡；燈泡一亮，不論賢愚，照樣去搗人家後門。無月鎮人人不明說，人人暗裡提防人。亥時，四野傳來殺豬般慘號，大夥心照。未遭難的，只設法護着老臀，當景氣好，四鄰新闢了屠宰場。「一準痛死了。」未捱肏的說。「痛是痛，痛一下就過去。」捱了肏的說。轉眼十幾年過去，都是「痛一下就過去」的。

明白的女兒長大，鎮上男丁龜頭九成朱砂化，紅着眼，開始肏女人，肏水龍喉，肏信箱和樹洞，雞犬越發不寧。女人讓蹂躪了，不會受感染，也沒一根紅頭雞巴，昂着去播毒；然而，受了辱，有性子烈，去自縊，去撞牆的；有開了竅，驚歎痛而後快，待見丈夫，或者小叔子，龜頭紅熱，就抹一坨豬油，遷就個半宵的。

無奈能承接大屌的屁眼，鎮上鮮有；常見是陽具爆炸家破，血濺四鄰戶牖。「沒一個蘿柚是安全的。」明白一家，終日惶惶，早避居到鎮外山旮旯，連提到妻子光腚，都用「蘿柚」這款果品取代，生怕「屎窟」惡名出口，窗外紅光閃閃，徒招來破門的亂棍。明白關心妻子，擔心女兒。也是合該有事，如晦告訴她媽，某日，野地裡漫逛，逛遠了到了一處醬園。園外黑渠蜿蜒，一頭巨獸，低頭嗅着浮渠的黃煙。她沒見過這樣的牲畜，要不是長了豬鼻子，還以為是復活的猛獁象。

「實在該叫……猛獁豬。這豬，我懷疑是我小時私塾的同學。」她說：那廝左腿對上臀肉，印了框東西，原來該是藍色的，這會瘀血一樣，上面有數目字，還圈了個地球。記得小學地理書，封皮就這模樣。「吃醬汁，不忘捎帶課本，敢情是好學生。」小同窗變這大塊頭，推想這些年吃得雜，濃油赤醬，吃發福了。當然，發成這寒磣樣兒，看着還是鼻酸。興許槽心事多，老得急，除了浮腫，還遲鈍。大概防人欺侮，豬同學幾十個大醬缸，圍起三面矮牆，儼然百味雜陳一排城堞。「可憐呢。要觸多少霉頭，才膨脹出這樣一副……死相？」如晦感歎。

「沒準書倒着讀，氣逆，滋生出這怪病來。」她媽覺得蹊蹺，勸誡道：「別再去那豬圈遛達，讓傳染了，晃着個豬頭回來，我可不認你。」如晦「嗯」了聲，心裡卻忐忑，總覺得小同學，離脹死不遠。「臨去，有人陪着讀一兩頁，地理讀通了，也好知道去投生。」懷揣着善意，這天黃昏，她悄悄出門，逕往醬缸城牆邁去。這會兒，猛獁豬仍舊三屏醬缸護住，豁口前，卻圍坐了五個男人，捧讀的本子，封皮跟豬臀上赭印同一圖案。難得抽紗短褲裡，各亮着夜讀的燈。燈影暗紅，雖無助認字，但讀書會的氛圍，到底讓人安心。

「『老師』們讀什麼了？」如晦問。「講一處不毛之地，連續八十八夜，每夜，野豬都吃掉一個剛長屄毛的女生。」一段胡話，讓自己興奮極了，襠裡紅燈忽閃，亮得幾要燒掉。她也剛長毛，要刮是來不及了，怯生生道：「這種書，多讀不好。」「這讀物之首，城主要大夥同心修習，」褲藏另一盞燈，隨發言爆紅，燈主瞟一眼醬缸城主，扯高嗓門道：「要評價，可以是忒好，挺好，賊好……你敢說不好，是活膩了？」

「笞三十！不糾錯，再杖責三十。」餘人甚有默契，不等如晦辯白，同時竄起，擒住她按在翻倒的一隻金斗甕上，扯褲子，撕衣服，三扒兩撥，剝蝦殼般，剝出一身嫩白來。剝清楚了，大豬公顫巍巍挪過來了。十幾年招聚的一幫嘍囉，啥都不會，就會觀風辨色，見頭兒積勞，教鞭疲軟，搭手抓住根基，只往她臀上抽，劈哩拍啦，抽得遍是血痕。等充血硬了，幫閒的，兩團肉往外一擘，助那豬鞭湊合撬了進去。如晦遇上這齷齪事，還沒頭沒腦，讓熱辣辣一橛東西瞎撬，攪得肚腸激蕩，要噴薄了，只臊得閉了眼喊娘。然後，情節不是童話書該言狀的了。

翌日，天濛濛亮。明白尋到醬園外，土壤漆黑，醬缸星散，看來一條溷水溝泛濫了。如晦赤條條的，俯臥乾地上，皮膚黝黯，儼然封裹了一層夜色。她不省人事，嘴角和下身兩個洞眼，止不住沁着帶螢光的白液。在明白懷裡，她睜了睜眼，眼珠子黑了，虹膜卻是白的，整個兒仍舊黑白分明，就是顛倒了。要說沒死，卻不似還活着。抱回家昏睡了兩日，醒來，她粗略說了那五個讀書人，徹夜操作，黎明前，黑渠局部發大水，把肥腫一頭病豬沖了開去，眾人才撂下她，夾着那紅頭棍子潰逃。「這種鬼地方，還待得下去？」有邊走邊抱怨的，她把話覆述了，估摸要去搭火車，出城另覓能一肏的籮柚。

明白惱自己種下禍根，不縱容黑暗，害一串火車出軌，就不會冒出一頭畸變的公豬，用豬鞭，男人攪壞了，攪女人，攪得一座鎮子頹敗。他後庭要給摧毀了，那是活該；但公豬廣納門生，作踐他女兒，卻無可饒恕。他攜了明晃晃一把大彎刀，直奔火車站頭。如晦描述的男人，龜頭濕毒入腦，早忘了鐵軌沒接上，火車也不會再來。他們坐月台長椅上，各自埋頭翻書，瘀青封皮下，拚命找能點出明路一個句子。明白瞅了瞅他們，然後，逐一砍頭；砍完一輪，再順序反複砍，砍得很碎。

興許讓突出的骨頭劃着，明白傷重，流血。他的血是白的，白得刺眼，負創走了好長的路，血，把暗夜的衢巷，把小鎮照得明亮。他暈眩，身子輕了，步調虛浮。要到家門口了，卻離了地，慢慢升起來，越升越高。鳥瞰，屋瓦疏落，像刮過的鱗。院牆裡，解褲嶄露的陰莖，龜頭成了亮點，黑枰上棋佈；卻因為月明，那點點腥紅，是逐漸淡了。

再看醬汁淹漫過的空場，那臭公豬，淤泥上躺着。膘皮黧黑，脂油腐骨上流溢。分明壞死了，就那豬鞭，旗杆一樣豎着。「等連骨架化掉，咱們鎮子，就好起來。」明白默禱。月照下，窗外清影婆娑。如晦她媽探頭外望，一彎新月，鋒芒畢露，斜掛在杉樹林上。「你爸回天上去了。」她摟着榻上坐起的女兒，小聲慰解，憋着不淌下墨黑的眼淚。

「小姐，你以為我這個色狼的諢號，是浪得虛名的嗎？」Liswood

噴火龍這角色

某夜，愛麗絲乘她伯爵丈夫入睡，逃離城堡。「我這麼天真無邪，沒理由受現實摧殘。我要過的，是童話一樣的生活！」她光着腳，睡衣單薄，紗裙籠着一窩螢火，林間腐草上狂奔，橫生的枝節，抽得她一身血痕。然後，沼澤前迷路了，一個女巫，適時騎着笤帚降臨。

「要活得像童話，不難。」女巫作法前，照例忠告：「不過，童話動人，在於情節，不正常的情節。」「我就關心推進，偏愛緊湊。」愛麗絲說。女巫搖搖頭，笤帚伸濁水裡攪動，沼澤忽湧起黃煙，四周，黑草隱沒。待水膜破開，一個壯漢，就踏着一個韌皮氣泡，赤裸裸，滑潺潺升起來。

壯漢兩手各執一顆人頭：一顆是她夫家那伯爵的；另一顆，是為了三箱葡萄酒，就賣了她給伯爵的父親。「這是見面禮，以後，你吩咐我去砍誰，我就砍誰。」他撂下人頭，一膝跪着，欠身吻了愛麗絲的手。

「這是黑摩里王子。」女巫推銷：「身粗鳥大，無病菌，勃而不頹，童話中數他最吃香了。」愛麗絲一瞜他胯間異物，臉頰飛紅，不必饒舌，明擺着就是個極品。「你們情投意合，外頭有空置一座皇宮，大圓床，水晶浴缸，助淫玩意齊全。」女巫提醒黑摩里：「新娘子肉嫩，血甜，再不領去，可要跟豺狼爭吃了。」

兩人攜手出了沼澤地，黃玫瑰花海浮着的，就是玫瑰紅的皇宮。「傷養好了，再享受我的服務。」黑摩里奉她為公主，替她洗乾淨傷口，抱到床上。愛麗絲看着他，覺得幸福，彷彿一個暖水袋，壓着小腹，隨時漏水燙熟她。她脫口歡呼：「童話，真要來了！」「睡吧。」黑摩里輕吻她前額。

愛麗絲痊愈，他果然使出十八般技藝，讓她連下床，都顫巍巍的乏力。房事不僅和諧，簡直可說淫穢，完全越出童話的範疇。如是者三年過去。「肏屄的時光，過得特別快。」黑摩里感慨。「也許，除了肏屄，肏屁……咱倆的生活，還該插入一點什麼。」愛麗絲說完，陽台月影裡，忽然多了個女人撩着笤帚，掃落葉。「女巫？」愛麗絲認出她來，笑盈盈過去相見。

「公主王子這套路，老掉牙，缺少重要元素。我看得『插入』一條……」女巫嘀咕着。兩人聞言，肛腸不自覺一陣抽搐，怕插入的東西刁鑽，生受不了。「骨節眼，要添的就是……」女巫敲定了：「一條噴火龍！」「對！咱倆的屁眼，就少進了一條噴火龍。」黑摩里恍然。「我說的，是生活。」女巫解釋：「生活裡，得有個火辣辣角色。」

黑摩里算明白了，頂天立地的漢子，總不成一天到頭，床蓆上撲騰，他得有自己事業。噴火龍，生來愛噴火，燒房舍，燬莊稼，那是人見人憎。他只要剷除噴火龍，百姓自會擁戴他，由得他肆虐。他向女巫要了白馬，盔甲，還有一根冗長的長矛。「噴火龍在哪？長相怎樣？」女巫說：「你的事業，你得自己找去。」

「真的要去？」愛麗絲有些不捨。「總得發展興趣，開拓生活圈子；不然，咱倆這感情，就會枯死。」黑摩里嚇唬她。連幹了數日，剩一口氣，他爬上馬背遠行。有火，就有煙，有煙的地方，就可能藏着噴火龍。推理清晰，他揚鞭策馬，專朝烏煙瘴氣的城鎮奔去。

過了六個月，黑摩里追雲逐霧，越走越遠；愛麗絲獨守空幃，越守越悶。「死守，不是辦法。」她覺得童話，在變質，變得濕滯。這天，皇宮外散步。天難得晴藍，小石橋上，來了穿墨綠緊身衫褲一個紅髮男人。男人寬鼻大嘴，他盯着她，炯炯雙目，欲火紅紅燃燒。「這樣看人，不覺得無禮？」愛麗絲笑問。

「我看你，是你好看。」紅髮男人說。橋洞下，流水潺潺。孤男和寡女，杵着對望了半天，心裡各有盤算。男人想按倒她，就地掏出熱屌，塞入她潺潺的洞眼，在裡頭噴射火花。「水量要大，不然燒起來，小窟窿冒煙尷尬。」他垂頭下望，愛麗絲以為他講的，是河道疏浚。她沒心眼，但求有人無事舔舔屄，有些慰藉就好。

紅髮男人比黑摩利精通房事，首次肉帛相見，表現就異於常人。他長了沒毛一條長尾巴，肉質細膩，末梢有個倒鈎，但軟鈍不傷人。「我是噴火龍。」男人直言：進化出了岔子，是有些尾大不掉，藏一下，就無損儀表。他們行房，那條長尾，還會抽擊，撩弄，刺探她高門低戶，那讓她既羞赧，又激動得舌尖冰涼，頻翻白眼。

除了多一條尾巴，作為噴火龍，紅髮男就皮膚稍粗，高燒鎮日不退，偶然要吃幾塊煤炭而已；但吃炭，算不上什麼壞嗜好。「你靠什麼維生？」愛麗絲問。「表演噴火啊。」噴火龍告訴她。又過了數月，黑摩里王子頭耷耷回來了。「你附近租幢房子住下，我能抽身，就去會你。」愛麗絲叮囑噴火龍。「不如讓我噴團火，把王子烤熟。」「太殘忍了，他始終是我丈夫。」其實，眼前這一虛一實的配搭，最稱她意。

某夜，月黑風高。愛麗絲過橋去找噴火龍，又遇上女巫。「童話生活，過得怎麼樣？」女巫問她。「不錯啊。王子一直不知道，每逢周末，噴火龍都用熊熊的欲火，燒他老婆。」愛麗絲說完，踏着輕快步子，提一盞綠燈，融入陰濕的小樹林去了。

死神的玩笑

郵差阿白每天為小城每一戶人派信，從不有失。如果送上的，是黑色信皮兒，三天內，那戶人準會遇上離奇的災厄，或女人遭玷辱，男人罹重疾，出門遇凶險；就戴了頭盔躲屋中床下，隕石從天降，也是無處可逃；總之，接黑皮信必死，無一例外。

有人說：是郵差捎帶來不幸。也有人說：郵差，只是提早傳達了噩耗。「不能倖免，早知道，是早痛苦。」有人繼而埋怨：「郵差只帶來痛苦。」

郵差阿白知道，大家漸漸抗拒他額外提供的「報喪服務」。其實，也是為了替病危的母親續命，他才答應死神，兼了這不討好的差事。

阿白愛上一個女孩。一年前，女孩總倚門等他派信。那時，他捎來的，是她情人的消息；後來，藍色信皮兒的函件少了，他還是借故走近她家門；再後來，藍信斷絕，路上採了野花，他就插她門前紅信箱裡。

「謝謝你送我花兒，我覺得好多了。」一天，女孩對他說。每天黃昏，阿白都去看她。她書房裡讀書，他就窗外和她說說閒話。「如果那天你不來了，我會給自己寄一封信，等你按信上地址，找到像這會兒一樣美的黃昏，找到我。」女孩開朗多了。

「不！我不會把這信捎過去！」半月後，郵件堆裡，赫然攙有死神給女孩的黑皮書簡。他決定違約，不派信。「離開這裡，我帶你到安全地方。」阿白焦灼地說。「家裡待着不好嗎？隔壁讓隕石砸了，這邊再中一顆，機率幾乎是零。」她會計算。

「你不離開，三天內，必有大禍。」他說得鄭重。女孩受語氣感染，有點害怕。好在附近矮山，有廢置堡壘，阿白攜備糧水，就悄悄帶她去躲避。「熬過三天，就得以解除惡咒。」阿白說。天朗氣清，四野無人，他有信心守護她，一起度過這七十二小時。

「對我這麼上心，不累？」女孩問他。「郵差，對收信人有責任。」「不老實。」女孩凝視他：「答錯了，我就回家等『大禍』。」「我……我喜歡你。」「要真剩這三天，咱倆得……」時光太短了，偏生裙子太長，衣鈕太多。

三天過去，阿白和女孩走出堡壘，抬眼，竟見死神揮着鐮刀，山路上除草。阿白撲上去，一個勁兒哀求：「限期過了，你放過她，別再來索命。」「誰要索她命了？黑信封你揳褲袋，就不會拆開看看？」死神陰惻惻笑說：「你要上她，手短。我好心推你一把，你還沒謝我呢。」

郵差阿白撕開信皮兒，黑封裡白紙上一堆狗字：「郵差先生看上你，想擒你。聽我警告，快讓他冚你，小屄冚完，邀他冚後院；否則，我擇吉撐死你，剝你的皮！死神頓首。」

一個人的血腥樹林

「我終於發現，我愛的，是獨眼熊。」冬慧對山明說。獨眼熊是個啥？山明好茫然。卻原來，她一直在抉擇，而且「終於發現」自己的愛好。晴天霹靂。她瞞着他，去跟那獨眼熊交尾，他肏她，陽具犁出一隻熊的尿臊味，卻彷彿錯的是他。「獨眼熊能給的，你不能給我；對你，我沒了感覺。」冬慧說。

「我愛你，我感覺，我那樣的需要你。」山明是一棵樹，堅挺地豎着，但這一刻，他虛弱得像一條草，挨着她，用慘綠的舌頭舐她的腳踝。「你真愛我，就該為我設想，讓獨眼熊取悅我，滋潤我。」「我……」山明自覺理虧，含淚目送她離開。

這夜，他睡不着，三更有槌子敲頭，到四更，胸膛裡，卻似有利鑽錐心。「也許，我幫得上一點忙。」暗裡傳來聲音。「誰？」扭頭見床邊小凳，坐了個黑袍人。那張凳，凳面鋪了錦緞，冬慧總當個墊子，高抬了臀部，讓他挺進。「那不是你該坐的。」山明抗議。

「房間裡沒東西，不沾了那騷味。」黑袍人站起身：「味道會黏人，你回味，再回味，然後，爛在回憶裡。」「不爛，能怎樣？」「求我搭手。」「那求你去砍死獨眼熊。」「他會死，死得很難看，那是他肏你女人的代價；當然，你也會付出代價。」黑袍人亮出一把鐮刀，那是窗櫺掛的一彎新月。

「討公道去。」黑袍人勾勾頭，兩人影子疊影子，走過湖畔石徑，沒多久，已挨近冬慧家門。「連花，都開得狂肆。」黑袍人着他躲在一叢黃玫瑰後，「這裡等着，花謝之前，一切會結束。」

晨霧，越來越濃重，驀地，虛掩朱門，出來一個猥瑣男人。冬慧尾隨着，在門首喁喁：「早點回來，等你吃我的……」她輕咬他耳垂，疲態，蓋不住一臉依戀。冬慧回屋掩上窗戶，他倆就銜尾窮追，到了小樹林，獨眼熊再霧中隱現。

「是時候了。」山明奪過黑袍人手上鐮刀，趕過去，割禾稈一樣砍斷他的腿。獨眼熊慘號倒地，呆瞪着一隻紅眼：「你……你想怎樣？」「砍碎你！」他手起刀落，再卸下了兩隻熊掌：「你哪兒碰過阿慧，哪兒就得割。」獨眼熊的血，滋養了黑土，他臉如死灰，只是顫抖。

山明扯掉他褲子，厭惡地，扯直他陰莖，刀鋒緊貼他的卵蛋：「阿慧愛這東西，我就整副割下來送她。」他割得很慢，很仔細，他愛聽獨眼熊的哀嚎。這獨眼熊也頑強，割舌頭的時候，扯出來七吋餘，還沒連根拔盡。

「怪不得女人受用。」想到縫兒眼兒，讓這長舌撩過，山明就惱得一路甩着，甩得蚊蟲不敢近身，完整地出了樹林。黃昏來時，赤霞滿天。冬慧門前等獨眼熊，只等來眼神呆滯的山明。「我走了，抱歉留給你的，就這一件禮物。」他把鐵盒子遞給她，回身就走。

山明知道，黑袍人會在暗夜裡等他。他察覺那廝沒有影子，自己貼着他，同步走在月下，影子才彰顯；然而，不管怎樣，要沒那一襲黑袍的驅策，他真缺了那身膽氣，揮鐮殺入黑森森一座血腥樹林。

菱角與菠蘿蜜

臭水溝浮一隻蛋，輪子那麼大。「敢情是千年老龜蛋。」樵夫阿炭說。「要下這蛋，烏龜一頓得吃兩個人。」樵夫阿烏慮得遠，撂下柴薪，招呼阿炭抬起大蛋就走。天熱，禾草堆正宜孵蛋。孵了幾日，大蛋抖動，曉色裡破殼出來的，不是朝陽，是個有毛有肉，滑潺潺，也滴溜溜的妞兒。

「發……發達了！」阿炭回過神，着阿烏端來一盆熱水，七手八腳洗掉她身上蛋漿。「孩子出生得哭；不哭，爹媽會死。」阿烏忐忑。「去你的。」阿炭扳倒蛋妞，把她大屁股打得劈拍響，打得肉要綻了，才張了嘴，嚶嚶幾聲啜泣，算讓他光榮下台。

「她肉白，咱們做爸爸的，不如叫她白白。」阿烏提議。「孵蛋，是為了吃，不能算這白白的爸。」阿炭瞪着床上趴的，真是白白而且滑滑，就從腳趾頭吃起，迂迴吃到肚臍眼，還解不饞。尋思：不是爸爸，按道理，就可以肏她。

皎月臨窗。阿炭緊縛了白白手腳，命阿烏突襲前門，自己殿後，盲攻了一夜，白白倒是捱轟不呼痛，遇刺不張惶，由着挑剔，壓榨，偶然瞟過去一眼，總覺得這一時軟，一時硬的兩橛肉棍子，才是主子，兩人塊頭要小些，主子敢情會把軀幹，一直往裡頭拽，囫圇扯入她腸子裡。

「裡頭的，才軟着出來；外頭的，卻硬着要進去。」白白心裡嘀咕：阿烏阿炭，真是奇怪的生物。「臭婊子！死魚一樣。」阿炭覺得遭了白眼，撿起藤條，要抽她屁股。阿烏一把拉住，勸道：「她破殼沒幾日，就讓咱倆破瓜，還破了那……難免不習慣；多肏幾回，就暢順。」

某日，白白瞅瞅自己蛋白般肌膚，再瞅瞅黑不溜秋倆壯漢，「白白愛黑黑！」這是她說的第一句話。然後，她學會幹活。「我要賣菱角，烏啄啄的菱角。」她說。「採菱人多，難餬口。」阿烏擔心。「我會賣出名堂。」白白說。她穿了短裙，蹲着賣菱角，草蓆上鋪的這水栗子，儼如上百頭角崢嶸的蠻牛，尖角推擁着，向她的陰戶進發。「菱角意象，夠新鮮。」識貨的說。

「古屍池裡採的。」白白這話瘆人，卻更能招徠。「吃菱角，剝菱殼，菱殼丟在北壁角。不吃菱角不剝殼，菱殼不丟北壁角。」她繞口令唸着，第一撥來買菱角的，是為了湊近看褲衩，遙想「牛角」會犁出一絲秘境的味道；第二撥，是貪鮮好奇，想知道她賣的菱角，怎的成了香餑餑；第三撥，是跟風，既然人人爭買，自己不搶幾個煮湯，積熱事小，落伍事大。小人當道的小人國，落伍，會給判死刑。

白白賣菱角，遇上膚色和菱殼相近的男人，會送貨；而且，直送到榻上。「好在賣的，不是菠蘿蜜。」菱角勾住屁股，還能活；菠蘿蜜的長梗要攮進去，生意既不成，生望也沒了。暗想：「賣啥都費事，不如由實入虛，賣『賣菱角的經歷』。」白白的想法，讓胎生的動物開眼，她決定寫《回憶錄》，講黑皮人剝菱角，剝着剝着，卻去剝她衣服的往事。轉眼，作家白白名聲在外，兩個樵夫丟開斧頭，去賣書，還真發了小財。

「土產男丁再黑，都是曬出來的，會褪色。」白白有遠見，要到鄰近豬玀國，去找真正的黑人，親炙菱角一樣黑的黑屌。去勢難阻，樵夫倆不情不願，送她出了城。阿烏體貼，不忘提點：「聽說黑人那話兒，長滿倒刺，人家硬擠，你退一退，卸開勢頭。」「我就給擂死，也不退。」她說。

白白一去三秋。忽然，回歸小人國。「那幫黑鬼，不是幹搬運活，就是擺攤賣贗品。我讓一個烏卒卒的肏了幾日，屁股真開了花。這炭頭手指長，會摳，就是腦筋短，沒深度，要盤出點東西，等可以落墨寫書，那廝卻攛掇我回來辦貨，幫襯他推一車紅菱烏菱，到豬玀宮去賣。」白白心中悻悻，不忘解釋：「那宮廷裡，男女老幼，連屁眼都長了腳癬，屎窟痕，痕得快亡國了。這四角芰，兩角菱，除煩解毒，瞧那尖刻樣兒，就是摳糞門止癢用的。」

「這三春秋，豈不白白蹧蹋了？」阿炭磨拳擦掌，打算連夜耕耘，奪回幾個夏冬。「好歹出了國，撇開那烏大眼小，逐個鋼鏰兒算計的，到底遇上幾個『兒程家』。」白白說，他們為她辦研討會，搞講座，還開了讀書會；最風光一趟，是豬玀王子婚禮上，兒程家薦了她去誦詩，誦的就是開頭唸的：「吃菱角，剝菱殼，菱殼丟在北壁角……」「停！那……兒程家，」阿烏頭痛，轉過話茬問她：「是啥東西？」

「兒童程度文學家。」白白說，那是夥好人，肏完她，都呲着白牙提攜她。阿烏聽着難過，人離鄉賤，那幫豬玀國黑人，沒準都藏了黑心，純粹覬覦她白滑，愛她蛋白質豐富。「以後怎麼打算？」阿烏問她。「我打算賣大樹菠蘿。果皮是粗糙，但肉多。大家吃了濕熱出疹子，痕癢難耐，到時候，就可以和豬玀國的癬疥，比比高低。」白白篤定地說：「『屎窟痕』是大勢，得去迎合，沒人擋得住這大勢。」

繆思的情書

奧林匹斯山的繆思，愛上一個天使。愛情的盡頭，沒鳥語和花香，天使族群，卻多騙子。騙子拍着翅膀去了，留給她，就一簇毒羽，一種後世稱「禽流感」的病。繆思懊喪，覓了座險峰獨居，發誓不交異性。「別忘了『女神不得獨身』這規矩。」宙斯提醒她。「我就給這『愛情』留一條尾巴。」不好違抗天命，她裁下小腳趾一小片趾甲，戳上凡人沒可能看見的小字：「我在天女峰，灑掃後門等你。」山門，她誤刺為後門，卻無阻古往今來，這最小一通「情書」，乘風過了千山，渺無覓處。

百里外，頑石鎮。壯丁葛根，有大志，但潦倒，盤纏耗盡，流落異鄉。適逢有富農死了老牛，僱人拉耙犁地。「但求一碗米湯。」葛根低價爭得苦差。他翻鬆大片田地，硬幹一晝，入黑，去領糧餉，富農竟真給他一碗米湯。「這是你說的。」富農也慷慨，連破碗送他。葛根瞪着白水裡浮的一粒米，吃了不飽肚，就把米粒拈出來，包裹好，隨身帶着，好儆醒自己：要奮發上進！還有，說事不能含混。

他克勤克儉，苦幹三年。回鄉，昏官庸吏十倍為患，失業，尋死，被逼自戕者，不可勝數。葛根琢磨這光景，賣棺材正好，就開了一家長生店，廉售四塊半壽板。發了小財，他迎娶村長女兒朱愛。兩口子努力賣棺材，葛根倒不敢或忘那粒米，或忘那粒米的惕勵，他把米粒鑲入金戒指，日夜中指上套牢，就算興發，按住老婆摳挖，戒指是從不離手。

婚後七年，葛根出門辦貨，告訴朱愛：「黑柳州國木材好，我打算洽購一批。這一去，要三年零八個月。」水遠山長，但葛根勤快，三年零七個月，回來了。半夜，摸進家門，睡房傳出女人哀號。他門縫窺察，見朱愛赤條條，摟着鄰家大頭六，死去活來，好生受用。「都怪我說話含混，說好了三年零八個月，早一個月，害大家尷尬。」葛根手足無措，呆坐客廳，泡了杯奶茶，等他們完事。破曉，大頭六抽着褲頭出來，見葛根無情無緒瞅他，同樣迷惘，說了句：「我女人……家裡等吃早飯。」逕回隔壁去了。

葛根不吭聲，休了老婆，獨居十載。但人到中年，寂寞難遣，頗有續絃之意。這天，望着手上戒指，感悟人事無常，衣食既足，不如減少勞累，享幾年清福；然而，待要褪下戒指珍藏，米粒脫落，他撿起來，就燈下用放大鏡細察傷損，竟發現「米粒」似有一行小字，正是繆思刺的：「我在天女峰，灑掃後門等你。」

那邊廂，宙斯活了九千年，活得不耐煩，上吊了。「神做膩了，我要死得像個人。」他留下遺言，要像人一樣躺進棺材。繆思不面壁，就去賞雪，閒工夫多，看不過眼的，來勸：「都翅膀拍爛，忙得撞山了，你總該出點力，替大夥分勞。」這買棺材的重擔，就落在繆思身上。她懶洋洋天鄉賞雪，賞了二十日，人間卻過了二十年。宙斯塊頭大，繆思下了雲山，逢人就問：「十呎棺材，哪裡有賣？」「村裡沒這長材，找條龍舟，自己改去。」聽者搖頭。

開店的，啃不下這一樁生意。「黃泉鎮有長生店，規模大，不妨去問問。」有人告訴繆思。她趕到黃泉鎮，赫見「朱愛長生店」，就在鬧市街頭。原來葛根早遠赴天女峰，尋找那敞開後門，苦等他的人。臨去，他把棺材連店鋪，頂讓了給前妻。「大有大做。」朱愛做買賣，是大小通吃，接了繆思委託，打算用上等黑柳州木，造這一副壽板。「放心，做好包送貨。」她笑瞇瞇收下一袋金子。

黃泉鎮去奧林匹斯山，得走三千里，道阻且長。繆思說了收貨地點，入山須知，自己隨大隊護送這「四塊半」，路上無聊，晝長難遣，想到不如躺入巨棺挺屍。「安生睡個大覺，可以養顏。」她躺平了，着仵工蓋上面板，釘子敲上兩口，抬上篷車付運。「先做個好夢。」棺中黑暗，繆思行龜息之術，開始深眠。四馬拉的黑篷車，披星戴月行進。一個月後，仵工們途中投店，遇上葛根。「怎麼都跑這兒來了？」葛根人在天涯，忽遇老伙計，欣喜不禁。這幫人，飽受他前妻壓榨，吐過苦水，都邀葛根同行。

「老闆到這山旮旯，找材料？」老伙計問。「打算……走條窄路，看不同風景。」葛根委婉說；畢竟，上山走後門，天理難容。葛根搭上順風車，黑篷裡，永晝撫棺而歌，長夜擁棺而眠，如是者，又過了半月。「不會訂棺材，送屍骸吧？」葛根聽到壽板裡，傳出一聲屁響。問完，自失地一笑：「會放屁，沒事。」「來訂貨的，是個女人。」仵工告訴他：「神仙一樣好看。」棺材裡躺什麼，葛根不計較，倒是一路小心，不去驚擾。馳近奧林匹斯山山麓，仵工下車，要抬棺材上山。葛根另覓小路，攀登天女峰，就跟各人告別。「替我問候棺材裡的。」他掏出「米粒」細看，總覺得，那命定的愛情，那抽搐着等待的後門，是越來越近了。

天女峰，白雪皚皚，人獸絕跡。他千辛萬苦，攀到了峰頂，眼前一幢大冰屋，儼如宮殿。裡頭住了數日，暗想：「要敲開後門的女人，看來曾經住在這裡。」苦寒裡熬了半月，風雪越發猛惡，等下去，就一條死路。他長噓一口氣，冰床上鑿上留言：「『後門』濕冷，不似要留人。一場辛苦，四顧空茫。時不我予，盼來生，再前院去探你。」葛根去後，半日，繆思卻回來了。看到冰床上幾行字，她有些惘然。沒想到注定要來的人，竟然注定地走了。「緣分，究竟是怎麼一回事？」垂眼看雪峰下的雲霓，這會兒，她只想來一場號哭。

紅蛇綠蛇

焦大玄，十七歲陽痿，遍訪名醫，嘗盡百草，始終垂頭喪氣，就算玉人在床，也只是聊聊天兒，猜猜謎兒，嗑嗑瓜子兒，虛度完春宵，他虛度夏夜。「土法不成，用洋方。」陽痿十周年，焦大玄遇波斯來弄蛇人。弄蛇人蹲他腳前吹笛子，一條眼鏡蛇，忽從簍子探頭，蛇脖子，似乎聞聲變粗，變直，硬得像一條棍。「蛇都吹硬，笛子你買回去，日吹，夜吹，老實吹上半年，你那一條廢柴，擔保吹得僵直。」波斯人把舊笛子連涎沫遞給他：「盛惠二百五。」

「這麼貴？」焦大玄就是摳。「值得。」弄蛇的笑淫淫：「難得有緣。兩粒蛇蛋，免費。」大玄錢付了，回家吞了蛇蛋，就嗚嗚吹笛子。胡吹半月，腹下兀自疲軟。正疑心受騙，這天吹笛，忽然耳殼痳癢，張嘴說話，顱裡竟似有尖細回聲。「我想搞女人，搞得屁股朝天。」大玄自語。語畢，左耳竇竟傳出回應：「我想搞女人，搞得屁股朝天。」右耳裡，也有聲音接腔學舌。

焦大玄以為吹笛，吹得缺氧，生幻聽了。忙擲下笛子，到妓院去求助。他找來一個女人，剝光了，撫弄一夜，那陽物仍沒見起色。女人笑瞇瞇，開解他：「你想看屁股朝天，還不容易？」她床上趴着，塌了腰，盡量抬起圓臀：「這行不？再翹，腰受不了，你得補錢。」「睡吧。」大玄一巴掌拍她臀上。「對。有些男人睡着了，那話兒就硬。」女人提醒他：「要硬，就不要醒過來。」

「婊子囂張，欺你氣短。你且躺着，換我們收拾她。」怪聲，大玄耳窩裡兀自響起。他太累了，合了眼，當招了邪祟。突然，耳裡有異物蠕動，窸窣作響。伸手去掏挖，異物倏地滑出，鑽進他身旁被窩。半晌，女人喘着大氣，踢開被子，一輪輾轉，身子竟俯着僵挺。她臀肉夾緊，彷彿下了鎖，不讓撬門的進去，也不讓破戶的出來。嚶嚶的啜泣完，驀地屁股聳起，尖喊：「祖宗啊，癢死我了！」一隻手後伸，陰戶裡撩了片晌，換肛門去摳。摳不出所以然，翻着白眼，撲大玄懷裡告饒：「你施的什麼邪術？我生受不了。你手指長，躲屎窟窿那東西，好生請出來吧。」

大玄一手揪住一邊臀肉，掰扯開來；一手中指沾些涎沫，就逕去扣門深究。正感興酣，攪得一個屁股咕唧響，下頭洞窟水盛，竟滑出來三寸長一條紅頭小蛇。稍一相覷，小蛇已竄回他左耳發話：「這一鬧騰，夠她消受了。你別堵着去路，我兄弟直腸裡呆久了，挾穢氣回你耳窩，沒的害你鬢邊放屁。」大玄拔出手指，一條綠頭小蛇臭烘烘鑽出來，回歸到他右耳，一宿無話。

焦大玄降伏騷貨，讓女人求生不得，求死不能的能耐，娼寮飯館裡流傳，不出半載，已連油帶醋，傳到了強鄰豬玀國王的禁苑。這時，變種腳癬蔓延，城中無人倖免；而宮幃內，更是重中之重的重災區，癬疥全生到下體了。兩代豬玀王肆虐，龜頭播菌，害女眷瘙癢。眼見癬患永續，新王沮喪之餘，風聞大玄指技通神，貪夜裡，竟像見着曙光。「以夷制夷，哪及得『以癢止癢』？」快馬請來這焦大先生，就着他除褲：「抓耙子給我掏出來！」

「不急，先來前戲。」大玄提着褲帶，推擁下進了一間寢室。平排五張床，五個女人，早赤條條躺着，都一副苦候急診的態勢。瘦、透、漏、皺、醜齊備，當死物供着還成，當是人物，可教他作嘔。原來是一幫有官職的，仗勢廣納男寵，也順勢包攬了一身紅疹。屄瘙屎窟癢，自是燥火攻心，無事則頒立惡法，譬如：「疹子不過脖子，紅疿不上嘴角，罰打藤。」打籮柚，打出滿城的怨氣，無不暗裡籌謀，要把豬玀一族剝皮。新王先解決「女官內癢」這癥結，為的也是自保。大玄不知深淺，但一瞧這陣容，立時怯了。

「一個一個來，先領籌，外頭等叫號。」大玄掩門，先對付一個瘦的。等她趴穩了，扒開兩坨肉，只作狀舔食，不一會，撩撥得渥潤，門戶半開，兩條小蛇就溜出來，乘隙而入。一紅一綠入了港，大玄一般敲敲邊鼓，讓人以為一床雲雨，都是他在擺弄。這回，兩條蛇，竟同入一穴，直腸裡，扭纏竄突，全沒個章法。那女官瞪了眼，手掌搗住大嘴，說不出是大驚，是暗喜。「老娘屎窟，遭天譴了？」咕噥着，紅蟻十萬大軍，已從糞門直操上腦門；奇癢，真是莫之能御。大玄不敢閒着，陰戶前，一個勁兒推敲，敲得那婆娘崩潰了，嚎得房門外偷聽的，個個縮頸，股慄。

操勞七日，豬玀國一眾要員，總算讓大玄治理停當。癬疥小癢，經受突來的大癢，患者事後，沒有不陰精耗竭，虛脫在濕涀涀榻上。往後半月，筋骨發酥，走路扶牆，腳掌踩的潺潺淫水，顫巍巍挪幾步，兀自臥倒休養。痕癢症稍遏，大玄趁療效尚存，宮幃有個寧日，就悄悄開溜，兼程回到自家鎮上。原來他「聖手止癢」澤及他方，聲名，竟爾鵲起；這鵲，還早他兩天跳回來，喧嚷得街知巷聞。「鎮上出了『大春袋』，大夥兒臉上有光。」大春袋，是鄉里對大人物的敬稱。

元氣恢復，耳中小紅小綠，兀自鼓動大玄嫖娼。他這才發現，大春袋去尋春，妓寨從來多優惠。但鎮日眠花宿柳，折扣怎麼打，還是榨乾了大玄；而且，征服女人，搞出個屁股朝天，是兩條小蛇，不是他的軟膫。他就是一個幫閒的，嘴皮上虛攻，卻沒臨場去破門，幹得婊子翻眼的情趣。「這划算？」他有些忿忿。「划算不划算，我們紅綠說了算。」紅蛇回應。「雞巴硬不起，去碰女人沒意思。」大玄慪氣說：「要上哪家哪戶，要鑽誰的縫兒眼兒，你們自便。」

語畢，耳窩裡打雷，還遭電擊一般，痛得他抱了頭，地上亂滾。「都依你們，都依了……」他終於明白：小蛇要住他顱內，再裡頭下蛋，他會變死人。但行動讓這一紅一綠控制，大玄也憋屈。娼館逛膩了，小蛇要嘗鮮，他還得去誘拐，去強擄。好在女人讓他擒住，爽翻了天，到回過神，礙於情節猥瑣，也不便張揚，廣傳「大春袋」撼人手藝。兩條小蛇也警覺，打從宿主當跑腿，當得不情願，就只是一條出來宣淫，一條留守耳窩，紅綠交替行事。「做傀儡，總有個頭吧？」大玄憔悴了。「沒有。」紅綠同聲回答。直到他七十歲，手揗腳震，夜尿頻仍，無力出門去尋春，兩條不死淫蛇才遷出來，寄居到另一個陽痿男人的頭顱裡。

攏上窗簾，阿哲回到床邊，仍舊從美賀的腳趾頭吮起，他倒行逆施，半天舔吻到股溝，順道去舌耕她的秘密花園。美賀酥癢難受，只盼他拉扯完，早入正題，核心那小肉芽就像一個門鈴，他按鈴，門戶就洞開。「哪有整天按鈴，卻不進門的？」她嗔笑着，罵他捉狹。他就是輕攏慢撚，「按」得她一顆心突突響。

「馬車還在窗下。」阿哲說。「實在不是辦法。」她搖頭歎氣。「都三天了。」阿哲顯得苦惱。三日來，一直讓黑衛隊軟禁。屋裡，糧水不缺，但除了床上消磨，兩人是一籌莫展。「種子，不如給他們一顆。」美賀提議。「一顆，等於全部。」阿哲說：「那會破壞兩性和諧，是倫理的災難。」「不給，咱們出不去。這樣不斷……最終，我會讓你搞死。」美賀苦笑。「不搞白不搞。」他兜起她，掰開屁股兩團肉，頭埋得更深。

時間纏糾着過去。「我去洗個澡。」美賀進了浴室，鎖上門，難得有冷水，夠讓腫成紅桃的屄肉降溫。阿哲聽着水聲，靠床頭看書，那是探討植物生殖的書，看一會，昏沉沉睡着了。醒來，浴室還淅瀝響，阿哲納罕，大聲問：「阿美，沒事吧？」沒見回應，他撞開薄門，蓮蓬頭在灑水，窗戶敞開，人卻不見了。探頭窗外，廊檐下兩個穿黑西服男人，正朝他揮手微笑。

阿哲跑到樓下推門，黑衣人倒沒攔路。「人呢？擄人來了？」他喝問。「女人走路了？」一個黑衣人回答：「你合作，我們跟上頭有交代，女人，沒準能替你找回來；不然，衙差把四圍娼妓抓光，大家出火無門，見你女人肉質好，恐怕……」「明白了！」阿哲沉下臉：「美賀能『找』回來，肉筒花種子，都給你們。」趁黑衛隊鬆懈，他屋裡翻出一盒肉筒花種子，陰惻惻一笑。「就來個帶勁的。」種子送進烤箱，慢火烤了半晌，取出來撒上辣椒粉，裹好了，就一整袋捎去換人。

苦候了兩日，雷雨天，有人轟門。「阿美？」阿哲瞪着眼，驚問：「這……這怎麼回事？」但見她只披一襲軍衣，鼻青目腫，嘴唇脹成紅腸一雙。乳頭半露，更給嚼得草莓一般，乍看，以為來了個賣食品的。「你女人給關在黑豚宮……宮外七里，一個大籠子裡。」黑衛隊員說：「要不是及時發現，十幾個流氓，十幾條大棍捅完，再圍毆她，這會兒，就不會有這麼個囫圇樣子。」「那真要……謝謝你們。」阿哲送了這黑衛紅包，攙美賀回屋。

肉筒花，是集合騷女人淫水，長年澆注鬱金香，偶然培育出的變態物種。外觀仍像鬱金香，但花瓣肥厚，肉質細膩，能分泌漿液，還跟豬籠草一樣，有食肉植物特性；可喜是，這「肉筒」，儼然女人生殖和排洩孔，陽具探進去，花瓣立時攏合，裹住不放；而且，失常地蠕動抽吸，直到男人興酣，精盡。

肉筒花吸取男人精華，吸上半年，就長出碩果。果肉腥臊，但內藏種子一枚，形同龜蛋，可以培育。有了種子，種子開花，性欲，等於有了「正常出路」；有正常出路，社會就安定。黑衛隊，最需要安定；安定，方便貪瀆，斂財。專營肉筒花種子，庫房也油水豐潤。

三個月過去，美賀傷勢漸癒，有一副人樣，阿哲和她，就搬到城外隱居。這時，第一批種子茁壯了，在黑豚宮後園開花，花瓣嫣紅欲滴，觸手溫柔。黑衛隊長身先士卒，搶先脫褲，光天化日下，即場試用。肉筒花夾住隊長龜頭，如飢似渴，一個勁兒往裡吸納，壓根不像一株花，像通了電一個吸盤，轉眼把一個隊長吸癟了，吸蔫了，連兩顆卵蛋，也幾乎吸了出來。他眼球深陷，力氣使盡，才勉強脫身。

「一天擼一次，三天內，一個壯漢就要報廢。」這是隊長的插花心得。話音未落，那肉筒花，卻皺巴巴的，開始凋萎，彷彿能量耗竭，生機不復。「一用花謝，再用人枯，這怎麼好推廣？」黑豚王甚是沮喪，頒令嚴禁販賣採摘，吩咐道：「以後，肉筒花就種在宮門口，花莖夠長，花瓣噬人雞巴，諒無閒雜人敢近。」

消息，傳到阿哲耳裡。「花的反應，真這樣暴烈？」美賀對肉筒吸啜人，吸得這般不留餘地，也是費解。「種子烘焙過，茁長了開花，那花火旺，焦燥，遇上男根，自然全力吸吮，要得到滋潤。不過，」阿哲在她耳邊說：「你的這肉筒花，花瓣不會蔫，它吸住你，長長花蕊，還會探進你……」美賀側臥着，用屁股抵住他。腹下那東西，粗硬得不合情理。她知道，那頂多算是花莖，對就要來的，綿長的花蕊，她有些期待，她期待傳說裡「花好月圓」的春景。

「老公，你生前那話兒那麼小，希望現在你的舌頭能派上用場。」Liswood

狐狸姐妹

奧尼爾林子裡打鳥，卻看到一個女人，赤條條，繩索勒住一條腿，給倒吊槐花樹上。「救我！」女人哀求。這時，槐花正開，花香襲人。他覷着她蓬門窄戶，但覺騷氣，同樣襲人。「放……放我下來再弄。」女人見他掏出手帕，要揩拭她朝上的下體，躁得扯他隆起的襠部過來，擋住眼睛。等砍斷繩子，放她下來，奧尼爾背後傳來聲音，他警覺地舉起獵槍，槍口對着的，是十步外一隻白狐。

「別開槍！她……」女人制止奧尼爾：「她是我老妹。」「你狐狸老妹？」「不瞞你，我也是狐狸，咱姐妹倆，讓巫師詛咒了。」她告訴奧尼爾，那是一個惡咒，從此，她看到帥氣的男人，心裡叨唸着：「我要邀他㖭屄九百九，邀他㖭屁屁……九百九。」總之，兩個窟窿，默想給㖭上一千九百九，就會變成人形。「我叫胡姬。」她朝狐狸老妹勾勾頭：「她叫胡媚。」

胡媚閉上她狐狸眼睛，沉浸在受㖭的遐想裡，突然，狐尾下噴出濃煙，片刻煙散，奧尼爾面前，卻多了個酷似胡姬的妖嬈女子。「真個好事成雙。」他按捺住激動，為免暴露自己色迷心竅，作狀問道：「你說默唸過『㖭屄咒』，才得成人身。方才我見到你，怎麼卻不是狐狸模樣？」「我吊得夠高，遠遠見着你……偉岸，盼着讓你㖭……㖭得七孔流水，那糞門一抽緊，就滴溜溜，換了這皮相。」胡姬有點難為情。

「一千九百九，不難夠夠。」奧尼爾接受任務。「是三天內的數，而且……」她瞟一眼胡媚，憂心地說：「兩號人，四個窟窿。你得每天東六百六，西六百六，不疲軟偷工，咱倆才皮光肉潤。」「不就忙一點，扛得住。」他不會算數，只着兩女不要旁騖去想別的男人，他擔保夠夠數，一記不少。「那咱姐妹倆，感激你的關照。」胡媚由衷地說。

「福無重至，天天至。好，這就回去開幹！」真是童話裡，鮮有的好巫術。他偕兩狐狸精出了樹林，直奔回陋屋破床上。頭一夜，小涌接大潮，奧尼爾聳立肉欲的風口浪尖，天濛濛亮，才脫力昏死。「屋裡安生待着，外面亂。」午後，醒來見兩女蜷縮床邊，左邊一個蜜桃臀，右邊也一個蜜桃臀，幸福來得急，來得一榻糊塗，他兩臀各親了親，說了句廢話，出門狩獵去。

這樣日行雲，夜握雨，禮拜天照樣前九百九，後九百九，奧尼爾雖然精壯，耕耘三十日，下床出門幹活，卻幾乎是爬出去的。「不能埋怨，埋怨會招雷劈。」他總覺得，活塞運動能堅持一百天不間斷，到時，就枯成人乾，淫水裡泡開，也算他的福澤。

好景不長，事情有起，就有個承轉。這天，打了隻大雀回來，走近家門，鄰居老黑攔路說：「有個倚差頭兒，你家後院發現狐狸，大棍擂死一隻，另一隻去救，給打昏拖走了。」「拖……拖哪兒去了？」奧尼爾心神大亂，問明去處，就直奔那衙差巢穴。「我替你除害，你來責備我？還怪我擄走你這畜生？」衙役把半死一隻狐狸甩給他，怒道：「差狗肉遠了，一身狐騷味，你接回去，吃死了活該。」奧尼爾含悲忍淚，抱了狐狸就走。

原來操勞了半月，身心鬆懈，有沒夠足數目，懶得去講究。兩女感念他賣力之餘，是賣命了，也不生貳心，沒招納別的男人。以為躲藏着，做幾天狐狸，等他回氣了再加碼補數。哪想到讓一個來偷雞的見着，遽生變故？胡媚既死，奧尼爾索回的，是胡姬。養傷半月，狐狸精神回復，一想到讓男人前轟後炸，霎時冒煙，幻作人形。「是時候為阿媚報仇。」她說。

「你要根除他？」奧尼爾問。「那廢物，愛折騰女人，不會抗拒一個受傷的女人。」胡姬決定入黑摸上他家，去扣門，也讓他扣她的門。「可是……」這一去，奧尼爾預感，床蓆，曠野一樣荒涼。「我去辦事；事了，就回。」她深情地吻他，讓他安心。

胡姬去了，一夜風蕭蕭。翌日清晨，有人發現廢物，爛在床上，雙手掐着一隻母狐狸脖子；而狐狸，卻咬破了他的咽喉，黑血漫到了門外。後來，奧尼爾悄悄收走了胡姬，把她和胡媚一穴合葬。到老，他還回味那段和狐狸精一起，短暫，卻充實的時光。

「我的王子，她名字是叫良辰，但絕不是你以前那情人。你犯不着為她神魂顛倒啊。」
Liswood

「各位，那塊老虎皮，就是今晚觀眾的特別大獎！」Liswood

「笨蛋！七個加起來，也只是高了，不是長了！」Liswood

第四卷：那開滿向日葵的星球

阿瑟王傳奇

豬玀國癬禍鬧完，新王白豬，卻中了巫婆惡咒，三年來，陽物軟耷耷，只能用來小解。「誰搞得硬這條廢柴，我冊封她做王后。等我釘蓋，或者說賓天，王位就傳她！」他法令頒下，婦女們，各有盤算。頭一天，報名人數三千。侍衛挑出五百表面幼滑的，剝光了查驗，淘汰剩三百。然後，十人一組，整月對白豬王施治。諸女或手口並用，或油鹽齊施，但求讓他腹下廢柴，重燃欲火。

「我妓寨學來的絕活，派用場了。」一個掃帚頭婊子，門面話不說，跳上龍床，兩腿岔開，就在白豬王頭上大跳豔舞。仰望一個亂晃的陰戶，他有點暈眩，想吐。那婊子卻蹲下來，燙熱唇瓣，罩他巨嘴。豬王有口難言，但陽物，忽然涼浸浸，如伸入冰窖，奇問：「我那話兒，凍僵了？」「大王放心。」掃帚頭解釋：「這是薄荷葉功效，等我嚼些指天椒，再含大王聖物，這樣冷熱交煎，準保連豬粉腸，都倏一聲伸直。」豬王半信半疑，半晌，下體灼熱，彷彿有人尿道裡縱火。

「硬……硬了！」掃帚頭大喜，覺得王后寶座，泊到了床邊；然而，雞巴，或者該說，龍巴才硬一丁點，轉眼，卻兀自死蛇一般。「有這麼不濟的？」她又急，又毛躁，軟東西沒叼住，手指見洞就摳。這本來頗合上意，但指頭飽蘸辣汁，連着椒籽椒屑，食指撩完中指挖，白豬王豬臉紫脹，呱呱亂叫，一腳踹得她直上雲霄。「可惡！」他搗着燒壞的豬屁股，待官廷滅火隊搶進來，大水灌了腸，死翹翹吩咐左右：「那賤貨……她全身九竅，縫兒眼兒，全給我餵入魔鬼辣椒！記得，辣椒粉磨細，確保辣死她！」

一個潑辣女人，結果慘遭辣死，死狀磣人，連帶辣椒滯銷，後來者，自然不敢造次，都出恭入敬，不使出非常手段；這一來，豬王更是回春無望。「天天摸摸啜啜，有個屁用！」豬王讓第二百九十九號美女吮了半日，龜頭長出老繭，沮喪極了，暗想：再來一個，沒起色，第二個療程，可以免了。「傳第三百號佳麗，李阿瑟！」衛士喊聲甫落，一個赤條條妞兒，婷婷而至。她盯着豬王那小豬鞭，怯生生說：「大王不罪我，不賜死我，我……我願意出陰力，解開大王不舉之謎。」「好，死馬當活馬治，你放膽幹。」豬王豁出去了。

阿瑟一直負着手，忽然翻出緊握的一根鐵棒，正色說：「天下美女，大王當家常便飯。那……那鳥兒，日日去串門子，鑽女兒們窟窿，再好玩，久了都生厭；生厭，哪裡能有興頭？能昂得起鳥頭？敬告大王，像你這種……柒頭，需要的，不是肏人，是讓人肏，給狠狠地肏。」阿瑟請豬王匍伏，棍頭抹了蜂蠟，瞄準病灶，兩手攥住棍尾，就逕直搗進去。「哎唷——」豬王殺豬般慘嚎。阿瑟抽出兩寸，陡進半尺，他嚎得更淒厲；然而，嚎歸嚎，就沒着她撒手。

阿瑟還擔心捅死這廝，但說也奇怪，這樣頂心頂肺，他那豬鞭，竟挺起來了，硬得像她手中那一根臭鐵條。

「深入淺出，這就是關鍵。」白豬王感歎。他不食言，對阿瑟說：「等我那天歸西，王位就是你的。」還信手簽署了遺詔。阿瑟撂下鐵棍，走出皇宮，慢慢變殘變皺，回復原貌。原來她就是三年前，施咒令白豬王陽痿的巫婆。宮門外，早集結一隊壯碩的黑人候命。「豬王的口味，我調教好了。你們這就去肏死他，讓我早登大寶！」巫婆阿瑟一高興，她那笤帚有感，霎時變成一根權杖。

紅眼蛙與修女傑莉卡

意大利郊區一座女修院，禮拜結束，三個修女園子裡澆花，那時候，夕暉照上聖泉，一隻紅眼樹蛙，蒲葉上跳到泉裡，激起刺眼的漣漪。「神蹟，一年一度的神蹟！」修女阿凡妮說：去年今日，她看到同一款樹蛙，蒲葉上跳水，一分鐘後，修女長就全身抽搐，四腳朝天死掉。正說着，禮拜堂傳出歡呼，新任修女長，又照樣死在講壇下。死時，眼瞪着屋頂天使浮雕，手腳上挺，似乎要迎接搗爛她的一條石杵。

「除了死修女，去年，還出什麼事？」菲安問阿凡妮。「三個修女蹲這兒許願；我那三個願望，成了兩個。」阿凡妮說。「哪兩個？」菲安急問。「第一，我希望大舌頭男友，別老攪我下面那髒地方。」阿凡妮說。「第二呢？」「第二，希望他攪我更髒的地方。」「這樣一條攪拌棒，太管用了。」菲安心花怒放，連忙閉上眼，對聖泉喃哦：「攪……攪我之前，我希望身上肥膘，去掉三十斤。」睜眼，問不吱聲的傑莉卡：「這紅眼蝦蟆，不會天天來跳泉，有願望，還不快許？」

「我……我沒要許的。」傑莉卡支吾道。「隨便許一個，又不花錢。」阿凡妮從旁攛掇。「我……我想知道歐陽榔頭的下落。」傑莉卡一說，兩女嘩然，同聲譴責：「淫賤！」「榔頭是我兒子。」她垂下頭，小聲說：「隨了他爸，複姓歐陽。」還解釋：那是歐陽一脈的旁枝，陽具偏旁，就是腸。菲安兩女有些錯愕，沒想到這表面生澀的騷貨，一嘴陽腸，還留了個小榔頭在紅塵濁世。

半月過去，菲安三十斤贅肉還在；阿凡妮許的願，較去年淫穢，不宜細述；而傑莉卡，在神聖蝦蟆的小紅眼祝福下，某天，肉球似的菲安，樹林裡滾出來，是讓黃蜂螫了。傑莉卡摘了藥草，要拿去替她敷治，卻見修道院門外，泊了馬車。她認得那輛車，心裡七上八落。片晌，一個修女就召她到院長室，說是公爵夫人來訪。

公爵夫人有些龍鍾，顫巍巍拄杖走路。十年前，這位夫人接管了她父母遺產，來訪，是她妹妹要出嫁，她應該在遺產分配書上簽署，讓出應得的財產。「我老妹要嫁誰了？」傑莉卡覺得財散了安樂。「她嫁誰，你別管。你敗壞的家聲，你老妹當鍋巴啃了，補償她一點錢，最合宜。」公爵夫人木無表情，儼如上了發條的一隻殭屍。

「那榔頭他……還好吧？」終於，傑莉卡鼓起勇氣探問。「死了，病死的。實在你老妹，也總不成一直照看他。」發條殭屍推過去文件，沒在意傑莉卡聽聞兒子夭折，傷心過度，直接昏倒。後來，讓一瓢冷水潑醒了，噙淚文書上簽了字，那殭屍仍舊顫巍巍，關節嘎吱響着，登車離去。傑莉卡打聽到她榔頭消息，算是遂心如願；可惜，那是個噩耗，喪子的悲哀，像一座黑沼，越掙扎，人越往下沉。貓頭鷹出來啄食老鼠，檢視修女長的屍骸之前，她總覺得，上帝會用一鉤新月敲她，趕送她到沼澤裡吃泥。

傑莉卡交過一個男人，就是複姓歐陽的賓，即歐陽賓。榔頭甫出生，不務正事，周圍吟遊的詩人賓，就讓傑莉卡家的權貴逮住，私下執行火刑。臨刑，據傳他烈燄裡厲呼：「懲罰，就找上門！血仇，沒人躲得過！」歐陽賓死後七日，傑莉卡雙親，睡夢中九孔流血，兩個人十八洞，流一床的黑稠。「是傑莉卡，是她用草藥製的毒。」有人推斷。傑莉卡天生通曉花草特性，為情人復仇，那是人情之常。只是苦無憑證，親族唯有攆走她，送修道院看管。

傑莉卡被逼出家，行李，就歐陽賓的一罌骨灰。到了修道院，骨灰她撒入聖泉。修女們每天敬拜聖泉，每年向泉水許願，就如同敬拜她男人，向她男人許願。歐陽賓火紅的魂魄，沒準還在聖泉水邊徘徊，甚至化為眼紅紅的樹蛙。兒子夭亡，傑莉不想活。這天，冷水浴淋完，悲傷不滅。突然，着了魔似的，她赤條條爬上禮拜堂屋頂，僵躺着，手腳上撐，彷彿推拒要烙她下陰的夕陽。陰陽交戰這一幕，驚動全院上下，都聚集禮拜堂外草坪仰望。「許個願，就這德性。造孽啊！」菲安望着身旁阿凡妮，不住吐舌頭。

擾攘半晌，傑莉卡給抬下來。院長認為，這是受魔鬼蠱惑，展露出淫相，決定把她關起來觀察，情況惡化，就人道毀滅。「這是演哪一齣？」阿凡妮暗地裡問她。「歐陽要復活了，過一會，就領我去看咱們的兒子。」傑莉卡陰惻惻一笑：「院長不中用了，像其他人一樣，阻擋不了咱一家子團圓。」「歐陽復活……那真是……」阿凡妮忌憚她，漸行漸遠。禁閉了三日，傑莉卡看來好轉，得到釋放。當天晚膳，院長喝了一碗鴨肉湯，那碗湯比平日喝的鮮美，她起身想要去添食，走了幾步，頭暈眼花，站不穩倒地，竟就咽氣。

院長暴斃，震動修道院，都認為是傑莉卡下的毒手。然而，當修女們找到她，眼前景象，卻把大家懾住了。聖泉上，站着一個赤膊男人，皮膚發綠，兩眼卻又大又紅，燒煉過一般。他抱着濕淋淋的傑莉卡，一步步涉水走出來。傑莉卡與許溺死了，與許只是睡着了，做着好夢般安詳。紅眼男人，就這樣抱着她，慢慢地，步向修院外暮色籠罩的玫瑰花園。好多年後，修道院那些老修女回憶這事，都認為男人，是蒲葵下一隻紅眼樹蛙變的；樹蛙脹得那麼碩大，那是聽了太多願望，積攢了太多怨氣。

格林達瓦的石南花

「紅！紅得像燒着了，那高大的阿爾卑斯山。」瑞士人說：雲妞用晚霞綴成翅膀，繞峰巒旋飛，雲霞越轉越紅，最後，她山頂停歇，垂顧的眼神，像山火的餘燼。黑兒額圖是趕郵車的，那輛車，由一匹黑公馬和一匹白母馬拉曳；車篷下，滿是從辛卜龍送往瓦利斯盆地的郵件。有如日月交替，情書、契約、討債信和各種包裹，還有信函攙雜的怨悔、期盼和思念，總按時在兩地的郵政局傳遞。他習慣了雲妞眼皮下歇息飲馬，自己吃些馬鈴薯餅，再趕兩個鐘頭路，到日內瓦湖畔驛館度宿。

這天風急，掀起篷車的黑帆布。「一封信不能丟！」他檢查郵袋，掉出來一疊信有一封綻開了口。淡藍的信箋，字跡那樣的秀麗。他沒想過偷看函件，那不符郵務守則；但這會子，他一腦袋遐想，好想讀讀這封寄往瓦利斯，給「魯魚先生」的信。這封信，從千百件郵品裡掙扎出來，向他坦露，肯定☒有玄機。這麼想着，他瞥見信箋下款，署的是：玉娜。

我的獵羚人魯魚：

你離開格林達瓦，一個月零一天了。你說，一個月後再來，我都在盼你。剛下過雪，來一趟不容易。伯爾尼高地那條冰河，綠色冰塊堆壘起來，惡浪一樣阻人去路。不過，那天你為追一頭羚羊，誤入我們山城，如今相信也會再有一隻蹬羚，為你領路。遇上你，我的心，就像冰層下融化的雪水，動盪不寧，咕唧響着一路流向你久居的盆地。我們相遇，相敘，相愛，以至相好，日子那樣的短暫。不要怪責我的畏怯，你的想法，你的調情，當時，那樣的讓我害怕；如今，卻教人懷念。我十七歲、全沒那樣的經驗；你知道的，卻那麼多。但為了你，我願意像崖上的石南花一樣，盡快成熟起來。我的心，早就為你舒展；身體……原諒我，難以按捺的思念，讓我失去應有的矜持，我的身子，那些連自己羞於觸碰的隱私，也始終是會為你綻開的。你會感受到我的信任，我不會囿於無聊成見，作無謂的抗拒。如果在我身上，你發掘到比獵羚更大的樂趣，我奉獻的血肉，就是我追尋的最大幸福。

你的羚羊玉娜

黑兒額圖讀完信，沒封好裝回郵袋，卻把玉娜的心事，揳入大衣暗格，貼心藏着。春天要來了，他想，山城格林達瓦的石南花，一準開得恣肆。玉娜這封信，該從辛卜龍的郵政局寄出，傳遞需時，這魯魚先生要是情深，就沒接到片言隻語，也早該攀山越嶺，去會心上人。

黑兒額圖把車趕到瓦利斯郵政局，卸了郵品，翌日傍晚抵家，迎接他的，仍舊是黑毛綠眼一隻緬因公貓。「吃飽，隨我屋頂去看月。」綠眼貓說。黑兒額圖的祖輩，也趕郵車，他三歲，父親辛卜龍趕回來，途中連人帶車掉入剛融雪的冰湖。查案的說，他爸在那邊搞女人，該是丈夫追到湖畔下的毒手。郵件沉湖，老額圖殉了葬，但人人認為冰層下，泡着一疊給自己的喜訊，但所有好事，都讓他爸的奸情拖進深淵，對他額圖一家，難免報以白眼。

黑兒額圖十六歲，重蹈覆轍，趕車三年，循規盡責，總算收復人心，化解了怨嫌。他自小由祖父照顧，記憶裡，爺爺有好多手杖，可以變成牲口，他那一對拉郵車的馬，就是一根黑杖和一根白杖變的。除了兩匹馬，這多年來，他只跟綠眼貓為伴。那貓會發出鳥的啁啾，他一直認為，自己聽得懂貓語。這時，滿月高掛，遠山撲了粉白。庭院裡，飄盪野麝香草和菩提樹的香氣。一人一貓小石屋房頂蹲着，額圖先開腔：「我爸沉湖那地方，臭草花又開了。水土不好，才長臭草花。」

「那是你還惱他，是你的怨毒，催生那些花。不過……」貓用青眼看他：「你不像要說『恨』這東西。」「我想……我愛上一個女孩。」他讓貓看懷揣的書簡。「我又不會認字。啥情況？你說。」綠眼貓尾巴直豎，表現出興致。「我愛她，但她心裡有人。」他說。「揪出來，咬他脖子。」貓提議。「哪像你尖牙利嘴？我連爬坡攀樹，都你教的本領。」「那比賽攀樹好了。」綠眼貓嘀咕：掉下來，摔死一個，天地開闊。

黑兒額圖一夜輾轉，天濛濛亮，有了主意，決定按地址，把一紙情書，親送魯魚家。「怎麼換你派信？」「值班的放假。」額圖很詫異，沒想到這魯魚，是年屆五十的中年漢，陋屋裡，還住着兩個女人。「這封信，該從格林達瓦，老遠捎到辛卜龍去寄的。」他試探着問：「山城在冰河上游，不易攀越。魯先生哪天再上山？」

「這不好說。」魯魚屋裡瞟了一眼，只是皮笑：「下個月，明年，總不成把老婆女兒撂家裡，硬着要去『獵羚』。」說時，下身不自覺往前送了一下。「猥……所以說，有個嚮導，最要緊。我外婆家在伯爾尼高地，離格林達瓦不遠，就盼有人領我過去。」「的確該去看看。」魯魚笑得猙獰：「那裡的羚羊，馴得會撞上男人的龜頭。」「該是槍頭吧？」額圖糾正他。「還不一樣？」魯魚笑他拘泥。

額圖回到家裡，綠眼貓正蹲在睡房窗台賞花。「要去爬雪山？」貓問。「那魯魚，是條臭魚，是條專門鑽窟窿的鰻魚，女人再耐磨，都會讓他蹧蹋得沒個人樣兒。我得除掉他，把他從崖上推下來。」他對玉娜的愛，在燃燒，沒東西能撲滅。新一天降臨，他載着那重甸甸的情意，仍舊往返辛卜龍和瓦利斯。「愛情路，有曲有直，有寬有窄，有乾有濕……總之，越乖謬，越不可理喻，越動人。」額圖耳邊，忽響起父親的聲音。他爸雖化成臭草花，異香和鬼話，總一路車輪上嬝繞。

警號峰上，這天立着兩個女人，白裙白髮，遠看，只見到投上冰雪的暗影，那是霜女和侍從迷娃。迷娃擅長施放迷霧，輔助霜女行事。「那小伙子額上傷疤，你瞧，多像日內瓦的地圖。」霜女說：「十六年前，他還是小毛頭，我就看上他；如今，一身橫肉，又黑又結實，我更喜歡了。我要摟着他，要他長眠我懷抱。我一早弄死他母親，他人小命大，以為擺脫得我掌握，實在……」霜女白髮一甩，捲起漫天雪霧，「越難到手，我越愛！小黑兒，我要舔你的肉，把你急凍的小弟弟，含進大嘴！」她向山峽喊話。「姐，話說太白不好。」迷娃害人，總帶幾分嬌怯。「這些人在我領地，都是聾子。」霜女隨便踢起一塊冰，瓦缸大，轟！轟！轟！滾下山，激起千堆雪。

「雪崩！好在不朝這邊塌。」魯魚抬眼望着警號峰，停了腳步：「歇歇，再覓路上山。」「這山，就是善變。」「要好捉摸，找閨女去。」魯魚借題說心得：「閨女沒嗅過男人膻臊，會單純一些。是稍欠情趣，但肉嫩，汁多。你有耐性，一點點去開發，什麼都挖得出來。」說着，問黑兒額圖：「你沒搞過閨女？」他搖搖頭，他沒搞過閨女，也壓根沒搞過任何活物。魯魚興頭上說：「那地方，會緊緊吸着你，吸得你不想活。你記不起你爹埋哪兒，你娘死哪去，你只想整個兒往裡擠，然後，糊在那小屄洞裡。」

「我要這臭男人死！我要他一昂頭，就死在我大屄洞裡！」霜女天生順風耳，最恨人說話粗鄙，詈罵一輪，悻悻然再踢起一塊大冰。額圖無視雪崩，問那魯魚：「如果你……你愛那閨女，是不是該對她好一點？」「好有鳥用？你得讓她煎灼，騷動；當然，溫柔是必要的，但那是懲治過後，一點點溫柔。你有沒訓練過狗？」「我有一隻緬因公貓，他訓練我。」「怪不得。」魯魚搖頭歎息：「女人像狗，你得讓她們學會服從。你可以吻她傷口，但那傷口，最好是你鞭出來的。」語畢，滾落的一塊冰，腳邊炸開。

「恕我直言，動不動就鞭人，不像愛的表現。」額圖綁緊雪靴鞋帶。「重要的是，讓妞兒愛上我；她愛我，腿才肯張開，讓我……嘖嘖。」魯魚看來回味着一場脂肉盛宴。「那玉……妞兒好可憐。」額圖按捺着，不撕破臉，只說：「你老婆也好可憐。」「你懂個鳥！認得幾個路牌，看懂幾部書的書脊，就了不起了？你以為女人，會喜歡你這種『瑞士軟糖』？」魯魚有點氣，見雪崩完，尋路上攀。

額圖要隨魯魚越過介密山，到山城格林達瓦去見玉娜；但玉娜鍾情的，是這一條粗魯的魚，他翻山越嶺，為的看他們親熱？太多事情，他沒想仔細，仔細想好要痛下殺手，卻總沒遇上時機。「對了，你去格林達瓦幹嗎？」魯魚恰好問他。「我……說過了，我想到伯爾尼高地，去看外祖母。那裡離格林達瓦，就幾個鐘頭路程。」額圖說：他母親娘家，在伯爾尼高地，十六年前，她帶孩子上路，丈夫剛死，家醜讓她無地自容，七月，就由兩個獵羚人陪着，攀越介密山峽。過了高峰，伯爾尼山谷和房舍在望。

「大概在這附近，下過雪，一道冰縫給蓋住，我媽滑了一跤，抱着我掉了下去。我哭，獵羚人來救，就救起我一個。」黑兒額圖說：外祖母死了女兒，見到額頭讓冰塊鑿爛的外孫，傷心之餘，對他加倍疼愛。到他傷癒，額頭多了個地圖似的痂，「額圖」，就那時候喊起來的。他指着冰河上一堆綠色冰塊：「那邊好多裂隙，傳說是霜女的冰宮，天氣回暖，她就出來害人。」「只要是女的，我㖞她一個融化。」魯魚已解開褲鈕。「就這麼猴急？」額圖暗驚。

藍天下，雪也是淡藍色的，反射的光芒刺眼。冰雪上鋪的昆蟲，大都是蝴蝶和蜜蜂的屍體，興許飛得太高了；又或者，讓大風吹到這冰冷國度。魯魚脫褲，其實是要小解，那話兒，卻讓霜女看得眼熱。「沒想到軟耷耷，照樣這麼大！」霜女心想：他要肏我，我就弄出條大縫，讓他肏個夠。魯魚、額圖一前一後走着，驀地，厚冰砉然開裂。魯魚率先倒下，直滑向裂隙。說是裂隙，其實是斷崖，額圖滑近崖邊，兩腿夾着凸出的冰棱柱，一隻手，竟還來得及抓住魯魚。

魯魚懸乎乎半空盪着，崖下，冰刃戟立。額圖想過推魯魚下山，再捧着噩耗，當見面禮捧送玉娜；然而，事出倉卒，他竟抓着他的手，要救他的命。「別撒手！」魯魚知道，冰柱受不了兩個人重量，這廝就算肯一輩子抓着他，最終只會賠上小命，可他就是不甘心，不肯死，鼓勵額圖說：「救了我，我玉……我那邊搞到手一個妞兒，我……肏幾回，弄寬鬆了，就讓你！」

「這小子夠義氣；可惜，驢鳩！」霜女說着，迷霧中走近，袍袖捲起一條樹椿，直向黑兒額圖扔過去。「我肏——」樹椿，撞斷額圖一條腿，但那一聲慘肏，是魯魚喊的，他抱着那條斷椿下墜，肏得撕心裂肺，死得也撕心裂肺。額圖忍痛翻了身，爬回冰堆上。這是登山季節，沒多久，他就遇上一隊到瓦利斯盆地的伯爾尼人，把他攙了下山。

過了月餘，傷養好了，一條腿卻廢了，成了瘸子額圖。趕郵車的活，勉強保住，但攀山，從此變了妄想。他趕着一匹黑馬一匹白馬拉的郵車，滿載郵件，兀自往返辛卜龍和瓦利斯盆地，儼如日月交替。某天，他臉上陰霾消散了。他收到，應該說，他終於在郵件叢裡，找到玉娜寄給「魯魚先生」的信。她沒見過魯魚筆跡，也不知道他成了一塊凍肉。額圖順理成章，自署「獵羚人」，開始回她的信。他一封接一封寫，他的愛情，積雪下抽搐，生不如死。

「我的皮毛，早為你褪下。你什麼時候來看你受傷的羚羊？」玉娜總催促他去看她，額圖得推搪，得編出好多理由，好多根本不成為理由。「你播下的蟲子，蛀蝕我的肉，我的心，連私隱侵佔了，半夜裡，還去撩弄你愛鑽探的地方。你沒良心的，就知道折騰人。難受啊，真想把思念摳出來，風乾了，佐以鴆酒，再撲進冰湖去，跟蟲子們同歸於盡。我愛你，願意為你做最難堪的事；然而，你……你是在逃避我嗎？」玉娜的信，來得急，卻都像投進空山；終於，她憋不住了，決定下山，到瓦利斯盆地去看她的「獵羚人」。

「路途凶險，要來的話，請先到辛卜龍的郵政局。趕郵車那黑兒額圖，是我好朋友，由他載你到我家來，我才寬心。」瘸子額圖渴望見她，他義無反顧的，早愛上了她。「她知道魯魚死了，什麼都完了；然而，我到哪去找一條活魚給她？」他決定接了人，再作打算。到了約定時日，他提早裝好郵件，郵局門外等心中的玉娜。晌午天藍，白雲拉綿扯絮，比他的心還亂。不久，他看到沿湖走過來一個女孩，女孩穿腥紅衣裙，提着個藤箱子。「額圖先生？」她朝他一笑：「我是玉娜。」「我……你……你好吸睛。」眼前人，比想像的出落得秀氣，額圖語無倫次，幾忘了把手捧一束黃玫瑰遞上。「魯魚先生送的？」她沒等他分辯，抱着花，像已抱着她男人。

「對……是他送的。」額圖說。「勞煩你了。」玉娜上車，挨他身旁坐下說：「真想盡早到魯魚家去。」「明天下午該到。」額圖說完，黑白兩匹馬會意，的的得得，八蹄匆匆踏雪，邁上老路。玉娜熟栗色的長髮，拂拭着他的臉，額圖心頭發熱，好想扭頭去吻她。「如果……」他試探着問她：「我只是說，如果魯魚先生，他日……成了一塊冰；而且，像一塊乾冰，突然揮發掉，你會不會考慮結交……結交另一個男人？」「不會。」玉娜沒看他，斷然說：「其他男人，沒他的『酷』。」額圖無語，他的確沒那廝的殘酷，或者冷酷。

天，再一次，紅得像火燒，餘燼壓着阿爾卑斯山。郵車停在路邊，阿白阿黑河畔喝水。「一路上，怎麼沒遇見人？」玉娜有點不安。「這條路，專為郵車鋪設，路上就擱一具屍骸，十天半月，才會讓下一輛車輾上。」暮色裡，風雪，突然白浪般淹來。「這會子，怎麼變天了？」額圖心中納罕。「我愛變，就變！你瘸子鳥軟命硬，還敢去勾女人？好，我成全你。」霜女高枝上浮着，吩咐身旁迷娃：「今晚，你用雪霧，封鎖這一帶。逃得過我冰縫雪隙，我就瞧瞧，他逃不逃得過愛情的折磨。」「姐，有你陪着，雪封了眼，冰鎮了心，愛情磨不着我，好幸福呢。」迷娃用冰晶梳她白髮。「知道就好。」霜女輕拍她粉臀：「男人女人，一個跑得快；

另一個，就跑得慢。你瞧，就那兩匹馬懂得愛情，就牠倆同步並進。」

兩匹馬感應到天界的認同，揚起前蹄，仰頭嘶叫。「馬受驚，不肯趕路。風雪不似會消停，是趕不及到日內瓦湖投店了。」額圖說：「坡後樹叢，有幢屋荒廢，咱們得去躲躲。」「我不想去。」玉娜一臉惶恐。「得去。」他把馬牽到屋後栓好，好話勸她不動，倒是霜女攢過來幾隻死蝙蝠，嚇得她抱頭竄進屋裡。石屋四堵厚牆，一扇小窗，堆着些柴枝亂石。額圖掩門，生了火，跟玉娜隔着柴火相對。窗外，雪風呼嘯。「大雪，永遠刮下去就好。」額圖暗忖：雪霽，他倆就得離開這遺世的石屋；然後，他得去奉送她一個不存在的魯魚。該怎麼是好？這是一個困局，一個死局，眼前無路，後退無門。

「魯魚，早就死了。」終於，額圖鼓起勇氣告訴她。玉娜不相信，她說：「我一直和他通信。」「信，都是我寫的。」他把書信內容說了。玉娜瞪着他，半晌不能言語。「是你設計害死他的！」她崩潰了。「我幹嘛要害他？」「害死他，你以為，就得到我。你冒名寫信，讓我相信你，你的確騙我到這裡來了！」「我不是要騙你，我愛你。」「你……你就一個瘸子，一個瘸騙子！」「我要去會你，才弄壞這條腿。」「誰要你來會我？誰要你偷看我的信？我要去郵政局告發你，去警察局舉報你。我要你丟職，要你坐牢，坐兩天，就給槍斃！」「我……」額圖手足無措，他低估「心事」給長期窺探，可能引發的暴怒。

「你……你該也餓了，我車上去找些吃的。」他頂着風雪，一拐一拐走近郵車，掀開帳篷，耳邊卻響起他父親的聲音：「黑兒，我不是常說：『愛情路，有曲有直，有寬有窄，有乾有濕……總之，越乖謬，越不可理喻，越動人。』你頭大，不記小事了？眼下，火燒了眉毛，還要燒鳥毛，你沒好選擇的了，該下手，就下手。」額圖四顧，不見有人，但鬆塌的雪堆裡，卻崩出鮮活的臭草花。

額圖帳篷裡搜視，除了夠吃幾天的乾糧，還有一綑紮郵袋用的繩索。他瘸了，但仍然強壯，去綁牢一個女孩不困難。他縛住她，生怕她着涼，就把她載入帆布郵袋，只露出一個傷感的頭。「你想怎樣？要殺我？」玉娜問。「我最不想傷害你。」「那放了我。」「放了你，我就要給槍決。」額圖由衷地說：「我不怕死，就怕這一死，再見不着你。」「我……我方寸亂了，跟你開玩笑。」玉娜瞟他一眼，冷汗涔涔。「就一個玩笑，我知道。」額圖癡迷，但不笨。天亮了，風雪過去，他把石屋鐵門鎖上，就驅車直趨瓦利斯郵局。

每隔兩天，黑白馬拉曳的郵車，會泊近那幢石屋。「對不起，回來晚了。」額圖為玉娜帶來美食，耗盡薪資送她上等葡萄酒。他替她洗澡，清理便溺，拾掇屋子。他早把她的腳筋挑斷，還用鐵鏈鎖着她的腰，她只能在小屋裡爬行，她逃不出去，也沒人聽得見她的呼喊。

約莫過了一年，某天晚飯後，瘸子額圖和緬因公貓，兀自屋頂蹲着，他說：「終於，我和玉娜做了那件事，她似乎不再抗拒我的愛。」那時，庭院裡，野麝香草和菩提樹的香氣，再次飄盪着。「你找到愛情，我替你高興。」貓俯視月照下的郵車，問他：「車篷都鼓起來了，塞了什麼進去？」「玉娜家鄉的石南花。」額圖放目遠山：「我托人到格林達瓦採了幾簍子，剛從山城扛下來。她最愛石南花了，這個春天，我們那石屋，會插滿紅粉緋緋的石南花。」

浮士德的一天

夜幕低垂，一隻烏鴉飛上浮士德博士書房的窗台。烏鴉斂翅，浮士德掩卷遙望。樺樹林幽暗，他好想在樹梢掛一盞燈。他老了，累了，對這媲美圖書館的書房，對夏夜群蛙的喝采，對知識，對浮名，甚至對生命本身，都厭倦了。「一生虛度。」他仰望牆上一幅炭筆畫，像在懺悔；但畫中女孩，笑意盈盈。突然，浮士德回過頭，向夜空發話：「黑暗，你要這靈魂，來拿吧！」聲音，沒讓書架上叢叢經典吸納，窗台紅煙竄起，那烏鴉，竟幻成人形。「我是梅菲斯特，朋友一般叫我魔鬼。」鳥人說着，摘下黑禮帽。浮士德定神問道：「眼熟，以前來過？」「常來，就等你一句話。」梅菲斯特瞜一眼他合上的書，信口問：「《地獄篇》？能入眼？」「刑罰偏重形式，太瑣細。」

「人間，地獄，得一樣東西相通，就是哀號。」梅菲斯特一笑：「談買賣吧。你這屬於天堂的靈魂，肯讓我送入地獄，我就給你『一天』。你儘可以用任何形貌，回到任何一天。」浮士德老淚縱橫，他等得太久了，他毫不猶豫，就決定用永夜哀號，換取那珍重的一天。

五十年前，他十九歲。清晨，聖馬可廣場，煤油燈仍然亮着，海角有鴿群迴翔。大教堂一排格子窗下，畫家們為遊人畫像。梧桐樹篩過的晨光裡，石墩上，坐着一個女孩，長鬈髮的金縷，密密的，織上浮士德心頭。

女孩察覺他的癡呆，朝他一笑，那笑微風中漾開；落水裡的，都綻成花瓣。「美極了！」畫家着女孩寧定住，他要的，就這情韻；而她，注定凝望着浮士德，一直笑。

「這怎麼是好？」十九歲浮士德，孤僻自閉，沒勾搭過女孩；何況，壓根兒沒預期會遇上這樣的女孩。他心神迷亂，她朝他笑，他竟扭頭回望，以為她對空場上，來看日出一具跳屍打招呼。一個荒謬回眸，五十年來，他時刻自責：這舉措，失常失禮，蹧蹋了善意，沒的讓她難堪。當時，還沒意識到大憾，就要降臨，耳邊卻響起：「浮小德，火……火燒你浮家了！」鄰居喬治甚見了他，喘着氣瞎嚷。

浮士德瞅瞅女孩，瞅瞅喬治甚，家有老母，還有相伴多年葵扇鸚鵡，總不宜由着化灰。正進退兩難，喬治催促：「走！再不救，我家陪着遭殃！」「可是，我……我……」「走！」喬治甚死命拽他。浮士德不情不願，浮浮晃晃到了家門，大屋，竟已燒剩一道門。門前，老母肩頭蹲的一隻鸚鵡，卻還知道學舌：「要不找隻鳥，和你下窩蛋？」

浮士德氣沒喘定，就往廣場跑。「我要告訴她，我一眼就相中她，要下蛋，下一窩蛋，只會去找她！」他心裡呼喊；然而，奔回原地，女孩卻離開了。「找那妞兒？」畫家盯着浮士德：「她覷準你會回來，這畫，留給你。」說着，遞給他那幅肖像。「人呢？」他追問。「看來……跟她爸媽走了。」畫家朝碼頭勾勾頭。海天澄藍，點染着划向白船的黑舟。浮士德杵在碼頭，貢多拉，黑油油儼如浮海的彎月，上百月牙，哪一彎，載走他的好夢？他抱着那幅畫，那灰黯的微笑，茫然走過長街短巷。一年復一年，不同房子裡，他張掛這同一幅畫；畫中不老少艾，卻終究沒離開畫框，含笑，亭立面前。

「十九歲，威尼斯那一個清晨。」對梅菲斯特，他說了要重訪的時地。六十九歲的智慧，十九歲的身子，浮士德明白：他絕不會再糟蹋那金風玉露的一場相遇。「十九歲，好日子。那年，我在巴黎……」梅菲斯特陷入沉思，他也有個故事，一個愛情故事，哽咽之前，他問浮士德：「要不要帶上一瓶春藥？」浮士德苦澀一笑，畫框裡褪出肖像捲好，篤定說說：「這五十年的思念和遺憾，捎帶着就好。」語畢，白霧從書房的窗戶湧進來。「找路回睡房去！」梅菲斯特黑暗中發話。浮士德摸索着出了書房。這天，通向睡房的過道顯得漫長，他觸到門把，推開門，白霧忽然消散，他看到的，竟不是枕褥，是：「聖馬可廣場！」

清晨，煤油燈仍然亮着，海角有鴿群迴翔。大教堂一排格子窗下，畫家們為遊人畫像。梧桐樹篩過的晨光裡，石墩上，坐着一個女孩，長鬈髮的金縷，密密的，織上他心頭。女孩察覺他的癡呆，朝他一笑，那笑微風中漾開；落水裡的，都綻成花瓣。「這長髮織成的繭裡，我住得太久了。」浮士德感慨。片晌，畫家擲下炭條，招呼女孩過去看畫。「這是我嗎？」她俯身去審視，覺得畫像很美，但畫紙，似乎變枯黃了，落葉一樣，隨時會散碎似的。

迷霧裡抬頭，浮士德卻挨她站着：「舊素描，五十年了。我一直在找畫中人。」「找到了？」女孩問。「剛找到。」他說。「那真巧。」女孩怯生生問：「你找的人，叫什麼名字？」「你願意說，我就知道。」「瑪格麗特。」她凝望十九歲浮士德那憂鬱的臉，還告訴他：「瑪格麗特，她從佛羅倫斯過來，來三天了。可惜，船就要開，一會就得走。麗達和天鵝，碼頭等着了。」

「麗達和天鵝？」那是個變態故事，他知道。「麗達是家庭教師，天鵝是他丈夫。瑪格麗特隨他倆遠行，沒想到遇上一個來尋……尋親的。」「好在不是你爹娘。」浮士德暗喜：「不是岳父岳母，就容易打發。」「浮小德！火……火燒你浮家了！」這時候，喬治甚來了，在關鍵時刻，再一次，要在兩人的情路上，架設屏障。浮士德瞪着他，深仇舊恨，湧上心頭：「就是你！是你沒頭沒腦，竄出來瞎嚷，把好事搞砸。」「我……」他摸不着頭腦，還要糾纏，紅煙捲地，穿黑禮服、戴貓面具一個男人浮現。「敢妨礙我做買賣？」男人拉開喬治甚，往他脖子抹了些化屍粉，不旋踵，廣場中心那十字架下，就多了一灘黃漿和一堆衣服。

這金風玉露的清晨，聖馬可廣場，忽然添了一群衣着鮮麗的男女，戴着各色禽獸面具，跳着圓舞。大教堂前，管弦樂隊那些提琴手，琴弓的疾徐，跟舞步那樣諧協，彷彿教堂屋頂，有人扯着千絲萬縷，操控這一切。「我就喜歡這排場。當年，在巴黎，唉……」梅菲斯特摘下貓面具，蹲在屋頂，一個勁兒感觸。

「沒想到我要走了，才遇上你，威尼斯這才有些……音樂。」瑪格麗特本想說「意思」，怕話太直白，臨陣改了口。畢竟，扒手也有憂鬱的，她還不了解眼前人的企圖。「也許，咱倆還有工夫跳一支舞。」浮士德欠身相邀。她伸出手，他手背上一吻，領她走向打陀螺轉的人群，在掩映的面具叢裡，就這兩張臉，真實不虛。回到這相逢的日子，浮士德和她，每一步，隔着五十年的距離，卻還是那樣的合拍。他領着她，在時間的縫隙上迴旋進退，舞曲悠揚，但哀傷，彷彿永遠不會終止。

「船要開了，阿瑪還不過來？」飄舞的花裙障眼，麗達和天鵝，瑪格麗特的兩個長輩，探頭探腦尋索。當麗達發現瑪格麗特，梅菲斯特也發現了她。「最美麗的姨姨，找這小玩意？」梅菲斯特攔着她，拈起一條藍寶石項鏈，在她眼前晃着。「大顆……」麗達神魂顛倒。「撿來。你點點你的頭，東西就入你的手。」為了催眠她，梅菲斯特吐出個蠢句子。項鏈往她脖子一套，順勢湊近耳邊說話。然後，麗達懵懵懂懂的，走向瑪格麗特，她滿臉堆笑，像個老鴇：「阿瑪遇帥哥了？真好。船改期了，你們儘管去玩。我和胖天鵝去投店，房間緊張，晚上你不回更好。」說完，拉着她的天鵝，慢慢走向碼頭。

乘天鵝丈夫不察，突然，她把他推到海裡。嘩啦一聲，水花濺起，麗達驚醒過來，伸手要去搭救，卻讓這死命掙扎的，扯進了深淵；而且，升起童話般的藍色泡沫。圓舞曲一路奏着。瑪格麗特望着浮士德，她總覺得見過他，在夢裡，他向她示好，說會一生一世愛她。沒想到上天真把夢中人送來，賀她十六歲生日。她胸前畫個十字，笑說：「以前，我還不相信禱告管用。」「為了你，我每天向黑暗『禱告』。」看到梅菲斯特教堂門前餵鴿子，他有點生氣，走過去，壓低嗓子說：「這一天，既然屬於我的，請你不要插手。」「只是想幫忙。」梅菲斯特聳聳肩。「這是我們兩個人的事。」浮士德鄭重地說：「我只想和她過好這一天。」「我去望彌撒，你過不好，就來找我。」說完，他摘下帽子走進教堂。

「老盯着咱倆，那誰啊？」瑪格麗特問。「乞兒。」浮士德說：「穿得氣派的乞兒。」他和瑪格麗特挽手步上小石橋，向貢多拉船伕招手。華麗的黑舟，河道上穿過一道橋，又一道橋，兩旁小磚房，花槽裡紫羅蘭和堇花都開了，花瓣落下來，隨水光雲影流逝。麗達和天鵝的屍體，載浮載沉，海灣漂進來，在那艘貢多拉船底滑過，船伕正哼着一首動人的老歌。

二十四個鐘頭過去。天濛濛亮，浮士德從威尼斯一家高級旅館出來，梅菲斯特早在門外候着。「真守時。」見浮士德不說話，只回頭仰望旅館高層的陽台，梅菲斯特提醒他：「還有十幾分鐘，你可以回去抱抱她，跟她吻別。」「走吧。」浮士德垂下頭，生離，等於死別，虛活六十九年，他第一次感受到錐心的悲哀。他踏出一步，形體就衰敗一年，到回復老態，威尼斯也相應褪色，變黃。半晌，灰天翻起綠雲，眼前景物，是完全的陌生。「這就是通向地獄的路？」浮士德問。「嗯，一條長路。」梅菲斯特朝他一笑：「做那回事了？」

「沒有。我愛上她五十年，對於她，我們卻只認識一天。我是比過去會調情，那十九歲的身子骨，也硬挺；然而，那是怎麼樣一回事，還不明白？那『前抽後插』，不過是宣洩，是取樂。我賣給你靈魂，不是為了要回去『打炮』的。」他學了舶來新詞，未察詞意鄙俗。「我摟着她，陽台上，看月光下的海灣。」浮士德說：「沒了年輕的輕浮，歲月積累的，是一點遠見；重要的，我來得及告訴她，興許，這五十年睽隔，才減幾分遺憾。」「她肯讓你開溜？」梅菲斯特問。「天亮前，睡着了。」想起她甜睡的樣子，他心暖。

路，迂迴曲折；景物，忽明忽昧。最後，兩人到了一個景點，鳥語花香，金池塘裡，釀着一簇紅霞。一個老婦人，背着浮士德坐池邊石上。婦人聞聲回頭，跟他打了個照面。「這是……」浮士德覺得面善。「不認得了？」梅菲斯特笑瞇瞇說：「你『剛才』才離開她枕邊呢。」「瑪格麗特？怎麼她……」實在沒想到，通往地獄的路上，他會和她相逢。「你終於回來了。」瑪格麗特顫巍巍走近他，凝看他，噙着淚說：「那天，醒來沒見着，我就一直找你。五十年，撂下我遭罪，你這是什麼心腸？這樣的情薄……」「我……」浮士德答不上話。他深愛她，這愛，卻盡是漫長的空白和虧欠。「領我地獄去吧！」他面對不了過失。「這不到了嗎？忘了說——」梅菲斯特一攤手：「地獄，不一定是個地方；地獄，是錯身而過的一段時間。」

瑪格麗特的一生

瑪格麗特醒來，沒見到浮士德，以為他在浴室盥洗，就靠着床頭，看窗外幾朵朝霞開落。「連結河岸的，是橋；連結時間的，是思念。」昨夜他說：其實，他一直在時間那一頭思念她。「怎麼儘說胡話？」她笑他。然後，他問她，生死契闊，如果他離開了，她會不會同樣想他？她沒回答，但這一刻，卻開始思念他了。焦灼，悵惘，熬到午後，她要離開。「一年的房租，已經預付，三頓飯，旅館會供應。浮先生走得有些匆忙，他希望您在威尼斯過得愉快。」這豪華旅店的經理說。瑪格麗特明白，這富到流油的小子，是不回來了。

同行的家庭教師夫婦，霧水似地蒸發了。她孤身一人，有店能投宿，要錢，浮士德留了枚大鑽戒；然而，卻不想變賣，或者典當。那是她青蔥歲月，他種下悲苦的物證。鑽戒她戴在無名指，慢慢踏上短短的歎息橋。「要坐船嗎？」披黑袍一個幪面船伕問她。她點點頭，沒心情理會他的裝扮。貢多拉橋洞裡停下，船伕請她喝酒。她一舉乾了，順勢醉倒。船伕扒光她衣服，繡金錦緞靠枕，墊了圓臀，細白身子黑舟上一擱，晝夜般分明。

黃昏來時，她醒過來。這一天裡，她第二次甦醒。四顧無人，濁水裡霞光慘淡，墊子上染着她的血。奪去她童貞的，沒想到，是個幪面男人。肉體和感情上，都痛；但沒見到臉，她反覺得欣慰：說不定，那是浮士德開的一個玩笑，一個為了要闖入她門戶，精心設計的玩笑。兩個月過去，瑪格麗特回到佛羅倫斯。她懷孕了，長兄瓦倫坦着她打掉孩子。她不情願，就不是浮士德血脈，起碼，是因為他而懷上的骨肉。

孩子出生，瓦倫坦嫌老妹壞了家聲，忿然直奔戰場，死了。孩子十九歲，長得跟浮士德一個樣。瑪格麗特很疼他，他要去打仗，她肝腸寸斷。戰爭過去，沒見人回來。每天傍晚，她坐在窗前，維琪奥橋橋下的流水，推送着落葉。她等兒子，想浮士德，漸漸，情人和兒子，記憶中重疊。

孤苦過了好多年，她再到威尼斯尋找浮士德，找到的，卻只是浮家火劫後的遺址。七十六歲生日，暮色裡，有人來敲門。「要坐船嗎？」那人穿黑袍，幪面，仍舊問她。這一次，瑪格麗特問了他的名字。「卡龍，地獄黑水河划船的。」他眼裡溢出笑意：「這幾十年，也替梅菲斯特做點事。」卡龍是死神，梅菲斯特是魔鬼，但到這年紀，這些經典人物，早不新鮮，不讓她感到驚愕。

當年黑舟上迷姦她的，八成是這傢伙，她沒質問，沒說破，只披了襲破棉袍，隨他出去。路，迂迴曲折；景物，忽明忽昧。雲煙裡，難辨晨昏。「刑場快到了吧？」她有點不耐煩。「快到。不過……」卡龍冷笑：「我就不會叫那做刑場。」果然，兩人到了一個地方，鳥語花香，金池塘裡，釀着一簇紅霞；而池邊，還有塊大青石，可以讓她歇息。「你坐這兒等着。」卡龍囑咐。沒多久，人聲傳來，瑪格麗特扭頭看，魔鬼正領着衰老的浮士德走近。她終於明白：地獄，是一枚苦果；而時間，讓這果實成熟。

大酒店

鮑二頭把一塊石頭推到梧桐樹下，橫枝上，粗麻繩繫了個圈套。那時，湖上出頭的旭日，正好讓他勒住，勒得發紅，勒得紫脹。「我先吊死你這個世界！」他眼裡，都是恨。盛世，吃得起鮑參翅肚，就狗官，就一城蛇鼠。客源不繼，他經營海產，賣乾貨，大店倒完，開小店；最後，小店關門，老婆離心，氣頭上到了湖邊，路盡，唯有上吊。

「要死，過把癮，再死不遲。」聲音響起。「誰？」鮑二頭回望，不見有人。「我，傅大炮。」千年古榕的樹陰裡，浮出個老頭。「就兩里外，我蓋了家『好屌』（Hotel），什麼都有，就欠客人。你這頸，慢慢再吊。」傅大炮攙他下來：「先享受一個歡樂假期。」

沿湖走了半日，眼前綠茵，果然矗立着七層高一幢巨廈。「奇怪。半個月前，這還是一塊荒地！」鮑二頭再看，更是納罕：「這『好屌』，怎麼沒窗戶？」「好戲在裡頭。」傅大炮笑着解釋：「開扇窗，月圓月缺，徒讓客人分心，忽略九星級服務。」「也有道理。」鮑二頭隨他進門。

巨廈大堂華麗，與頂級旅館無異；但甫進門，門即鎖上，也沒門僮、接待員一類人物相迎。「招工難，暫時我接待。」傅大炮為釋他疑慮，絮絮道：「『好屌』一百零八個房間，大小不同，服務各異。人渣，君子，盼的求的，一樣不遺漏，都能滿足。房門上寫明了項目，你肯敲門，就有回應。」

鮑二頭半信半疑：「醉死了算，去地窖，取酒。」「喝酒去六樓。地窖，沒你要的。」大炮說。「那地窖，用來養鳥？」「那是刑訊室。」「『好屌』怎麼會有『刑訊室』？」鮑二頭暗吃一驚。「以後，會有道學家、環保分子一類豬狗入住，畜生自以為是，最愛審判人。」大炮輕拍他肩膀：「先上樓看看，二三樓，都是『出火房』，你想到的，想要的，都等着。」

「我想去閹個人。」鮑二頭想起褻玩他老婆的奸夫。「頂樓有個『鋤姦房』，烙鐵、沸油、刀剪齊備。你要閹的人，肯定在那房間裡；不過，先找樂子吧，有餘力，再去雪恥不遲。我有點累，不相陪了。」他好像看透鮑二頭，腥紅沙發上一歪，擺擺手，着他自便。

鮑二頭上了樓梯，迎面小房間，金漆門牌刻着：「性、虐待、鞭笞。服務生：常娟。」「阿娟？阿娟在這裡？」鮑二頭大惑，常娟，正是幫他戴綠帽子的妻子。「老婆？」推開房門，床上赤條條躺着個女人。「我是模樣兒，長得你老婆一樣而已。」女人嬌怯怯一笑：「等你等得發水了，你挑件東西，先治治我吧。」

鮑二頭瞜一眼牆壁，竹篾、戒尺、皮鞭等等，笞刑工具備用。他懷舊，摘下一根藤條，猛一抖，忽忽有聲。「老婆偷漢，氣惱，應該的。但誰叫你這雞巴，也藤條粗幼，再長，合該拿去通渠。」「媽的！我就替你通——」這話，刺中二頭要害，他掄起藤條，逕往她盛臀上狠抽。

常娟不欺場，屁股聳着，十指抓住床單，喊得撕心裂肺。二頭聞聲，打得越發起勁，直打得藤條岔裂，白臀紅腫，露出破綻，方才罷手。她涕淚横流，哭得幾乎氣絕，卻不忘提醒他：「床頭几上有瓶白醋，呷一口，往我破臀上噴一口，惱恨自消。」鮑二頭有點迷亂，奉命噙了口醋，掰開兩團紅肉，對準蓬門就噴灑過去。白醋沾身，常娟讓人破肚抽腸似的，滿床打滾，慘號不絕。

鮑二頭抱頭退出房間，掩上門，厲呼盈耳。「氣，果然消了。」氣消，欲火卻來了。「得找個妞兒，摧殘一下。」這麼想着，眼前房間的「服務項目」，恰恰就是：「一品美少女，十五分鐘，任做。」「怎麼會知道，連脫褲穿衣，十五分鐘，是我的極限？」鮑二頭內進，見洞就鑽，瞬間「做」完。但欲火一退，心靈，更覺空虛。

摸上三樓，琴棋書畫室，煙酒大麻房，擼貓逗狗區，鬥雞打蟀場，研墨習詩坊，到處是「文娛房」。「這時辰，最好有個人，聽我說心事。」二頭一想，事即成，門牌正寫着：「當席：桃金孃。專長：開解失意人。附屬服務：可先友，後婚。」他喝一聲采，推門直入。桃金孃，談情無敵手，相處半晌，二頭確定，彼此緣訂三生；

五世之前，還是沙鍋的薑蔥叢裡，兩條同命大鯉魚。

「往後，怎麼個打算？」桃金孃問二頭。「再『好屌』，也就一酒店，只宜短敘；長遠計，我要接你出去安居。」他說。「離開這房間，我活不成。」桃金孃告訴他：不同「服務」，規定在不同房間「享受」，踏出酒店，就像捧出去一摞燒着的冥紙，門外遇風吹，什麼都化為灰燼。「我去跟老闆說說。」下樓回到大堂，傅大炮仍舊沙發上瞌睡，讓二頭擾醒，有點不悅：「你當這什麼地方？要出去就出去？」

「有酒店不讓客人出去的？」鮑二頭怒道。「『好屌』是酒店，但這是『知心酒店』。目前試業，才沒掛上招牌，沒標出店規。櫃台有疊表格，你填清楚，交代有什麼要改善的，再去『享受』。現實人世，早跟你絕緣。」大炮說完起身，檢視案頭生死簿上的請客名單，暗罵：「屌那媽！要辦好人人喊好一家『好屌』，真不容易。」

那開滿向日葵的星球

林子黑了，貓頭鷹的綠眼，點亮檻後一根枯枝。兩扇百葉窗，香蜩兒要女僕保持敞開。窗扉框限的夜，風物常變，但色調，一樣蒼涼。失眠一隻小綠果鳩，趁月黑飛臨，藍眼睛，直盯着她露在被子外的腿。「咕你個咕！咕……」這鳥稀罕，青頭翠羽，鳴聲也不類尋常鳩鴿。「咕咩咕？」她不諳鳩語，苦澀一笑。「咕！」綠鳩窗台一撲騰，臨床就近啄她腳趾。

香蜩兒覺痛，要抗議，卻不想驚動屋裡人。綠鳩啄她大趾頭，見冒一點紅，明罵着：「咕你！咕你阿咕！」飛走了。天亮，女僕來侍候，送早飯餵她吃。香蜩兒沒提鳩事，只要來厚厚一雙紅襪子，着女僕為她穿上。黑幕，轉眼拉下。貓頭鷹枝頭嘀咕，香蜩兒暗叫不妙：「綠鳩來了，怪我穿了襪子，腳趾啄不着，啄眼睛，豈不是……」越想越怕，卻不讓人掩上窗板；窗一掩，她的世界就消失了。

「噓噓……」靜夜裡，傳來聲息。睜開眼，窗台竟蹲了個年輕伙子。「你小綠……綠鳩，變得了人？」香蜩兒瞧他小麥色蓬頭，不似那自來小鳥。「什麼紅鳩，綠鳩？」他搔完頭，自報叫驢西尼，住在離這座莊園，約莫十萬八千里一顆小行星上。小行星，不偏不倚，總繞她睡房公轉。這時，她窗台一盆大花紅星，花蕊正對方向，就是他那無名星所在。

「我那星球，有幢紅磚大屋，屋前三重鐵柵，柵上懸的門牌，是「B-612」號。每夜，我攜一管望遠鏡，避開那些狼狗，越過柵欄，甩開勾搭人的紅蒺藜，到曠野爬上最高那棵樹，就為看你。」驢西尼說：「你好上鏡，還木鷄一樣，容易聚焦。不過，」他似乎埋怨她：「你半夜裡，偷偷掉淚，家人不知道，但淚滴，一顆顆成了流星。那些失魂的星子，會打壞我星球上的向日葵。我在紅磚屋頂，種了一叢向日葵，眼淚有時會砸壞花瓣，打穿葉片，再撞上眼皮觸痛我，所以……」

「所以你來尋仇，要我遭罪？」香蜩兒歉然說。「我要你快活。」驢西尼眼神恍惚，但說的話甜蜜。他站在床後，摸着紅襪子問：「冷？」「不。就怕綠鳩來了，腳趾頭給一個個嗑破。」「我在，什麼鳩傷不了你。」驢西尼褪下一隻襪子，大腳趾上瘀紅點子醒目，他捧到唇邊，親了親腳背。興許肚子餓，走神兒了，竟把大腳趾叼住，一個勁兒吮啜。香蜩兒駭然，眼瞠着，臊得臉紅到脖子。

「黑血不吸出來，腳趾頭怕不保。」驢西尼說，他那行星好多眼鏡蛇，樣子看着有學問，就是陰毒。他那「B-612」有一隻看門狗，狗頭給砍了，就長出會噴毒一個蛇頭；後來，蛇頭狗還立了幾十條屋規，用狗爪蘸了糞漿，塗滿了四堵牆。「有一條，是『質疑蛇頭狗誡條，等如違反所有誡條。』」狗雜種吃腐，吃壞了一隻眼，竟找來一塊指南針，繩子繫牢了，蓋住眼窩。「畜生不倒下，大夥沒方向。」他講的，是物理，指南針不擺平，針頭一抹紅，就不肯指向極北。

這夜，他摘下蛇頭狗「眼罩」，循針頭所示，朝南進發。越過一座綠丘，人忽變輕浮，幾個騰躍，已翻過她家高門，躥上這窗台。「那畜生誆人，說檻外連一棵菜，都長了密痲痲鋸齒。院友踰牆出去，每天給削掉三四分，沒多久，一雙腿成了兩個肉墩子，只能寸進。壓根當人是傻瓜，是瘋子。」他問香蜩兒：「你會覺得我是瘋子？」沒見回應，他掏出那副指南針，食指啄着鏡面說：「瞧，南天盡頭，就是你的……」不巧針頭指着她奶頭，不好妄說。

香蜩兒一見那物事，紅臉忽然轉白，說不出話來。約莫兩年前，她隨父親到三里外，視察他家祖傳的庇護所，俗稱瘋人院。院舍門牌，恰是驢西尼報的號數。那天，她爸牽半瘋與不癲的，庭園裡開會。屋後墳場空寂，她樂得一個人閒蕩。驀地，竄出來尖頭長脖一個壯漢，他兩手掐住香蜩兒頸項，托起她，篩得她筋骨離位，就扔到一座墳背上。她腰椎劇痛，要掙扎，手腳竟不聽使喚。然後，裙子給掀起罩到臉上，她眼前一黑，下面的衝突，遠離童話，不贅。

蜩兒她爸散會出來，赫見女兒伏墓石上，膝蓋着地，屁股幾十朵紅印，都是咬痕，有些還在沁血。「什麼畜生？竟專咬屎窟？」她爸把裙子翻下來，蜩兒頭側着，嘴裡塞了白褲衩，昏過去了。受虐之後，她雖知道寒熱痛癢，筋絡卻彷彿全斷了，不能稍動，成了高床軟枕上一株植物。「那東西……」香蜩兒記得，那天讓長頸漢掐脖子，掐得兩腳離地，眼前，就這指南針搖晃着，左右擺的腥紅，會催眠似的。

翌日，銀河垂地。驢西尼再現身二樓窗台。「我不讓人外邊過道走動，免得擾我……我睡覺。」她說。「睡覺，最要緊了。」驢西尼說，他屋頂曬台種的向日葵，就最容易犯睏，晌午成叢耷拉着；到了子夜，卻直挺挺面向月亮。「我那星球，沒東西知道守規矩，連影子都會站起來，把人按倒在地上。這向日葵，按道理，倒不如叫『望月花』。」他抓起那株葵花，三更半夜，粗長花莖，竟真的筆直豎着，充了血一般。說着，他解開香蜩兒睡袍緞帶，撫摸她，從上唇摸到下唇，摸得絲絲入扣。她喘息着，感覺腿間有一個泉眼，潺潺的，向圍過來的望月花，湧水相報。

驢西尼每夜都來。第五夜，還捎來硬梆梆一株向日葵。「蜜桃熟了，再不吃就蔫了。」他鼓起餘勇，解她睡袍上鈕扣。睡袍款式古樸，三十三顆鈕扣解完，薄裳書頁般攤開，月光，忽從窗戶潑入。香蜩兒赤條條，白花花光影裡泡着，竟有些恍惚。再垂眼看，自己那棒槌，扣子解到一半，就軟了。「我來……」她小聲說。他湊近床沿，把她的頭擰向自己臍下，待她嘴巴張了，也不客套，往前一送，半截驢屌由她叼着。不想受這盲吸，瞎啜，那話兒沒鼓搗進喉嚨，經不起攪搾，嘩啦啦洩了。這時，香蜩兒臉色紫脹，兩眼翻白。他連忙抽身，按摩她喉吻，一腔腥臊噦了，總算回了魂正常吐納。

沒替香蜩兒抹嘴，他就深吻她。良久，他抬頭換氣，她才提醒說：「你把我衣鈕扣上，這費工夫，天亮沒扣完，讓人見着不好。」驢西尼聽話，俯身從袍襬扣起，扣到膝蓋上，香蜩兒見那指針，鏈墜般盪着，兀自問他：「你繫的這『狗眼罩』，怎麼來的？」「這得從我星球的頭兒，那豬鼻院長說起……」驢西尼告訴她，他小行星上，紅角公羊們，最厭恨院長了。院長有精神病，晚鐘敲過，會杵在大理石雕的日晷上，扶住鯊鰭似的晷針，嚷着說，自己聳立鯨魚背脊，要帶領塵世所有的三尖八角，向西，迎擊朝陽。

豬鼻院長嗑了藥，自覺頭腦清明，就召集院友，開會公佈餐單，朗誦每月更替的菜餚，一年十二款，譬如一月：爆炒大龍蝦撈粗，配羊蹄甲樹皮黑鮑汁。總之，終日烹犢炰羔，嘴上四面昇平。誦讀冗長餐單，院長認為，聽眾會油然生出一片願景，腦海浮起一桌桌鳥有九大簋，可以緩和病情，撫平躁動。其實，院長大話說完，提供的每頓飯，仍然像餵豬的粗糧消水，麵包壓根是建材，蓋房比用磚頭穩固；一天兩頓飯，唯一變換的，是撲上去那些蠅蟲的饞相。

香蜩兒聽着，只覺那豬鼻院長，神似她那酒糟鼻父親。迷糊中，卻聽驢西尼說：「餓癟了，要出去覓食，蛇頭狗又擋在門口。刨坑要逃給埋了，吃麵讓捅穿胃囊了，咽氣了……」他想起香蜩兒提過的小綠果鳩：「總之，院友……那些紅角羊遇害了，都變你說的那種鳩，三年幾十隻，滿院子亂飛，半點沒個鳩樣兒；而且，一腔的怨懟，見生人就啄眼睛。」他沉得住氣，湊合活着，直到兩年前，豬鼻院長來巡視，還帶來了嬌滴滴一個公主，枝頭上，就沒一隻鳥，不綠得扎眼；所有的鳩鳴，都彷彿攛掇他，催促他去會她。

「你就是我的公主。」驢西尼衣鈕扣了十幾枚，扣到陰阜上，着手軟膩，只輕搓着不忍上移。「如果你願意，改天我綁牢你，把果鳩們都召來。」他推擠着屄上肉瓣，接着說：「上百隻鳥，總可以抓着繩頭，吊高你，直送到我那紅磚屋頂。那叢望月花見了你，覺得親近，一高興，沒準就有個向日葵的範兒。」這光景，讓香蜩兒心癢，也情動，就生怕那蛇頭狗，還蹲在屋檐下，等着用長了倒刺的舌頭，摳她屁眼。「時間，會解決問題。蛇頭狗，還有牠那些誡條，都給砍削掉了。」原來遠訪蜩兒之前，他就設了陷阱，在日晷那鰭狀尖刺下，擺了一坨金子。

這金箔包裹的一塊石頭，夕照下，會招呼人。不旋踵，看門狗過來俯身撿拾，他樹後竄出來就勢一推，蛇頭正好磕向晷針，尖鋒從蛇嘴攮進去，幾把一顆頭剖出兩爿。牠眼罩脫落，用一個含胺的姿勢，凝固在晷座上。黑血，浸漚着時辰的刻度。日影投下來，圓砧上一團灰蒼，辨不出子丑寅卯。「時間，最終除掉了畜生。」到底，他為那給玷污了的光陰，攪黃了的白月惋惜。

「處死那廝，是牠……欺負過你。」他在蜩兒床前跪下相邀：「到我星球上去吧，我有交……交接經驗，知道植物脾性。」「天要亮了，晚上說。」香蜩兒回過神，提醒他。驢西尼三下五除二，連忙去扣鈕，扣到喉頭，親了親額頭，就回身躍出窗外。這一去，她才察覺那株向日葵，還留在枕邊。「糟了。」碗口大一朵花，擱眼皮底下，她就是沒法子移走。

天色泛白，幾個女僕進來，準備為她梳洗。其中戴紅手套，負責擦屁股的，見了那向日葵，滿臉堆笑說：「有人送我這好花兒，要我籮柚炸開，開成這模樣，我也樂意。」「果鳩……鳩銜過來的。」香蜩兒心虛，編了話支應。「這鳩好大啊，小一號，這粗長一條花莖，要叼着飛進來，可累得夠嗆。」紅手套見睡袍上，肚臍眼位置有一顆鈕扣錯位了，像個破綻，兀自笑盈盈侍候着，事了，卻把向日葵帶出房間。「找個有日頭地方，替你養着。」她安撫香蜩兒。

「床單濕涙涙，以為又尿床了，可那味兒不對，我舔過，就一灘屄水。」紅手套向豬鼻報告。香蜩兒，不是這酒糟豬頭的血脈，他從鄰村虜拐她過來，只等春藥吃足了，那幼長豬屌硬得起來，就瞻前，不忘顧後，撬她一個屁滾尿流；撬完，女兒換稱妾侍，諒這蜩兒，諒牆外一樹樹寒蟬，全無異議。詎料一時不察，頭啖湯讓人喝了，恨得他一個酒糟鼻，腫成醬赤，要爆炸一般。他惱火攻心，湯渣橫陳，懶得去檢驗，自然不曉得香蜩兒歷劫之後，早濕兩通路，尚算完好。向日葵，他既知道出處，即命管家門窗下設陷阱。「偷飲私家屄水，不會有好下場。」豬鼻埋伏了家丁，就氣沖沖，等抓採花賊。

入夜，驢西尼再來，大閘外就讓捕獸器夾住，脛骨斷了，卻脫身不得。讓人拿住痛打過，縛住了，拖出三里長一條血線，拽到「B-612」號紅磚屋，他剩一口氣，說完：「記得替我蜩兒，還有，我那些花兒澆……澆水。」從此默然。獨眼門衛早爛在日晷上，分不了身過來施刑，豬鼻着人鐵籠下垛了柴薪，推驢西尼入籠，就生火焚炙。那些沒瘦死的紅角羊，總認為是驢西尼壞了章程，害伙食變餿，讓日子艱難。「燒死了變綠鳩，早死早享受！」公羊們圍着鐵籠，蹦跳着，賀他伏法，頭上蔫溜溜一對紅角，起勁招搖，其實，是垃圾山撿來，小號的孖煙囪褲衩；資深病號一個個褲衩罩頭上，終朝的洋洋喜氣。這彰顯精神病院面貌，或者說，展現病院精神的賣相，豬鼻最樂見了。

入黑，香蜩兒吩咐女僕墊高後腦勺，好讓她看見窗外平曠。夜色清澈，她幻想驢西尼，騎了長翼的毛驢，西天馳來，再一次，說他星球的晴雨。她盼着，盼着，盼得心焦；然後，到子夜，心焦成灰了，眼睛要睜不開，遠方矮丘上，卻忽閃忽閃，亮起一點橘紅。「驢西尼沒誆我，窗外，真有這麼一顆行星。」但想到他寄居的星球，陡地變赤，沒準是鬧火災，廣植的向日葵燒着了。那點綴未來歲月的心血，要是一夜間燬掉，香蜩兒心想：「人再曠達，也肯定傷心透了。」然後，她累得閉上眼，黑暗中，等那不該紅的紅星熄滅。

鬼騎士

「老大，就那廝，他追上來了！」一條硬漢高喊，聲音透着恐懼。「進槭樹林！別讓他找着。」老大把羚兒按貼馬背，催馬急奔。「他是誰？硬漢，為什麼嚇破了膽？」北風呼嘯，馬鬣抽着羚兒的臉，對銜尾追近的「他」，她存了一絲寄望。自從給蒙了眼，反綁着，最悲慘的命運，就等着她。馬兒跑得急，傳上來的撞擊，好規律，好堅實，五臟似乎在崩裂。她知道，那只是個開始，真正的衝刺，在馬停蹄之後。五匹馬上五條硬漢，尋的，是一個適宜用陽物擂死她，搗爛她的樹林。

小麥田盡頭，這一年，槭樹的落葉會紅得扎眼；紅，是預見染滿了貞血。鬆開腿，翻下去讓馬踏碎，能圖個痛快；然而，她不想死，絕對不想。早上，她浴室鏡前，才端詳過自己，毛髮烏亮，乳蒂嫣紅，白肉上，沒一顆黑痣半點瑕疵。「青春真好！」她心裡喝采。

馱着她的那匹馬，彷彿狂奔了上百年，驀地，四蹄放緩，停住了。「這兒偏僻，咱們先把這浪蹄子幹得翻出腸頭，再提了褲子趕路。」老大馬背上扯下她。羚兒地上滾完，只聽老二說：「長幼有序，肏屄，大夥要守規矩。第一輪，老大領銜先入前院；第二輪，行有餘力，有乘輿補肏，或者要炸後門的，次序，次數不拘。」

眾人放聲淫笑，羚兒聽着，渾身抖顫，要求饒，卻讓人按在樹椿上，裙子掀起，褲衩褪下，兩腿間，馬皮磨得火燙的地方，突然，陰涼了，感覺到枝葉間，陽光的輕拂。山林寂靜，那靜，靜如周圍結了冰。那五條大……一準像拔牙的，靜靜審視她，準備撐開她，摳挖她。「不要……」她寒毛直豎。但第一下觸摸，那樣溫柔，卻是落在臀溝上一片枯葉。

「一起上！」那老大發一聲喊。怎麼能一起上？這是謀殺！羚兒大駭。她未經人道，遇棍如雨下，怎生能承受？驚疑之際，入耳，是刀劍的鏗鏘；然後，是恐怖的慘號，是廝殺聲、腸臟穿破聲、頭爆聲……然後，喧噪消失，寂靜裡，有血的腥味。她不敢稍動，片晌，裙子讓人翻下來，反綁她的繩子給解開。一副冰冷的物體攙起她，扯下她蒙眼黑布條。

「你是鐵……鐵皮俠？」面前一副盔甲，反光刺眼，鐵手執一根長矛，還滴着血。「那幫廢物——」他朝落葉上五條死屍勾勾頭：「生前，叫我吊靴鬼騎士。」「那……謝謝吊靴先生。」她表達感激。「叫我鬼騎士。吊靴，是形容詞。」鬼騎士講究，隔着頭盔，能看出是讀過書的。「多得鬼先生搭救。」她說。「要客套，寧願你叫我騎士先生。鬼，也是形容詞。」

「吊——」暗罵他鄉曲文縐，嘴上倒恭敬說：「先生不搭手，這會子，我屎窟早開花。」「我救你，是我……想救你。」說着，鬼騎士走向他那大黑馬。「哎唷！」羚兒趕不上，仆倒了。他回頭兀自攙扶她。「我走不動，也住得遠。」她說。他一膝跪着，讓她踩着上馬。馬蹄，不疾不徐。他一手控轡，一手勾着她腰，十分體貼。

「沒騎過這麼大的馬。」羚兒問：「你這什麼馬？」「吊靴馬。」他說：「這馬鼻子特靈，三里外，嗅得着壞蛋的味道。」「先生騎吊靴馬闖蕩，一直不露臉？」她試探着。「不露。」他告訴她，他貌醜，覺得寒磣。

「這身盔甲，不卸？」「這是我的衣服，洗澡，才脫衣服。」鬼騎士嗅着她髮香，他其實，想和她去洗澡。

但夕陽的餘燄，提醒鬼騎士：昔日，仇家來縱火，大火裡，他沒搶救出妻子。他仗義，但他的義，害死他疼愛的人。臉燒壞了，是報應，他不肯再讓自己投入愛河；他的愛，是河上浮光，會把女人扯向水底。「哪天，你想找我聊聊天兒，馬上掛的這長矛，你插在我……我睡房窗外。」羚兒回過頭，要透過盔縫，窺探他眼神。

「往前看！」鬼騎士吆喝，吊靴黑馬會意邁步，轉瞬間，馳近羚兒家門。暮色裡，一個小伙子宅院前候着。「那是阿萌，一隻悶蛋。」羚兒說。「你小情人林子裡迷路，帶出來還你來了。」鬼騎士替羚兒隱瞞，瞧着阿萌那張臉，活脫脫，就是十年前清俊的自己。「好生待她。」他轉身步向坐騎，心裡欣幸，畢竟，沒有人看見他的焦臉，幽暗的盔甲裡變酸。作為騎士，他明白，在這荒唐人世，他得繼續行俠仗義。

某夜，他跟一個穿紅斗篷的纏鬥，當長矛把斗篷撩起，滿月下，露出來的，竟是一個女孩的屁股。「羚兒？」他撲過去，擒住她，吻她耳朵，對變成黑洞的耳窩，他要呼喊，他愛她！就在掏出陽具握住，要擠進她臀溝一刻，一陣刺痛，在一座修道院枯井旁，他甦醒過來。盔甲，那樣沉重，夢裡一根長矛，他抓住矛頭，抓得掌心破損。迷迷糊糊的，他踏月徐行，步伐，跟杜鵑鳥的悲啼，那樣合拍。沒多久，他「發覺」已走近羚兒的住處。

他把一株紅玫瑰繫上矛頭，要把長矛插在她睡房窗外花壇。好比歸帆這裡下錨，獵人這裡埋箭，從此，他忘記他的江湖。猶豫之際，背後伸過來一個影子，是阿萌。「幹什麼來了？」鬼騎士心虛，反過來問他。「那天你送阿羚回來，她對我，越發的冷漠。」阿萌歎了口氣：「我接到徵兵狀，天亮，就要上前線。這事阿羚還不知道，我愛她，想給她留話，希望她明白，我就變一堆灰，一堆炮灰，也會乘風飄回來，罩住她。卻就是……不曉得該怎麼表達。」

「天亮前，你還來得及寫一封長信。」「我不通文墨。」阿萌一臉懊喪。「我來寫。」鬼騎士心中豁然，他躲進柴房，着阿萌弄來紙筆，點了燈給羚兒寫了一篇話。破曉，他把矛頭上那紅玫塊摘下來，連信函交付阿萌：「我用這朵花，換你的徵兵狀。打仗，我比你在行。」吩咐他：「撂下這信，你找個山旮旯，躲幾個月，太平了才好回來。」鬼騎士去了，羚兒捧讀着那一紙纏綿，他正向戰場進發。為了保衛心上人的未來，他瘋狂殺敵。

三個月過去，鬼騎士負傷，戰壕裡躺着。敵人掩殺過來之前，離奇地，來了個郵差，綠衣紅褲，黑禮帽不染征塵。郵差遞上羚兒的一封信，就壕溝上佇立。「阿萌臨行，留了一疊字，我總覺得，是你心聲。會不會，其實是你手筆？阿萌說，仗快打完了，長官嫌他勇猛，嗜殺，提早驅逐回來。他向我求婚了，我應該答應麼？你對我還有一點情意，請讓我知道，讓我等你……」

「我認得，就一個鳥字。寫什麼信了？肏你，是想過。但愛你，你還是讓那阿萌，去愛個夠吧！」鬼騎士草了一堆字，交給郵差。他黑帽一揭，躬身退入變得重濁的硝煙裡。鬼騎士站起來，踉蹌走進霧障。他手裡還有一根長矛，長而堅挺，他想：他還可以為一個女人的幸福奮鬥……

雪原上的婚禮

窗玻璃，隔絕了聲息。大屋裡抬出來靈柩，八個人，身穿黑禮服，辦喪事，辦得駕輕就熟。天色陰晦，泰坦娜窗前俯視，要革命的，衝出去，沒有回來；反革命的，給押出去，也沒回來。外頭，是怎麼一個人間？「總之，不是你該去攙和的人間。」明斯基對她說過。明斯基在這座城，這個家，有權有勢。他說女兒宜住頂樓這房間，十三歲開始，她在監守下，一「住」五年。

靈柩扶上黑篷馬車，相比過去那十幾口棺木，這一副，似乎特別沉重。泰坦娜明白：明斯基也過去了。自殺？大棺材後，兩個僕人挽着的小棺材，一準是明斯基那寵貓的歸宿。馬車駛走，留下深刻的轍痕；然後，下雪了，頃刻，把那些虛線掩沒。寂寥長街，鮭魚紅，檸檬黃的老房子，讓大雪壓了下去。房門外，過道悄靜，僕人三天沒來送飯了，泰坦娜覺餓，就去彈琴。進行曲之後，是進行曲，慢慢走了調，碎亂，無力。餓得彈不了，她躺上床。

夜，鐵鏈一樣長，黎明降臨，她聽到敲門聲。「門，外面上鎖。」泰坦娜驚疑不定：家裡人，會知道開門。「誰？」問話，沒見回應。敲門聲更大，就要把門搥碎。「走啊！讓我安生過完這一天。」她摀着耳朵。驀地砰的一響，銅鎖折斷，房門給推開。「熊！」泰坦娜瞪着眼，要退，兩腳卻動不了。毛毿毿大白熊，高舉兩條長臂，她全身癱軟，嚇昏了。

噩夢裡不辨日月，泰坦娜醒來，發現自己在雪橇上，正雪原上滑行，身旁中年男人深目長睫，氣度不凡，只望着她，一臉關切。「我怎麼會在這裡？你是……」她勉強坐起，感覺好虛弱。「我叫德里斯，是令尊信任的人，我和他有個……協議。他臨終托人捎信，要我照顧你。」他說。「那隻大熊……」她沒想到熊掌下，仍能存活。

「阿白嗎？牠是我……可以說，私人助理。」德里斯閃出笑意，掀起她身旁厚簾，數丈外，原來另有一輛黑篷雪橇，四匹黑馬拉曳，白皚皚積雪上，浮浮晃晃，像破風滑行的黑船。大熊阿白看見泰坦娜，車廂裡探頭，朝她擺擺熊掌，好親切。「這要到哪去？」泰坦娜問德里斯。「瓦利金諾。」他握着她手：「婚禮安排好了。」「誰的婚禮？」她問。「咱倆的婚禮，還用說。」他答。「怎麼……這樣擺佈我？」她感到悲憤。「愛你，才擺佈你；讓愛你的人擺佈，是幸福的。」德里斯抽出手槍，交給她：「不嫁給我，開槍。」

「我不殺你，也不想嫁你。」泰坦娜把手槍還他。德里斯搖搖頭，冷笑：「真叫我為難。」雪橇平順地前進，白天白地裡，像一闋悲歌，像悲歌裡一個音符。「究竟還有多遠？」泰坦娜對「幸福」前景，不耐煩；畢竟，白路太長，黑篷裡狹隘，也寒冷。「日落前，該到。」德里斯安撫她：「婚前，有交流的工夫，行房就暢快。」

「下流！」泰坦娜沒想到他說話直白，一臉羞紅。

「瓦利金諾到了。」德里斯說。黃昏，載人和運熊的雪橇併靠着，馳近草莓紅一座尖頂大屋。大屋孤伶伶雪上矗立，遠看，彷彿白浪裡的浮標。大門打開，屋中爐火正旺，一股暖熱，撲面而來。泰坦娜在攙扶下，才踏進正廳，眼前景象，卻讓人震懾：她父親明斯基、母親和三個哥哥，還有小時照顧她的幾個老僕役，全都衣冠楚楚，笑瞇瞇地，站在好大一盞水晶燈下。

「不是都……都走了嗎？」五年來，大屋不時響起槍聲、驚喊和哀號，泰坦娜看着靈柩，一副副給抬出去，然後，風雪中消失。「這是……怎麼回事？」她顫抖着，退了幾步，問吩咐樂師奏琴的德里斯。「除了岳丈大人，你家親戚，早住在這裡。你幾個反革命表兄弟，紅軍押了去刑場，折騰完，爛了瘸了，走得慢，不過，也快到了。」他陰惻惻一笑：「你大日子，不來，說不過去。」

「他們……他們沒死？」她有驚無喜。「老扯着『死』這話茬，不掃興？」德里斯面有慍色：「大家這兒團聚，不好嗎？」「好……」她要過去擁抱母親，瞥眼間，窗玻璃外八匹黑馬，分明在喘息，卻沒見口鼻噴出白霧。那頭大白熊，把一棵檜樹搖得雪粉紛飛，要是有鼻息，不可能鎖住衝出的寒氣。「方才，德里斯他戶外說話，也沒呼……」這一驚，非同小可，泰坦娜惶然奔出屋外，發覺自己呵氣，竟和北風一樣冰冷！

「進屋去吧，賓客要齊了。」德里斯門前張開雙臂，看上去，強而有力，準備庇護一個新娘。「婚後，我要這屋頂樓，有一個屬於我的房間。」她屈服了，開出下嫁條件。「窗外，終年白茫茫，沒好看的風景。」德里斯說。「有人，就有風景。」過去，她房間裡，看人一個個出去；如今，卻看他們一個個回來。「回來就好。」她苦笑。

惡妻如惡獸

伊遜歷經風浪，帶回來金羊皮。佩里斯卻不守信諾，退還王位。伊遜的妻子梅迪雅，是個厲害角色，丈夫不能稱王，她就做不成王后，氣得頭髮火一樣燃燒。「我要搞得你一家子，雞毛鴨血！」她邀來佩里斯三個女兒，告訴她們：「我學了些『回春』秘術，可以讓你們年年十八歲，無病無痛活個一百年。」

梅迪雅弄來一隻老公羊，示範如何施術。她備了大銅鍋，堆上柴火，見藥湯滾沸，就割破老羊咽喉。「舊血全擠掉，這一鍋回春精液，才容易融入骨肉。」她一邊解釋，一邊把未死透的老公羊，投進熱鍋。明火煮半個鐘頭，揭蓋子，鍋裡竟跳出來一隻小公羊，看上去年輕有為，一路咩咩叫。

三個女人既驚奇，又興奮。大姐年近三十，率先要見證療效：「我要回復十五歲，皮膚要嫩得人見人摸！」說着，脫光衣服，要爬入銅鍋烹自己。梅迪雅擋住她：「別心急，講講尊卑，次序，讓老得夠嗆的先來吧。」女人們會意，回去急告老父。

「可以變年輕，割喉放點血，小事。」佩里斯吩咐：「變回十八歲的樣子就成，不必再年少。我鍋裡跳出來，才五六歲，容易讓人奪位。」「大王慮得有道理。」梅迪雅憋着笑，對他三個女兒說：「我不好割他咽喉，你們自己動手。」兩個人按着佩里斯，大女兒餐刀抹他脖子，佩里斯鮮血噴湧，慘然仆倒。

「趁沒死透，快推進鍋裡。」梅迪雅催促。各人送佩里斯進了沸湯，他掙扎一會，慢慢煮軟煮爛，成了湯渣。「火候夠了。」梅迪雅攛掇道：「儘管喝，多喝幾碗，省了吃補品護膚。」佩里斯沒回春，更沒還陽，三個女人卻不斟酌，見「足料老爸湯」熬成，都搶着去嘗鮮。骨肉湯吃了幾瓢，人凝滯不動，成了三具蠟像。

佩里斯一家遇害，梅迪雅不能待在伊奧城了，就偕丈夫遠避到科林斯。科林斯王招伊遜做女婿，梅迪雅遭到驅逐，又恨又妒，決定把自己和伊遜生的兩個兒子，另添一襲寶衣獻給公主。「孩子可憐，望代為撫養。」梅迪雅說得誠懇。公主試穿新衣，不想肌膚接觸到劇毒衣料，馬上燃燒，燒得全身潰爛。國王嗅到焦味趕來，要扯掉火衣，自己也燒成一塊長炭。

梅迪雅發覺事情鬧大，似乎又闖禍了，乾脆殺掉絆手絆腳兩個兒子，駕馬車絕塵而去。她的前夫伊遜，塵煙裡，有些悵惘，他反躬自問：「這樣一匹噬人惡獸，真的曾經吮過我？親過我？是我老婆？」

惡毒大王的寵物

「惡毒大王來了！」村民一邊逃，一邊嚷。火，代替麥穗田地上招搖。惡王的騎兵見屋就燒，見人就殺。對美女，是狎辱完，再殺。惡王血紅篷車裡歪着，婦人抱嬰孩走近，他用新發明的火槍，射死她懷裡小孩。婦人跪在瓦礫上號哭，惡王命人扯她褲子，笑道：「防她空虛，先塞幾塊石頭進去！」瞥眼間，赤條條一個妞兒，溜進白楊林。「一根根白楊，一條條陽具！」他吟完詩，抓起蛇頭權杖，下車窮追。

霧起了，白楊林中，浮一個黑袍人。黑袍人長柄鐮刀直指惡王：「我動手，還是你自殺？」「從來我殺人，沒人敢殺我！」惡王大怒。「我是死神，你時辰到了。」「沒聽過你。」惡王冷笑，突然，一個箭步趨前，標出髀手指，插眼。死神一聲慘叫，變了瞎子。「你不得好死！屌你，好……好漆黑！」他血流披臉，邊罵邊退，轉眼沒入湧來的災民潮裡。

這時，血從樹上滴下，惡王舔了舔，覺甜。一仰臉，原來要追獵的美少女，手腳箝着樹幹，屁股讓樹皮刮破了，就像兩個木瓜，熟得沁着糖水，邀他擷摘。「這姿勢好，我叫人下面生火，烤熟你。」他舉起權杖，輕戳她股溝，淫笑道：「這兩團肉，毛拔乾淨，大洞釀入驢鞭，小洞塞進牛尾，花蜜塗一層，烤個五成熟，再從活生生，慘叫着的你身上，一小塊，一小塊，剮下來佐酒，嘖嘖，那真是……」惡王不知所謂的飲食品味，女孩光聽着，就嚇得樹上掉下來。

「你殺我一家十八口，多殺我一個，有什麼趣味？倒不如……留我小命，讓我侍候你。」為求苟活，她跪行挨近惡王褲襠，伸手解他褲帶。惡王冷冷地說：「吮得好，我就暫時不殺你，當你寵物。」「我男朋友，總要我含……這個，我有經驗。」女孩閉着眼，不看他那大東西。「你男朋友呢？」惡王問。「讓你一個騎兵騎……騎死了。」「逼人含鳥，可恥。死得好！」惡王大剌剌享受她的服務，他沒逼她，她是自願的。

惡王早洩，女孩卻不敢把漿液吐出來，還含着笑，讓惡王把鐵枷套上脖子。「大王，能不讓我披……披塊破布？」「你見過豬穿衣服？我賜你名字，就叫……叫美豬吧。」他放聲大笑，拉着她出了樹林。因為興致高，還傳令：「再多燒兩條村！」載着惡王和美豬的篷車，廢墟上，風一般掠過，暮色伴隨屍臭降臨。

惡毒大王讓美豬住進鐵籠子，他有點喜歡她，大雪日子，兀自用鏈子纏了她腰，一起跑上幾里路。「身體好，惡土國，才治得好，國土治得好，賤民開心吃禾草。」惡王腦袋載着國事，卵袋，卻塞得美豬差一點氣絕。他雞巴渥潤，沉溺於口活，卻忽略了她的恨；她的恨，比他的惡，還要深。

某天，獸籠外起霧，霧散了，一個瞎子摸到檻前，抓着鐵條亂嗅。「是你，我記得味道。」瞎子臉現喜色。「死神？」籠中美豬大驚，白楊林遇過，怕他來索命。「慚愧，這會子，我才琢磨出惡王的弱點。」死神小聲說。「惡到這程度，會有弱點？」「是人，就有弱點。」死神分析：「這廝好鬥，不知畏懼。」美豬聽着茫然。「好鬥，我就送他一個對手，一個他鬥不倒的對手。」死神說：南天紅霧裡，住着一個「善良大王」，善王半人半神，心血來潮，就去做好事；起碼，他自覺做了好事。

「做好事，有什麼可怕的？」美豬不解。「他最會『創造』各種的活，讓沒事幹的，有事可為。譬如，在沒老鼠的村子，僱一群人，去散佈劇毒鼠餌；結果，幾百隻貓給毒死了；然後，老鼠成千上萬，村子裡肆虐。」死神似有餘悸，說那善王，還把彎路上幾百年的古木斲盡，開拓出一條條鳥不下蛋的坦途：「是人人有活幹，但幹的，都傷天害理，貽禍千年。」他補充說：「惡王殺人，善王不殺人，善王讓人自殺。」

「希望他不得善終。」美豬說。「你對惡王說，大家看扁他，賭他鬥不過善王，鬥一回，矮一截。他氣昏了頭，就會去拚命。」死神的建議，美豬原話傳達。惡王一聽暴怒，膝撞完美豬，把她肛門肏得像一朵玫瑰，喘着氣說：「屁眼給我睜着，看我怎樣肏死那老廢物。毒貓？這麼出息？我賞他吃自己流出來的屎！」他傳令用杉木趕造「百眼大戰船」；一百隻「眼」，一百個炮口。「船這麼大，怎麼上天？」軍頭問。「活捉境內大鷹，送去拉船！」惡王蛇頭權杖，直指向天空。

人死得多，鷹鷲吃得肥壯，大得像一間屋。彈藥裝填好，惡王一身盔甲，一手把舵，一手搓捏美豬股臀，鍛練指力，暴喝之下，幾百隻大鷹曳着戰船，鼓翅飛升。大地，五顏六色，像一幅輿圖。「燒過的地方，實在太少。」惡王心中有憾。忽然北風颯颯，鷹群把大船拖入雲霧。「來者不善。」善王聞聲，知道惡王來犯，派手下歪嘴天使迎擊。這歪嘴潑婦，鎮日顛倒是非，把黑白搞混；欺上瞞下，左閃右避，更是專長。

惡王見這鳥人，雲頭上扭來扭去，心中厭惡，左舷幾十門大炮轟一輪，沒打着，右舷再賞幾十炮，總算有一枚炮彈，小腹下擦過。一灘黑血濺向甲板，竟煤油似地燃燒，燒死兩排炮兵，惡王一條左腿給燒壞，痛得一個勁兒罵娘。美豬沒想過逃躲，她靠着船桅，迎接變成一塊燒肉的命運。大鷹拖曳的這一座火球，蟻民仰望裡，是過早沉墜的落日。危急中，惡王不忘攜同寵物，挨近船頭。火，乘風燒向船艄。戰船燒剩一個船頭，還是着地了。那歪嘴天使，呱呱叫着墮落，托善王鴻福，她自己化灰，連帶燒掉一座城。

美豬坐實了是死神同謀，她用最大的忍耐，把惡王推向這璀璨的天空。惡遇上善，首戰惡方主帥一條腿瘸了，她覺得該把激發，改為鼓勵：「戰船，換一艘耐燒的，再去轟死善王不遲。」「這還用說？」惡王聽取「寵物」意見，鋸掉爛腿，換了橛木棍撐持，就籌建更大一艘船艦。「下一回合，大王準贏。」美豬說完，兀自溫柔地，把他胯間沒爛掉的東西，叼在嘴裡。

黑貓女淑美

「我肏死你！肏死你！」狗老四把癱軟的淑美翻過來，再提了幾百提，她果然悶聲不響，咽氣了。這天，天狗蝕日，狗老大氣血逆行，忽然講「公平」，推翻惡狗幫由大至小，行之有年的輪姦次序。「抽簽吧。」老大說。結果，他反而得吃「菜尾」，待老四抽身，他瞪着糊爛一個陰戶，滿臉厭惡：「這是要逼老子走後門了！」狗老大去扣門，沒見反應，更惱了：「狗日的！要我肏個死人，當我變態的嗎？」他提弓搭箭，瞄準狗老四眉心。

「大哥，規矩你……你定的。下次我抽到頭簽，讓你先快活就是。」老四說。狗老大暗想：射死他，餘人吞聲不發，內心難免長出疙瘩；但搭了箭，不射死個東西，勢難下台，抬眼見紅影樹橫枝上，一隻黑貓匍伏看各人作惡，嚇得瑟瑟發抖，他那腔惱火，正好由箭頭傳過去。「喵嗚！」黑貓中箭，死了，還是抱着樹椏，怕掉到人間地獄。貓血，簌簌滴下，滴到淑美背上。狗老大見白背沾了鮮紅，如癡如狂，貓血往她股臀亂抹，就硬生生，破門而入，死穴裡亂搗。

「肏活你！我肏活你！」狗老大氣喘如牛，喊得卻有點新意。搗擂上半日，九深一淺，幾百回往復，腸子裡黏搭搭的，煞是無趣。他不情不願丟了，抹乾淨，提上褲子。「天要黑，我有人要殺。你們先回狗窩，破曉，修羅男爵大宅前，玫瑰拱門集合。訂金我收了，今夜，必須把男爵女兒虜走。」狗老大說完，上馬北馳。這時，紅霞滿天，夕陽壓出來的血路上，他們哼着歌，策騎徐行，肏完屄，暢快極了。

惡徒們離開片晌，屁股朝天，大青石上搭着的淑美，身子慢慢變暖。不久，嘴唇抖動，呻吟着，竟翻身坐了起來。她嗅覺變得靈敏，衣服不穿上，就循腥風的來處疾奔，轉眼趕上四個西行的仇家。狗老二便急，繫了馬，繞到榕樹後要解褲帶，驀地，一條木棒敲下，他頭殼裂開，瞪着眼倒地，襠間那異物，婌美捏在手上，幾下扭擰，幾脫離物主。

「老四，去瞅瞅二哥拉什麼，怎的一拉半天？」老三暗覺不妥。林子裡，鬼氣森森。狗老四踢着老二屍體，大驚，回頭見一個女人蹲伏，削尖的樹枝抵住他肚臍，「明……明讓肏死了，怎麼會……」疑團未解，樹枝戳進去一攪動，慘號遠傳，老三老五震慄。林密天黑，兩人變了瞎子，淑美卻盯着要害，她竄高伏低，戳他們，咬他們脖子，喧噪平息，她席地而坐，一條腿筆直提起來，她身子柔軟，柔軟得輕易屈曲，舔吮受創的門戶。

天要亮了，狗老大潛近修羅男爵宅院，卻沒見同黨現身。他按捺住，不發作，暗想：「四件廢物不來，買賣做完，錢，我一個人收；功，一個人領。我這老大，可不是白當的。」惡狗幫行事，習慣見人殺人，這天他孤身犯禁，倒不敢輕慢，踰牆進了屋，摸到男爵閨女臥房，推想她正酣睡，就點起迷煙，門縫裡熏入。隔一會去撬門，房中昏暗，床上橫躺一團軟肉，他打開黑布袋，匆匆把要擄走的塞了進去。「背回去肏幾天，再送去換錢不遲。」他盤算着，腳下卻不稍停。

回到狗窩。狗老大解開袋口繫繩，褪出半截身子一看：「好面善。」他心中發毛：「這不是昨兒大夥肏死的女人？」死人跑到男爵家，躺上床，等入他布袋？這事蹊蹺。驀地，女人睜眼坐起。他發一聲豬叫，奪門逃竄。袋中女人，正是貓魂附體的淑美。迷糊裡，聽聞惡狗幫要擄人，就提早支開目標，自己作餌。枕頭下原本揳了匕首，等狗老大挨近，一刀攮死；然而，門縫進來迷煙，佈置也就白費。

迷煙失效，淑女醒過來，袋口是鬆開了，要銜尾追上狗老大，卻不容易，追了九條街，還是讓他溜去。「死了捱肏，難不成肏足數，又活過來？」狗老大不是怕，是不明白。淑美悻悻然回到家裡，趕走後父，穿上黑皮衣，找了個鐵匠，訂造了一對嵌了利爪的手套，仍舊四出打聽狗老大下落。「我知道他那裡出沒，一有機會，我就去閹了他。」一個壯男說。「為什麼要閹他？」淑美問。「我妻子讓他……」壯男嗒然若失：「找到他，我要照樣折磨他，再割他……」想到這「照樣」，得包括「照樣」玩這狗雜種糞門，甚不划算，臨時剔除了這項目。

「不如咱倆……慢慢計議。」淑美看着他，覺得他一雙眼，星光燦爛。兩人結伴去抓狗，某日，終於找上狗老大老巢。狗沒在，撤了。沒了爪牙，老大行事隱晦；而且，居無定窟。

淑美和壯男，目標相同，相伴吃喝投店，路長卻不困倦。「那惡狗，北極去了。」有人說。往北，越走越荒涼。「有沒見過狗老大？」他倆逢人就問，最後，回應卻是：「連狗，都沒見過。」雖有點沮喪，但那清寒之地，頗宜安居。「咱們住着，等機會。」壯男說。

三年過去。某天，傳來消息：過去久居的吠影鎮，一個惡徒落網。他犯案纍纍，給判了個「先閹後剮」，聽說，行刑時，惡徒野狗一樣，狺狺而吠。「往後，怎麼是好？」壯男問貓女淑美。「那割碎的，不似咱們仇家。再等一下，那畜生來找茬，我親手宰了，給你做八大盤一席全狗宴。」說着，她走進廚房，如常為男人做飯。

這夜，他們吃冰湖裡釣的大鱒魚。

金剪子

黑日城，沒有白晝，長夜無光。城裡住的，儼如千年蛋裡一堆細菌，黑皮裡悶着。這夜，黑如昨夜。少年約伯睡不着，後院散步。乾涸的噴水池，池中石魚忽噴出金水。水光扎眼，定睛看，竟嘩啦啦湧出人形，聚成的女身，似個裁縫。「來！我教你裁衣服。」她吐着金涎沫，遞給約伯一張金剪子。「我想學寫詩。」他說。「寫詩，有個鳥用？這寶貝，啥鳥都裁得出來。」她用鏗鏘的腔調說：「你想裁個啥，就裁個啥。裁一副金雞巴，當煙斗叼着，最搭配你藝文氣質。」說完，化回一灘金水。

夜長燭多，空氣裡都是蠟油味。約伯心想：不如剪出幾顆星，照照路。他找來一疊錫紙，裁出六角星，往半空一甩，那顆星，竟越飛越亮，臨照一方。「原來東西一剪，就發光！」他一口氣剪了幾十顆，然後，用金紙裁出圓滿的一個月亮。過了半年，在自己裁剪的星月下，約伯遇上一個女孩。風過時，那熟栗色長髮撩得他心癢。「真想我的臉，能變成星子，時刻照見你。」某夜，女孩說。

「能守秘密？」他取出金剪刀。女孩以為他要剪她衣服，嬌怯地點點頭。約伯卻鋪了錫紙，燭影下，細心裁出她側臉的輪廓，用紅線繫了，放風箏一樣，放得好高。那張臉，是星空裡最明媚的。但光明，從來是鼠竊，愛摸黑的狗偷，還有採花賊的天敵，無不痛恨這些為暴露他們行藏，徹夜閃耀的銀星金月。而這夜天邊，高高掛上女孩頭像，那亮麗，卻讓一個惡徒窺出黑日城，夜不黑的真相。「這小子處處作梗，不懲治他，大家早晚給趕絕！」惡徒糾集爪牙，找上約伯小女伴，一個大麻袋罩住，虜到一株老榕樹暗影裡，十二個惡徒，折磨得她斷了氣。

屍體撂在約伯家門口，他解開麻布袋，一見，悲慟欲絕。「黑暗，有黑暗的秩序。」狗吏說：秩序，是需要的。「光明，就這麼不好？」頭上壓的這片天，變得刺眼，女孩在遠天的微笑，剜割着他肝腸。他用那金剪子，戳自己眼睛。「再黑一點，再黑一點，重新點燭，讓天地，淪為靈堂。」他躲進載來屍體的麻布袋，在最深沉，最原始的黑暗裡，貪婪地，呼吸着女孩殘留的幽甜和血腥。

翡翠樹

「就是她！」王子盯着水晶球，第一次笑開了花。「她會是你妻子，你會愛上她，每天她身邊流淚。」女巫說。

「她……她在哪？」王子急問。「不知道。」再說，怕王子降罪，她把水晶球塞回黑布袋，奪門出去。水晶球在布袋裡，卻浮現連串畫面：王子注定要愛的青兒，草坪上散步，她身子壞，看來，不久就離開人世。這天，綠茵上多了一棵樹，葉子，都像翡翠。「昨兒，分明沒這棵樹。」青兒摘了一片葉，回家，就夾厚厚《聖經》裡。

女巫走了半天，肚餓，掏出水晶球，看有沒顯示推薦的飯館，球裡卻豎一一棵綠樹，閃閃生光。「好兆頭！」女巫知道：這一樹翡翠，肯定是天降靈藥，摘些葉子，治一治王子憂鬱症，治得好，能得千兩黃金。吃飽飯，她細認樹幹周圍一花一石，就去尋寶。尋了幾日，終於找到那樹的——遺址。「竟然連根拔走！」女巫呼天搶地，惱恨遲來一步。

青兒的生命到了盡頭，這天黃昏，瞥一眼窗外雲霞，暗想：「真像天使送來的玫瑰。」暮色降臨，家人就把她移入棺木。唯一陪葬品，是那部權作枕頭的《聖經》；而墓地，就在那株翡翠樹下。「枕頭」揳的綠葉，固執地，永遠綠着，也讓長眠的女孩，永不腐朽。

青兒埋在腳底下，女巫卻不知道，她耷拉着頭，趄回來處。「翡翠葉能治王兒心病，就傾盡人力，偷樹賊，都得揪出來。」國王逮捕全國樵夫審問，不果，再抓木匠。終於，一個形容猥瑣的木匠，大刑下招認：「那株小樹，瞧着堅結，是造假……假陽具材料，我挖了砍成橛子，剉個龜頭，出來幾十根，轉眼賣光了。」「樹葉呢？」國王喝問。「當柴燒了。」「你……你這廢柴，我燒了你！」國王燒死木匠，自己氣得腦溢血，也死了。

王子越發憂傷，他拘禁了女巫，天天質問：「你讓我見着那女孩，我愛上她，願意為她流淚；然而，你說啊，我究竟該到哪兒去找她？」問話，得不到回應。他派人守護翡翠樹的遺址，圈上白籬笆，種滿紅玫瑰。每天清晨，他在自己寂寞的玫瑰花園徘徊，他不知道，腳下就有一葉青翠，能治好他心病；年年月月，他為找不到心裡人而哭泣。

翡翠樹遺澤

「好過癮！好實，好充實！舒……舒服死了……」大蔥田間遇雨，荷鋤早歸，竄近家門，屋裡即傳出妻子的淫聲。「這麼充實，八成藏了奸夫。」大蔥不笨，他窗下蹲伏，等歡呼轉為哀啼，料定奸夫長驅猛進，一心搗那黃龍，他破窗入屋，手起鋤落，正是時候。隨着暴喝，大蔥一頭磕碎窗格子，搭着窗沿滑落，滾到床邊。他舉起鐵鋤，才發現：「奸夫呢？」他瞪着他老婆，那光脫脫的阿媚，瞧她怯生生地，徐徐把腿間納的木橛抽出，才知道抓人，卻逮住一條悶棍。

大蔥奪過滑潺潺一根木雞巴，隨手扔到窗外，還要罵老婆敗德，借重外援，壞他私器，忽覺腹下黏稠，都是漿血。原來破窗之際，肚皮讓櫺木刺破了。「我死……死得真荒謬。」他頹然跪倒，全身抽搐。阿媚穿好衣服，擲下一句：「我去請大夫。」施施然出門。飯後回來，大蔥血流完，蔫了，她埋屍在屋旁花圃，也不累。

沒抓着奸夫，不等於沒有奸夫。大蔥一死，奸夫小黑蒜，就堂堂正正，睡他的床，枕他的妻，穿他的褲子。那天扔入花圃的假陽具，掉土坑裡，雨露滋養，不久，「龜頭」就長出嫩芽；沒數月，成了葉子像翡翠一棵小樹。阿媚和小黑蒜，日夜操勞，十年過去，精力不減；外貌，也分毫不改。兩人當然不知道，是托庇神樹之下，均沾了福澤。

五十年前，百里外，天上掉下來一粒種子，質如墨玉，玉種子長成人間第一株翡翠樹。沒來得及茁壯，卻遭木匠偷挖，琢成幾十根義陽。阿媚輾轉弄來一橛，小號的，鄰家女人換用大碼，勻了這舊貨給她。「再過十年，咱倆還是老樣子，一準嚇壞左鄰右里。」這夜，阿媚受完肏，淫水裡泡着，對黑蒜十年如一日的幹勁，既感激，又感動。「嚇死他們，沒人來偷看我捅你小屁股，多沒勁！」黑蒜說着，仍舊埋頭治水。

翻雲覆雨，又過了十年；然後，二十年，三十年，四十年。這天，村裡發大水。兩人兀自躲臥房纏綿，倒頭交相舔咂，抬眼，濁流上，竟浮着一個人。「大蔥！」阿媚這一驚，非同小可。偌大一條肉蔥，栩栩如生，卻已泊到窗下。「這棵樹，天天綠油油，就是邪門。」黑蒜望着洪澇下，不倒的翡翠樹，嘀咕道：「肯定是樹根作怪，糾纏你老公屍身，保他新鮮，讓他死而不化。」濁水稍退，大蔥再一次讓人掩埋。「這樹不砍，屍骸要再竄出來捉奸，咱倆沒活路。」為防後患，阿媚語畢，黑蒜掄起斧頭，斬樹除根。

入黑，黑蒜情動，如常阿媚身上亂摸，卻驚覺一幅肚皮乾皺，像樹皮。點燈一看，慘然問道：「阿婆……你哪位？」「老……老大爺你，你趴我床上幹嗎？」眼前這猥瑣老頭，讓阿媚作嘔。原來翡翠樹倒了，護蔭沒了，轉眼，兩人即老邁得不成。天亮，銅鏡前照影，一夜間，春景不再，全盤反撲的頹敗，見者心痛，還心驚。「大蔥五十年不變，等的，原來就是這一天！」阿媚若有所悟。這時，赤日東升，門前積水，真像一池豬血。

影子回來了

「你走！走啊……」白芙曾對滿月發誓，不再為男人流淚。這一趟，眼巴巴看着馬臉阿牛，捧走過去送她的青瓷大花瓶，她果然沒有哭，她向野地裡狂奔，遇上山澗，就脫光了，去泡冷水，逃避悲哀的追捕。她抱一塊石頭躺下，沒溺死自己。待筋疲力盡，拖泥帶水爬到壟上。暮色四合，杉樹林迭起怪鳥的悲啼。

白芙壟上躺着，忽覺屁股痕癢，似有蚯蚓來擾，驚起，背後白月，拉出來長長一道黑影。由得那影子領着，她走向焦黑城堡前草坪。「要來，就來吧！」她仍舊不掛寸縷，暗想：遇一隊蠻漢，撕她個四分五裂，也比這活痛快。影子磕上一隻蠟亮黑皮鞋，停住了。白芙抬眼看，即時一手護胸，一手摀着下體

「不是早豁出去了？」男人木然說，似乎洞察她心事。「是……不過……」她雙腳發軟，眼前男人，黑禮服，黑禮帽，卻高大異常，襠部隆起，想到要讓這大塊頭擠撞，五臟六腑，嚇得竄上喉頭。「沒想到這慘事，真會發生？」男人皮笑着，安慰她：「放心，我不搞女人。耳朵受不了那尖叫。」

「那……你是……」「邱比特，愛神。專門替人配種，說配對，也成。遇上我，你福氣。」「你，愛神？」她還以為，這種神，該長一對小翅膀，是個未斷奶的胖娃。「焦黑城堡，是我物業。」邱比特說：「我裡頭

做解剖，看那些負心人，心臟出什麼毛病。」他補充：「你八位舊情人，我劏了七個。今兒遇上個扛着大花瓶的，這人狡猾，好容易連人帶瓶子，關進了城堡。過兩天開膛，要不要來觀摩？」

「我怕血，不來了。」她不想妨礙他施手術。「不看好。血肉模糊，看了對『愛情』，有陰影。」邱比特扯回正題：「老實說，還想要怎樣的男人？」「我不想要男人。」白芙說。「女人呢？」他問。「要能融洽，除非那是自己的影子。」她有感而發。邱比特目露異光：「這好辦！影子就許配你。」說畢，念念有辭，白芙腳邊青煙竄起，黑溜溜一個女孩，亭立眼前。再看，黑女竟跟白芙一個模樣。

「她就是你的影子。」邱比特說：「你想的，要做的，她都知道，不煩你開口。」「我想……」白芙沒把話說完，影子食指輕觸她嘴唇，笑道：「等沒外人，我替你揉揉。」影子知道白芙受了風寒，腰疼，攙了她回家，溫水洗刷乾淨，就往她身上推按。白芙閉着眼，十分受用。她情動，腹下酥麻，臀肉稍一繃緊，影子會意插手，分毫不差，輕重合度搔着她癢處。影子的愛撫，遠勝任何人，她呻吟着：「可惜，就……沒男人那東西。」

「改天我去弄一根耐用的。」影子兀自埋頭舔舐，待淫水湧流，就躺着讓她坐大腳趾上，權宜堵一下。如膠似漆，形影不離，持續了幾個月。一天，影子對白芙說：「我總覺得，我該有一個自己，自己就是自己。」這話，白芙費解，嚇得只知道摟着她：「我愛你，你是我的影子。」「我就是不想做一個影子，我要有自己的……生活。」影子掙開她，床底下抽出一個藤箱子。「我要去旅行。」影子背着她說。

「你去旅行，那我……」白芙心亂，跪下來抱她黑腿。「我也愛你，卻總不能愛得失去自己。」影子吻她，舌頭探她耳窩：「要不要再服務你一趟？」「你走！你走，我不要你『服務』。」影子遠去，白芙哭了，哭得放肆。她不會為男人哭，但影子，不是男人，她可以發狂鬧翻天。

影子去了旅行，屋中死寂。明月夜，豔陽天，失去影子的白芙，她不敢上街，不敢人群裡轉悠。她怕人認為她死了，成了幽靈。「對！怎麼就沒想起他？」這夜，滿月臨窗，白芙擁被遙望一溜白樺，忽想起那邱比特。天未亮，她就直奔焦黑城堡。「主人出去了。」女僕告訴白芙：負心人多，除之不盡，去僱助手了。「我等他。」白芙說。

女僕領她大廳安坐，過道牆上，鑲嵌的都是人頭，有男有女，都曾經小鎮上走來走去。她八個舊情人，同一隅展示，顧盼有情。白芙看着，有點感傷，畢竟，舌頭就拔掉了，那些擱涼了的嘴唇，過去，對她是那樣的無微不至。「還是不等他了。」白芙久坐無趣，向女僕告辭：「相煩轉告，哪天邱先生見到我那影子，請手下留情，勸她回來就是了。」

半年後。某天清晨，彩霞滿天。白芙院子裡晾衣服，草坪盡頭，浮起漆黑的一個人影，瞥眼間，白芙就認出來了：「影子！」她跑過去，抱緊她。「『愛情』真是破東西，我一天三頓吃的，全是虧；虧死我了。」影子苦澀地一笑：「我去過好多地方，想找回自己；到如今，才明白『自己』，一直守在這座莊園裡。」

柴皮巫師義舉

「人死了，冤魂都變成烏鴉。」柴皮巫師蹲在屋頂，滿月下，擎着鯨骨手杖。他對惡土鎮百姓說，他超度過一千頭死人烏鴉，黑雲般飛向東方，就沒再回來。「都西天享福去了。」柴皮說。「西天享福，卻飛向東方，合邏輯？」有人質疑；然後，也讓「超度」了。

某天清晨，惡土谷刮起大風，鳳凰木紅瓣紛飛。山麓住的貝彌兒，藤籃載了乳酪、麵包和草莓，就悄悄開門出去。第一次，她為阿凡提送早飯。昨夜，他送她回家，走近屋前花叢，阿凡提竟揭起她裙子，做出喪盡天良的事。事後，還在她爸手植的櫻桃樹樹幹，刻了一個圓臀。「你是個死人了。」貝彌兒覺得，父親會痛宰他。「你讓我深入……了解，就給剝皮，我都情願。」阿凡提嬉皮笑臉。

貝彌兒心裡甜蜜，垂眼看，藤籃盛了些紅瓣，像他摳出來的血。正要把花瓣撿出來，驀地，耳鼓嗡嗡響，藍天裡，竟墜下來一隻巨蛋！那隻蛋，大過鎮長的大屋，轟一響，撞上商賈聚居的山谷，塵埃，籠蓋整個惡土鎮。白晝，瞬間變成黑夜。「糟了，阿凡提他……」貝彌兒灰頭土臉，她要去的谷地，成了個化寶盆，煙塵把她逼退。

過了三天，塵霧散去。巨蛋，磕碎了幾百幢房屋，壓死了幾千人。沒死的，圍着谷中巨蛋，哭祭成為肉醬的親友，悲聲震天。巫師柴皮，適時出現巨蛋上，仍舊用鯨骨手杖，指點江山。「大家有沒發現少了什麼？」他扯高嗓門問。「人！」鎮民齊聲回答。「有沒發現多了什麼？」巫師再問。眾人惶然四顧，巨蛋周圍黑墨墨，成千上萬拍翼的，都是：「烏鴉！」

「不！那是你們痛失的至親。」巫師開出條件：誰獻出一錠金，誰就可以領回陷身「烏鴉期」的親友，餵養一百天，黑鳥就回復人身。不出數日，柴皮金錠滿屋，富甲一方。貝彌兒沒找着阿凡提，「看來也變烏鴉了。」她難過，卻沒一錠金，能送柴皮換鳥。她鎮日在鴉群的聚處徘徊，就盼烏鴉阿凡提認出她，呱呱叫着，隨她回家。

這夜，窗前月白。她靠着床頭，抱着枕頭，心中空蕩蕩，腹下熱熊熊。忽然，一隻黑鳥飛了進來，停在床毯上。「阿凡提？」貝彌兒激動，想抱牠入懷。烏鴉咬住她睡袍，一個勁兒撕扯，似乎要把衣領繫帶扯脫。「你這一副鳥樣，能有作為？」思前想後，還是體貼地，褪下睡衣，裸陳在月光下。

「咕呱呱！」烏鴉似乎稱意，跳上她嫩白肚皮，細啄她乳頭，左右啄完，啄肚臍眼，用尖喙犁她黑亮的恥毛；然後，倒退着，滑落兩腿間，牠蹲在那裡，瞪着眼，彷彿要看透那虛掩的門戶。「這樣盯着看，不怕人難堪？」

貝彌兒讓一隻鳥窺察私隱，頗不自在。驀地，烏鴉往核心一啄，她痛極尖叫，彎身捣住要害。那烏鴉呱呱叫着，飛出窗外。

「就披了鴉毛的色鬼。」貝彌兒推測得不錯，這不是阿凡提，是柴皮巫師變一隻鳥來漁色。斂財之餘，這廝發覺變身烏鴉，飛上女人床蓆，她們都當他死人來迎攬，不去防範。「雀小沒作為，早知道說人死，都變駝鳥。」暗想：幾千隻駝鳥，鎮上流竄衝突，是有欠閒雅，但這鳥粗壯，踹進人家閨房，啄破衣服，氣一憋，一顆鳥頭，連皺皮長脖子擠進去，諒沒一個窟窿，經受得這刨刮。

柴皮尋思：鳥的塊頭，雖由不得他擅改，烏鴉的軀幹，略施小技，換裝成一根有翼大黑屌，倒是可行。他臍下火燒火燎，只求做些實事降溫，正唸咒作法，要變自己做一條雞巴，拍着翅膀出擊，貝彌兒卻找上門，亭立在他面前。「替我找一隻烏鴉。」她說了阿凡提特徵：鳥毛密。「烏鴉，鳥毛都密。」柴皮提醒她：「沒見一錠金，我做事不專心。」「金我沒有，不過，我屁股……」「也成。」柴皮會意，吞了饞涎，帶她到自己巢穴。

貝彌兒抬臀測試了不同款式的權杖，生受一夜，翌日，得扶着牆壁，才能走動。「餵養一百日，這烏鴉，就變回你心上人。」柴皮交給她一隻籠中黑鳥，笑淫淫送走她。「愛，讓人能吃吃不了的苦。」她覺得為阿凡提，為愛情的犧牲，散發光芒。九十九天過去，柴皮財色盡收；第一百日，烏鴉，卻沒一隻變人。人們悲痛，沮喪，去找晦氣，這「巫師」早就遠遁。

追討財寶和貞操的人潮，包括貝彌兒，最後，只能圍着巨蛋，磨拳擦掌，大呼小叫。「不管蛋裡藏了什麼，毀滅它，為死傷者報仇！」民眾怒火，燒向蛋中物事。巨鑽鑽出小洞，塞入炸藥；炸完，塞入炸藥再炸；忙活半月，終於，蛋殼炸出一道縫。「炸藥，全塞進去！」惡土鎮鎮長，他三個姨太太給壓死，炸蛋，自然賣力。轟然一響，蛋殼崩塌，裡頭傳出恐怖的嘶嘶聲，忽然，數以億計大蜈蚣，巨蛋裡爬出來！

「地獄大門炸開了！」鎮長說完，讓蜈蚣爬了滿身。貝彌兒嚇得癱軟倒地，當蜈蚣們搶上她的大腿，她眼前一黑，灰暗世界，乾脆消失了。三天過去，惡土鎮，死剩幾百人。柴皮又回來了，他踹着屍骸宣告：「聽話，就有活路！」倖存者，無可選擇，奴婢一樣由他擺佈。烏鴉，吃蜈蚣，柴皮指揮烏鴉，經年和蜈蚣作戰，最後，勝利了。「正義，終於得到伸張！」柴皮伸出他的鯨骨權杖，杖上蛇首，新雕了一對犄角，成了龍頭。

獵鹿

「我射死你，射死你！」哥勞追一隻梅花鹿，追進了密林。忽然，流泉淙淙，回望，泉水裡似有物浮沉。哥勞納罕：這鹿，竟能潛泳？搭上箭，又喊了聲：「射死你！」箭矢，倏地竄飛。「哎唷！你射死我了。」女人水裡嘩啦啦站起來，搖搖擺擺，光屁股上竟插着一支箭。「你……怎麼變女人了？」哥勞不解。「我本來就是女人。」女人叫梅麗桑德，逃難逃到這樹林，翳熱，就山泉裡浸浴，沒想到盛臀蒙此大劫。哥勞賠了不是，提議：「我抱你出林子，找到坐騎，就可以……」「就可以送我去止血。」梅麗桑德善解人意，軟綿綿搭着，讓他肩着走。

「真壯。」梅麗見他負重走了半天，腳不軟，氣不喘，有點感動。暗想：讓這蠻牛射一下，也沒不好。「我的馬！」哥勞把梅麗托上馬背，安撫她道：「我家離這兒不遠。」說完，策馬徐行。「你家人多不？」她覺得這樣屁股朝天，不宜會客。「就我一個。」他望着那支搖晃的箭，有點暈眩。伸手要穩住，卻撬得她哭喊：「壞了，半個籮柚，讓你糟蹋了。」好在箭笴憑空撩了半晌，四蹄得得，已出了樹林，到了一幢石屋門外。哥勞扶她下馬，攙進屋裡，讓她俯臥床上。

「你趴着歇歇，我請大夫把窟窿挖寬，好把箭頭拔出來。」哥勞說。「你來拔。別的男人盯那兒看，我不自在。」梅麗咬着枕角，準備捱受摧殘。「我手拙，就怕……」他沒替人拔過箭，怕她遭罪。乾脆閉了眼，順着臀溝扒撥。汗血黏滑，摸到個豁口兒，食指就一點點往裡摳，摳鬆軟了，再擠進一點點。「你確定……」梅麗讓他探索半天，不覺灼痛，反而有些酥麻，還舒爽，奇問：「你確定摳屁股眼兒，摳得掉旁邊那支箭？」原來哥勞扭頭不看，串錯門了。

梅麗在哥勞家療傷，輕攏慢撚，轉眼半月。某夜，哥勞照看這一直俯臥的女人，憋不住兩股下兜起她，從後進入她。這樣前前後後，進出了幾回，哥勞告訴她：「家父是百達城城主，住湖對面城堡。上下不睦，我才窩在這兒。我要娶你，要名正言順，隨時肏你。但這房……婚事，我總覺得，得讓我爸知道。」女人是打獵打來，他這是「見獵心喜」，喜孜孜寫了封信，託人送去城堡，算盡了禮數。

過了三天，夜暗，對岸城堡的塔樓，綠幽幽的，點起了燈。「家父不惱我了，盼我回去。」哥勞告訴梅麗：窗眼裡一點綠，是修好的訊號。「父子關係，是怎麼亮起紅燈的？」她問。「格爾泰人城外聚居，似有所圖。我主張領兵驅趕，逼他們後撤二十里。家父只同意逼退十八里，這就鬧翻了。」「不用驅趕了，我父母弟妹，格爾泰一族，全給滅了。」梅麗悲哀地說。「這怎麼回事？」「我就是最後一個格爾泰人。」梅麗桑德哭訴：一個叫柏萊士的來屠村，還把寨子燒了。

「柏萊士？」哥勞詫道：「我這表兄弟，他反對我去攆人，沒想到卻去……」「你會回去？」梅麗問他。「我回去，肯定要把你帶上，就怕你找柏萊士報仇。」「我個小力微，能報個什麼？」梅麗笑得苦澀。不旋踵，兩人回到城堡，卻驚覺裡頭，籠罩着死氣，陰冷如古墓。「燈，我點的。」柏萊士告訴哥勞：「姨父心病發作，掉古泉裡溺死；姨母悲慟，撞牆自盡了；還有，你三個妹妹，我仨可愛的表妹，也……跳塔下死了。」哥勞目瞪口呆，受不住猝來噩耗，兩腳發軟，倒地亂抖。

「辦喪事，我不擅長，你來打點正好。」柏萊士蹲下來，安慰他：「人死光了，你就是城主，這條命，要珍惜啊。」瞟一眼身旁站的梅麗桑德，呆了半晌，涎臉說：「表哥娶的，原來是這麼一個美人！」喪禮，草草辦完。哥勞既傷心，又勞累，病倒臥床。這天，梅麗來探望。哥勞握着她手，發覺她戴的婚戒不見了。「泉裡洗手，水裡……有什麼東西，要褪下我戒指，一縮手，那婚戒就沒了。」梅麗說。

城堡花園裡這古泉，形如盲人眼眶，因名「盲者之泉」。事有蹊蹺，哥勞派心腹查察。「過去十日，夫人每夜探手泉眼，似乎要撈取什麼。」心腹回報：「昨夜，柏萊士出現了。兩個人一起撈，撈一會，摸一把。」「摸什麼？」「摸夫人私處。」「夫人怎麼反應？」哥勞大急。「夫人掌摑他，罵他。」「然後呢？」「然後……我不敢說。」「說！」「柏萊士按她在泉邊石上，掀起裙子，扯掉褲子，掰開她兩團肉，掏出八寸長陽具……」「長話短說！」哥勞喝止他。

「他強暴了夫人，夫人哭喊。他揍她，還告訴她，他毒殺了你爸，投泉水裡，再砸死你媽，你三個老妹，他都幹個半死，再推到塔下。點燈誘你回來，是要斬草除根，你就是根。他勸夫人，要她識相，助他用鴆酒灌你。他當上城主，就讓她繼續做城主夫人。」「好狠毒！」哥勞咬牙切齒，氣昏了。醒來，梅麗桑德坐在床邊，捧着一碗濃湯。「這是什麼？」哥勞驚問。「藥酒。」她答。「好。我喝，我喝！」他萬念俱灰，搶過來一口喝掉。藥，太苦，哥勞再昏了過去。

梅麗想告訴他，她抑憤難抒，要跳入盲者之泉自盡；然而，泉裡映現一張臉，那是老城主的臉，示意要她把柏萊士誘來。白月臨空。「月下泉邊搞你，最有情調。」柏萊士想潑濕她薄衫，但才觸及泉水，整個人就僵硬了。這時，泉水翻湧，凝成人形，竟把柏萊士拖到水深處吞噬。盲者之泉，湧動的，其實是冤魂們的眼淚。

「看來是口渴了，竟連我治腿傷的藥酒，也搶了去喝掉。」梅麗望着未甦醒的哥勞，只是歎息。

掃把頭與牛奶兄妹

某天，鯰魚鎮賣掃帚的彼得，打翻了一瓶牛奶。那時，老巫婆剛好爬上他屋頂，騎着新買的掃帚，準備起飛。然而，從天窗下瞰，見了那灘牛奶，她惡念油生：「死賤民，喊我『掃把頭』，我來買掃帚，偏不給折頭。好，我要你一家子，悲慘過悲慘！」這掃把頭，原名陰諧，據考，老母是東方一隻雌鴆，鴆毒代代相傳。這陰諧念念有詞，突然，一聲乞吐！黃痰天窗落下，墜向牛奶。片晌，漫地乳汁就鼓起來，浮凸蕩漾，分頭凝結成一男一女，兩個胖小孩。

小奶孩才成形，就呱呱大哭，驚動還在廚房找抹布的彼得。回到飯廳，見了兩個小人兒，他開心極了。他不育，但渴望有兒女，忽然，天降孖寶，連忙撲過去，一手抱起一個，又親又哄，天生就是做爸爸的料。「老婆，這是咱倆的骨肉！」暮色四合，彼得抱着孩子，門前迎接妻子。他老婆撂下賣剩的半筐草莓，一雙牛眼瞪着他：「骨肉？咱賣水果要納稅，去賣肉，還得獻鎮長肉金。兩張嘴吃不飽，有餘糧餵這一雙『骨肉』？」她要奪過小孩，就地擲死。彼得拚命迴護，糾纏不休。破曉前，還搬起椅凳互毆，雙方瘀痕纍纍。

曙光一露，紅雲亂舞，巫婆陰諧來了。她泊好那根大掃帚，彼得家的煙囪上蹲着，透窗垂看那兒啼，妻哭，夫呻吟的睡房，暗自冷笑：「有家，就有家暴；好戲，這才開始。」那倆娃兒，男的叫韓賽爾，女的叫葛麗泰。

不到一年，兩人體態，就出落得十六七歲模樣。彼得妻見兩人少吃飯，多長膘，轉眼既俊且美，心裡有了打算：「韓賽爾先賣賣掃帚，葛麗泰前挺後凸，趁未熟透，我看得趕緊……送去做婊子。」「要做，你自己做去。」彼得斥惡妻荒唐，葛麗泰暫時得保清白。

每天，葛麗泰隨她媽去賣草莓，她經手賣的，都帶着奶香。奶香草莓，招來貪求新口味的，也惹來想吃天鵝肉的。彼得妻看中一個賣棺材的，猥瑣，但能出價，打算把「女兒」許了他做妾侍。「除了韓賽爾，誰都別想和我交……交媾。你逼迫我，我就跳水裡，化一泡淡奶。」葛麗泰抗拒。「有話好說。淡奶，賣不起價錢。你這一兌水，叫你老母怎麼活？」她心中懊惱，卻按捺住，不動聲色。翌日，差葛麗泰到林子裡去採草莓，就通知棺材鋪老闆，着他伺機下手：「訂金先惠，要怎麼操弄小女，悉隨尊便。」

葛麗泰走進樹林，草莓沒採着，卻遇上一個小矮人。矮人揪着好大一個麻布袋，沉甸甸的，枯葉上生拖硬拽，累得滿頭大汗。「我來幫忙。」葛麗泰過去搭手，合力把麻布袋拉近池塘。「扔下去！」矮人喊話。一個推，一個踹，布袋噗通一響入水。「裡頭藏的什麼？」葛麗泰問。「自稱『棺老爺』，造棺材，砍倒好多大樹，我早想除他。今兒動手，也省得他侵害你。」矮人說。「為什麼要幫我？」「巫婆陰謀擺弄你一家，我看不過眼。」「韓賽爾和我，早晚要搬出去，住到沒人煙的地方。」「這樣膩在一起，要出事。」小矮人一臉鄭重。

「我喜歡他，能出什麼事？」「你們一旦這個……」矮人中指捅虛握的拳頭，捅了半日，告訴她：「這樣捅來捅去，你倆就會變稠，就如膠如漆，縫眼兒攪進些細菌，只能變一堆奶酪。」「捅一下，就變奶酪？有這道理？」她不肯相信。「你們倆，本來就一灘牛奶聚成。陰諧暗中播弄，是要你們承受愛情帶來的痛苦。不想陷入圈套，就不要去愛他。」「我已經陷入圈套，我不能不愛他。」葛麗泰求他解救。

另一邊，韓賽爾風聞「棺老爺」要污辱他心上人，趕往林子裡攔阻，卻見小矮人和葛麗泰，正池塘邊磕牙。鬆了口氣，矮人就囑咐他：「切記，除了你老妹，其他女人，也別碰。你射的，是奶，射幾回人乾癟了，老得快。」「光肏不射，這實在……太可悲。」韓賽爾恨那陰諧，太陰毒。而矮人，本來不矮，也是着了巫婆道兒，手淫過度，射奶過多，逐漸萎縮變矮的。後輩遇相似困境，他心軟，感同身受，長歎一聲，憑空抖出來一個黑布袋：「我就剩這寶貝，要用，可以借你。躲進去，巫術失效，你們愛怎麼玩，都安全。」

韓賽爾兩人拜領，喊一句：「事不宜遲！」分頭鑽進布袋，從裡頭索緊袋口。黑暗中，摸索行事，是氣悶，卻更刺激，更放曠。袋中不知晝夜，人間再險惡，他們只是緊纏着，相濡以沫，水乳交融。過足了癮，韓塞爾鬆開袋口，要出來舒展一下，不想才探出頭，掃把頭陰諧，竟蟾蜍一樣，土墩上蹲着。「精彩！隔着袋子看肏屄，留給觀眾，好多的想像空間。」陰諧盯着他，用劇評家的口吻說。韓賽爾光着屁股出來，立刻縛緊袋口，防她傷害裡頭的葛麗泰。

「你想怎樣？」韓賽爾撿起石頭，想抵抗。「矮人沒了法寶，讓我關起來了。」陰諧冷笑：「你回去告訴你賣掃帚的爹，他女兒讓我抓了，等好天製成乾酪，就是芝士，再一塊塊剜下來，配紅酒吃。我吃他女兒，吃你女友，諒你們會很痛苦，很難受。我最大嗜好，是看別人難受。」說完，她騎掃帚掠地，抓起黑布袋，倏地去了。「就算我老妹，是一塊芝士，也是我肏過的一塊芝士。咱們一定要救她回來。」韓賽爾告訴他爹。彼得好傷心，傷心得死去活來。可惜他生性軟弱，搭救矮人和葛麗泰的重任，還是落在韓爾頭上。他回到林子搜索，終於，發現密林深處，有一幢石屋，周圍用舊掃帚圈成籬笆，不消說，就是巫婆巢穴。

他潛進去，看到庖房灶頭，有隻大銅鍋，大蒜白葡萄酒裡泡着，看來快煮開了。陰諧對籠子裡的小矮人唸咒，灶旁黑布袋有物鼓動，是葛麗泰無疑。細聽，咒語更像一條烹飪配方，做芝士火鍋的，這更讓韓賽爾吃驚。乘女巫出去取調味料，他廚櫃後竄出來，把籠子的木樞拉開。陰諧回來，鍋裡放了幾撮肉豆蔻，想起按程序，該先把小矮人切丁，裁成骰子備用。

「沒早剁碎你，害白酒煮老。」罵罵咧咧的，回頭，見籠子空了，矮人和韓賽爾，卻已撲上來，把一顆掃把頭，按到熱鍋裡。陰諧口鼻吸乾了酒汁，闔嘴貼住鍋底，煎了一會，手腳直挺挺地死了。「惡咒解除，今後，大夥肏屄肏屁……肏啥，都放心。」矮人昂起頭，侍韓塞爾救出葛麗泰，說了些勉勵年輕人的話，就自去雲遊四海。沒了掃把頭威脅，那黑魆魆一個「安全袋」，撂給後生，犯不着帶上了。

蘋果樹

紅毛老頭，是三年前來到獨善村的。他帶來一袋蘋果樹種子，還告訴村民：「蘋果樹長大，開花結果，大家就不愁吃用。」樹，眾人仰望下，長得又高，又繁茂，結的果實，比椰子大。頭一年，蘋果熟落，砸爛了幾間屋，砸死了幾個人；然而，村民外銷大蘋果，都富裕了。

「砸死幾個人，算得什麼？小心點就是。」村長賣蘋果，賣得滋潤，視人命如糞土。第二年，樹幹頂天立地，上百人圍不住；果實，也大得像浴缸。一個浴缸蘋果掉下來，可以壓塌一幢屋；滾到路上，會碾爛一街人。有一回，蘋果滾進一家小書店，還撞死了十幾個打書釘的女學生。

村民越來越忌憚這些大蘋果，房子蓋樹下的，早搬走了；稍遠的，估摸枝葉早晚伸過來，碩果早晚滾過來，也遷走了。「就能賣錢，沒命花，也是枉然。」一條村，十室九破；家沒破的，都收拾細軟，要逃。「隨我走吧，留着，太危險。」雅子說。她和鴨居站在紅磚房的陽台，黃昏，蘋果一個個墜下，轟然有聲；有一枚，很紅很亮，那是落日。

「我要留下來砍樹。」鴨居說。蘋果滾向他母親那會子，他爸用身體去擋，人扁了，成了做蘋果餅的肉餡；

他媽失了兩條腿，華屋裡躺着。人跑了七八，他可以給她最好的住所。「我媽不能走動，在這裡，我容易照顧她，也不用捱餓。」鴨居告訴雅子：早上，一個蘋果停在院子，母親受了驚，他又得背她到另一幢屋去。

「我們分開了，說不定，就不能再見面。難道你對我，就沒一點眷戀？」雅子淚流滿臉，但心裡明白：樹幹天天變粗，就算他砍去的，比長出的快，要砍倒一株樹，得耗上兩百年。「我會想念你。」鴨居背着她說。雅子離開了，每天砍完樹，他回去看望過母親，就到那幢空寂的紅磚房，登上陽台看日落。日落的方向，就是雅子離開的方向。

第三年，鴨居確信，獨善村就剩他一家兩口了。這時候，掉下來的蘋果，有一間雜貨店那麼大，晚上，地震得厲害，鴨居他媽受驚，長期失眠。某夜，她夢見自己吞了一枚蘋果核，嫩芽才從肚臍鑽出來，就嚇得睡夢中死了。蘋果樹林，枝葉蔽天，綠蔭籠蓋着廢墟。紅蘋果成熟落下，儼如轟炸。果肉腐爛，引來毒蟲；然後，秋涼了，蘋果花招來黃蜂。

「紅毛老鬼，總有一天，你要自食其果！」鴨居賴着不去，他要看到紅毛，慘死惡果之下。他掄起利斧，反複砍斲。暮色降臨，震動的土地上漫逛，眼前，竟矗着沒給壓毀的一幢白房子，房頂上，煙囱還冒着煙。他後門進了廚房，一個女孩，灶頭前燒菜。「回來了？」女孩聞聲回頭，：「我就知道你會回來。」「我……」鴨居怔愣住了：好清秀的人兒！

「屋裡，就這些乾魚糙米，你湊合先吃一點；阿鰩不餓。」明顯地，她壓根看不見他。鴨居餐桌前坐下，嗅着遺忘了的飯香。阿鰩瞎了，屋裡卻走動自如。他旁敲側擊，知道那撒腿溜掉的男人，叫蔥頭。蔥頭誆她說，他要遠行傳道，地震一過，他就會回來。「地怎麼震，這幢屋，不會動搖，就像咱倆的愛情。」蔥頭開溜前，這麼說過。「這地沒震完，你就回來，我很高興。」她給鴨居端上玉米做的甜點。

「你家人呢？」鴨居問她。「你忘了？都跟你一起走了。」阿鰩神色悽苦。他明白了，她知道他不是蔥頭，她只是希望他扮演這個角色。「這不是地震。」鴨居告訴她真相：「興許，有一天，大蘋果會滾過來。但我會陪着你，決不會再離開你。」「謝謝你。」阿鰩含笑，為他點了洋燭。「你屋裡呆久了，明兒隨我去走走。」鴨居握住她手。

「到蘋果林的盡頭去。」鴨居挽着她，抬着頭走路，他學會觀察果實變化，離枝墜落前，就知道躲避。小河對岸，原來的玉米田，高樹成林，石橋讓一個蘋果碾碎了，遠望，鬱鬱蒼蒼，無盡的參天巨木。「入夜天涼，回吧。」鴨居說。天黑前，兩人回到屋裡。他睡另一房間，醒來，早飯做好了。窗外，紅蘋果遠方墜落，杯碗瓢盤，桌子上顫抖。

第三個晚上，躺上床，虛掩的房門讓人推開。「你回來，卻不和我睡，我開始怕黑。」阿鰩摸到他床畔，欹側着躺下。她裸着身子過來，燭影下，那樣溫柔。阿鰩背向他，他就側臥着，從後進入她。他覺得緊抱着離去的情人；她也是。在這個完全屬於他們的樹林，他們相親相愛。「蔥頭變了，以前死活不管，總要擠我那髒……」阿鰩深吻他，答謝他的憐惜。「我的莽撞，讓你受罪了。」他只想保護她，做一個真心愛她的蔥頭。

紅毛老鬼那筆賬，不急去算。

倏忽過了半月，他外出狩獵，北風呼嘯，遠處高枝上，似乎晾着一幅紅布。趨近仰視，卻是紅袍罩着的一副乾屍。「紅毛？」鴨居有些愕然。「怎麼上吊了？」老頭自縊那天，蘋果樹，當然遠沒這高度。興許樹結的果，有西瓜大，他就自知種的罪，鑄的錯，也同樣大，天良未泯，不好意思苟活。「那紅毛，有百般不是，卻到底為咱倆，創造了遺世獨立一片淨土。」鴨居說。一盤野菜沙拉，阿鰩從廚房端出來的時候，一個紅蘋果，又在窗外轟然落下了。

黃泉鎮的鐘聲

黃泉鎮住了人，鐘樓就在那裡。說是樓，其實是一座塔，白色圓穹裡，懸着銅鐘。暮色籠蓋，廣場上一片響，百年不間斷。要登塔，塔裡沒樓梯。「敲鐘人，怎麼攀上去的？」從來是疑問。「塔上呆這許多年，還能是人？」然後，是更大的疑問。鎮長好奇，找來鎮上擅攀岩的，宣告：「能爬到塔上，找出鐘鳴原因，可以得到小女和一百兩金。」沒見動靜，鎮長修改條件：「找出原因，只可以得到一百兩金。」這一來，不要命的，都帶上鉤爪，挑戰高樓。天天有人摔死，奇怪的鐘聲，兀自暮色裡大鳴。

詩人艾略特，小磚房蝸居，窗戶正對高塔。「鐘，按時而鳴，當中必有深意。」那無風自動的鐘舌，像他搖擺的心。二十年前，他愛過一個女孩；但這「愛」，太自私，缺乏關懷。高燒的欲火，燒得她遍體鱗傷。「你的詩，遠比你這個人體貼。」女孩離開了他。「激情，從來不可貴。」晚鐘的餘音消散，月光把塔影送到門前，他總帶着懺悔，寫他的感悟。

某天，淒風苦雨，鐘沒響。黃泉鎮籠着一股鬼氣。午夜，有人敲門。艾略特開門，一個女孩赤條條站在門外。「阿瑩？」他瞪着她，濕淋淋，剛從一團混沌孵出來似的。二十年，她容貌，體態，絲毫不改，彷彿才枕褥上下來，蹣跚去洗滌，他看着她，感覺她浴畢，沒瀝乾水，就浴室出來，而不是隔了二十年，大門外進來。「在做夢吧？」艾略特好迷惘。

「等了好久，總算等來不敲鐘的日子。我好想你，一直想來看你。」阿瑩說。「可你……」他捧着她的臉，百感交集。「為了讓你認得，我永遠是這樣子。」她淒然一笑，軟綿綿搭住他。興許着涼了，身子冰冷，他抹乾她，抱緊她，用身體暖和她：「這要是夢，千萬不要醒。」

「斷了，總得續上。咱倆的事，沒完。」她合上眼，俏臉仰着。太久了，他幾乎忘了那熱吻的滋味。雨，龐沛地下着。艾略特沒撤換還殘留她氣味的床褥，這夜，兩人破床上纏綿，他明白，該怎樣取悅她。她從不抗拒他，不抗拒他的折磨；如今，他的調情，再不讓她感到齷齪和害怕。「謝謝你為了我，變得溫柔。」阿瑩心花怒放，兩腿間，紅豔豔一朵野薔薇，花瓣暗夜裡招展；然後，水溶溶地，捲沒了燈燄。

艾略特忘記什麼時候瞌睡着了，天亮醒來，阿瑩已經不在。得而復失，他心痛得瘋了，直奔到鎮外湖區，找上阿瑩老家，衝她老母追問究竟。「二十年了，那天，阿瑩要去會你。」瑩母歎了口氣：「一出門，遇上個獨眼畜生。那畜生污辱她，折騰完，還推她到湖裡。後來，那廝再犯案，讓人逮住活閹，閹到一半，聽說一顆卵蛋，讓火鉗夾住，連殘害阿瑩的經過，通統招了。不過，屍……屍骸始終沒撈着。你說，我女兒夜訪你，不會是二十年前的事，你這才記起吧？」

「不可能的！」艾略特悲痛莫名，踉蹌走到茵夢湖畔。記憶，堆疊如湖畔綠丘。他不肯相信，那是一場夢，不相信阿瑩早已亡故；然而，他還是把一簇三色堇花瓣撒到湖裡，為她招魂。風起了，湖，翻起花浪。他想到該回家去等她；或許，她母親說的，都是胡話。黃昏後，高塔又傳來鐘聲。這夜，他沒睡，怎可能睡得着呢？第二夜，第三夜……阿瑩消息全無。艾略特開始懷疑，這經歷的，只是塔上月光，穿過穹洞，投到濁世的蜃景。

第五日，晚鐘不響，陰雲四佈。暗夜裡，阿瑩終於來了，仍舊裸身站在門外，濕浞浞的，髮上肩上，還附着蔫了的三色堇花瓣。「謝謝你送的花。」她的笑，一貫苦澀。「你都知道了？」她問。「我沒有知道的。」他凝望她，一臉欣慰：「回來就好。」「你不怕我？」「我愛你。」他抱着她，怕抱得不緊。「不要走，就當這裡，是你的墳。」他太累了，熾烈的交媾之後，昏迷過去。

艾略特在沉睡，鎮上不少人，原來都像他一樣，掉入狂喜和痛苦的深淵。這不鳴鐘的夜晚，逝去的戀人和眷侶，悄悄回來了。母親迎接陰間來的孩子，孩子重逢劫難裡失散的父親。淚影，然後笑聲，然後破曉了，夜裡來的，落葉一樣，給晨風捲走。「都是那鐘聲！」有人推斷：「鐘一響，大家盼着的人，都不出現。」「高攀不了，怎不乾脆把塔毀了？」有妄人建議用火攻。轉眼，幾百人疊起高台，搭上火箭，把怒火射到塔樓上。

白色圓穹着火了。塔樓，成了照亮小鎮的火炬。那銅鐘，徹夜鳴響，但大火熄滅前，沉寂了。艾略特驚醒，阿瑩不見了。窗外，鐘塔焚燒，恍如白晝。「興許真是那鐘聲，礙着亡魂去路；燒了，阿瑩就可以隨時來了。」

然而，苦等半月，夜半還是沒人敲門。「明天我去投湖，去水底會她。」這麼想着，阿瑩卻來了。

「我們在陰暗面的，不是忌憚那鐘聲，是那鐘聲讓我們知道，哪天是『不安全期』。鳴鐘的日子，硬要出去，天一亮，就都會化為青煙。鐘毀了，大夥沒了憑據，都不敢越界，溜回人間。」阿瑩道出原因。「那你這是……」他明白，她這是豁出去了。「明天的事，誰知道呢。」她說。曙色漸現，阿瑩再一次眼前淡出。他不知道這一次告別，是不是最後一次告別。他杵在門前，慢慢的，變成另一座沉默的焦塔。

終曲

「咱倆不要再見面了。」她幾乎是哀求他。「讓我送你回去。」他知道，她讓狗崽子蠱惑住，話聽不進去，他只想和她再走一程。路燈，隔幾十步，就照暖她的臉。他想湊過去，再一次親吻她。但這咫尺，忽然遠似千萬里。她進了寓所，帶上門。他回過頭，樹叢裡，有一幢老磚房，燒過了，黑沉沉壓在那兒。那幢屋，那散發焦味的龐大空殼，彷彿為了安撫他，還沒崩頹。他爬過矮牆，門燒沒了，客廳堆着灰燼。月光破窗框透進來，迴旋的鐵架，顯得慘白。那本來是樓梯，他顫巍巍上了樓，飯廳和書房，桌椅家具，小半燒壞。睡房一張床完好，床邊櫃上大銅鏡，熏成夜色。「人，沒化灰的，該早離開了。」睡房有樓梯通往房頂，他小心上爬，屋頂曬台上小圓亭，神龕一樣罩着他。槐花，不問悲喜，濃香四送。隔着十幾株槐樹，就是他心上人睡房窗戶。燈亮了，她一準憑窗等那狗崽子。他不敢眺看，那些溫存，徒教他腸斷。他退下來，抱頭坐在床上。他不想離開這個房間，不想離開這座廢墟。這是他最後的城堡，他的公主，就住在那條護城河對岸，一條不能踰越，不能飛渡的黑水河。厚簾垂地，老屋裡不辨晨昏。翌日深夜，他憋不住，屋頂圓亭上張望。天熱，她臥室的百葉窗敞開。狗崽子趴着，吃她的汗。他嘴饞，但一舔一啜，都在取悅她。撩撥，時疾時徐，拿捏看來恰好。她雙腿蹬直，兩手亂扯。槐樹，暖風裡，竟配合她搖曳。她這樣反應，他沒見過。他只知道享受她，作踐她；狗崽子不同，他掌握了打開她心扉的鎖鑰。她移情狗崽子，他活該。第三夜，那些放浪的床戲，他看不下去。頹然下了樓，赫見那張破床，坐了一個臉色青白的女孩。「不想看，就吹這支笛子。」女孩遞給他燒過的一管笛子，靜靜出去了。一連數日，她和狗崽子歡好，他就在房頂吹笛子。她聽到笛聲，總推開壓在身上的男人，走到窗前，那不絕哀音，喚起她的記憶和伴隨的一點內疚。「愛情不能挽回，為什麼要她陪我傷痛？」笛子他放回床上。「該離開這幢黑屋了。」想着，他掏出手絹，擦拭熏過的那面銅鏡，要看看頹唐的自己；然而，鏡子沒映照出任何人。「謝謝你到這屋裡陪我。」青臉女孩斜簽着坐在床沿，她撿起笛子，湊近唇邊。熱風捲進來一窗槐花，但她吹的曲子，透着秋意。

《夜色》後記

說起來，就黎先生的報紙，能栽培這講究的筆花墨蕊。一九九九，荃灣逛書店，有一家，童書幾能充棟。格林、安徒生、伊索寓言，補讀之餘，我竟去補漏。添一個麻袋，一床錦被，一橛權杖，回春膏上攙些鹽醋，就宜長宜幼，成熟人易入眼；而禿管，連月色攪得紅潤。

報紙載了幾年，書出得倉卒。回看那《八十八夜》，墨瀋樓台濕翳，藻飾翻新，是細活；有三五楹，還得清拆重修；但死功夫下了，安心。傳說蒲松齡寫《聊齋》，家門口擺個水壺，裝做開茶寮，來客謅一段耳食之言，茶錢即免。

真有這許多狐鬼？這白晝屍變？這羅剎海市，這非馬非驢？寫書的，顧左右言志而已。朝代的某一節車廂，燈火熒煌；墮落了，崖上會留下轍痕。轍痕上，總有人設席，嗑着瓜子兒說：「墜地那一聲，真響！」興亡，就這樣據桌說起來；哭的笑的，都為好時光，留了念想；而茶資，早有善心人，替聽故事的付了。

夜色

作　者：鍾偉民

統　　籌：人間世文化

出版 / 製作：真源有限公司

地　　址： 香港柴灣豐業街 12 號啟力工業中心 A 座 19 樓 9 室

電　　話：（八五二）三六二零 三一一六

發　　行：一代匯集

地　　址：香港九龍大角咀塘尾道 64 號龍駒企業大廈 10 字樓 B 及 D 室

電　　話：（八五二）二七八三 八一零二

印　　刷：美雅印刷製本有限公司

初　　版：二零二四年八月

初 版 一 刷

如有破損或裝訂錯誤，請寄回本社更換。

PRINTED IN HONG KONG

ISBN：978-988-76536-5-3